Renew by phone or online
0845 0020 777
www.bristol-city.gov.uk/libraries
Bristol Libraries

PLEASE RETURN BOOK BY LAST DATE STAMPED

06. MAR 07

31. MAR 07
2 0 APR 2007

JUN 08

2 2 MAY 2010

06 NOV 10

20. JAN 12

D1637959

BRISTOL CITY COUNCIL
LIBRARY SERVICES
WITHDRAWN AND OFFERED FOR SALE
SOLD AS SEEN

BR100

21055 Print Servicess

Bristol Library Service

AN 2910110 7

# Maria Nurowska

## Imię twoje...

Copyright © by Maria Nurowska, 2005
Wydanie II
Warszawa 2005

Imię twoje cię wyprzedza... słowa znajomego profesora z Jerozolimy znalazły swoje zastosowanie. Jej imię... kim była ta kobieta, jaką odegrała rolę w życiu mężczyzny, który od osiemnastu lat był mężem Elizabeth.

Od wielu godzin była w podróży, dwa razy musiała zmieniać samolot, a nie mogła uwierzyć, że wszystko to dzieje się naprawdę. To się nie mieściło w scenariuszu jej życia, a ona się do narzuconej jej roli nie nadawała. Doszło do pomyłki, która się niebawem wyjaśni, i będzie mogła żyć jak dawniej. Ale wiedziała, że już nic nie będzie takie jak dawniej. Fakty, brzmiące najbardziej nieprawdopodobnie, były jednak faktami i nie mogła ich wymazać ze świadomości. Jej mąż Jeffrey Connery, pracownik naukowy Uniwersytetu Nowy Jork, kilka miesięcy temu wyjechał do Europy Wschodniej i tam zaginął. Czyniła starania, aby go odnaleźć. Otrzymała informacje z ambasady w Kijowie, że mąż opuścił teren Ukrainy. Dokładnie szesnastego września dwutysięcznego roku. Do Nowego Jorku jednak nie powrócił i nie odezwał się ani do niej, ani też do nikogo z bliskich sobie ludzi. Ostatni jego list nosił datę trzydziestego sierpnia. Jeff pisał w nim, że wraca do domu, ma nawet zarezerwowany bilet na samolot. Pisał też, że dzieją się tu ciekawe rzeczy i że jest bardzo zadowolony z materiałów, jakie udało mu się zgromadzić. Niektóre z nich były ,,wręcz sensacyjne". Trochę ją to zdziwiło, bo mąż zbierał dokumentację do pracy o zabytkach kultury sakralnej, więc co mogło być w tym sensacyjnego? Jego bliski przyjaciel, Edgar, śmiał się, że Jeff jest bardzo zajęty, bo liczy ocalałe cerkwie na Ukrainie. W ostatnim liście mąż Elizabeth po raz pierwszy wymienił imię swojej współpracownicy. Przedtem pisał o niej jako o swoim ukraińskim cicerone w spódnicy. Teraz napisał: ,,Bardzo pomogła mi Oksana". Oksana... imię tajemnicze, niepokojące... Czy ta młoda kobieta naprawdę była zamieszana w uprowadzenie jej męża? O ile to było uprowadzenie. Niestety, wszystko na to wskazywało. Zbyt dobrze znała Jeffa, aby brać pod uwagę jego dobrowolne zamilknięcie. Urzędnik w Departamencie Stanu, do którego dotarła dzięki znajomościom matki, coś takiego sugerował. Wymienił astronomiczną liczbę osób uznanych za zaginione, dodając, że w niemałym stopniu byli to mężczyźni, którzy po prostu zwiali od swoich żon. Tak się ten facet dosłownie wyraził. Elizabeth poczuła się dotknięta. Z nimi było inaczej. Skoro Jeff milczał, oznaczało to, iż uniemożliwiono mu kontakt z nią. Może powinna była z nim pojechać, ta myśl nie dawała jej spokoju. Ale nie towarzyszyła mu nigdy w jego podróżach, tak jak on nie towarzyszył jej. Oddzielali pracę od prywatnego życia, ona miała swoje podróże, on miał swoje, spotykali się w domu, w mieszkaniu na Manhattanie. Do tej pory nie zastanawiała się, jak ich małżeństwo mogło wyglądać z zewnątrz, uświadomiła jej to dopiero matka swoim pytaniem: ,,Czy naprawdę odczuwasz brak Jeffreya? Tak rzadko się widywaliście". Widywali się rzadko, ale nie oznaczało to wcale, że stali się sobie obcy. Ich związek zmieniał się przez lata, tak samo jak zmieniały się ich twarze, ich widzenie świata, nabywali doświadczeń, które jednak nie wpływały na sposób, w jaki o sobie myśleli. Stanowili nierozerwalną całość i gdyby jedno z nich nagle odeszło, dla drugiego byłoby to katastrofą. I tak właśnie się teraz czuła, jak na skraju katastrofy. Nie brała jeszcze pod uwagę najgorszego, że mogą się nie zobaczyć nigdy. Nawet teraz, kiedy jechała do tego kraju, gdzieś na końcu świata, by zidentyfikować rzeczy Jeffa, odnalezione rzekomo w mieszkaniu jego współpracownicy. Nie wierzyła, że tamta mogła mieć coś wspólnego z jego zaginięciem. Jeff jej ufał, a poza tym, o co by mogło chodzić. Porwanie dla okupu? Inni nadawali się do tego lepiej. Politycy, biznesmeni, ludzie o znanych twarzach, aktorzy. Ale on? Naukowiec, zwykle bez grosza przy duszy. Chociaż podobno w tym dziwnym kraju kilka dolarów to już były znaczące pieniądze. Nie, nie, motyw porwania dla pieniędzy należało od razu wykluczyć. Chyba że w coś go wplątano. Narkotyki? Absurd. Jeff był zbyt ostrożny, a Europa Wschodnia to jednak nie Ameryka Południowa ani Afryka, gdzie wszystko jest możliwe. Tylko co tak naprawdę wiedziała o tej Europie Wschodniej, o ile to w ogóle była jeszcze Europa. Babcia Jeffa bardzo odradzała jej tę podróż, mimo że Jeff był jej ukochanym wnukiem. ,,Jemu nie pomożesz, a sobie zaszkodzisz – mówiła rozgorączkowanym głosem. – Ty nie wiesz, co to za dzicz, tam się wszystko może wydarzyć". Opowiadała, że jej mąż, dziadek Jeffa, zaraz po drugiej wojnie światowej był więziony przez parę lat w jednym z satelickich krajów Rosji. Ale działo się to przeszło pół wieku temu! Tamta Rosja już nie istniała. Inaczej też układały się stosunki pomiędzy mocarstwami. Mówiło się, że nowy prezydent Rosji w przeciwieństwie do poprzedniego jest cywilizowanym człowiekiem.

Prawdę powiedziawszy, niezbyt interesowała się polityką. Jej myśli kierowały się w zupełnie inną stronę, dawno temu zakochała się we freskach Michała Anioła w Kaplicy Sykstyńskiej i spędziła tam tyle czasu, iż uzbierałoby się z tego kilka lat. Była historykiem sztuki i pracę doktorską pisała właśnie z renesansowych fresków. Postaci stworzone przez genialnego twórcę długo zajmowały jej wyobraźnię, *Stworzenie świata* oglądała z bliska, z rusztowań ustawionych pod samym sklepieniem. Miała szczęście, że pozwolono jej tam wejść w czasie prac renowacyjnych. Właściwie to nie pozwolono, ale gdy wbiła sobie coś do głowy, nie było na nią sposobu... Kiedy tak przypatrywała się postaciom, ich rysom twarzy, ich ramionom, mięśniom na brzuchu i udach, całkiem serio zaczęła się zastanawiać, który z nich był prawdziwym Stwórcą, Bóg czy Michał Anioł. „Obaj – odpowiedział za nią Jeff, gdy mu się z tego zwierzyła. – Mike tworzył materię, a Bóg wyposażał ją w duszę".

Ostatnio zajmowała się Pieterem Brueglem starszym, jedynym artystą w Niderlandach szesnastego wieku, który nie uległ panującej wówczas modzie na styl włoski, pozostał sobą i za to go bardzo ceniła. Aby obejrzeć oryginał obrazu *Sianokosy* z cyklu *Pory roku*, wybierała się do Pragi, gdzie w Galerii Narodowej znajdowało się to płótno. Wybierała się i jakoś nie mogła tam dotrzeć. Od kilku miesięcy umawiali się z Jeffem, że się w Pradze spotkają, lecz albo jej nie odpowiadał termin, albo jemu. W tym czasie odbyła dwie podróże do Europy, jedną do Włoch, drugą do Holandii, do Amsterdamu, a potem po śladach mistrza w jego rodzinne strony, do Brukseli i Antwerpii, gdzie zbierała dokumentację do swojej pracy. Ale to była inna Europa, dobrze jej znana, a tamta Europa budziła odruchową niechęć, jak wszystko, czego się nie zna i nie ma się ochoty poznać. ,,Wiem, że mają w tej Pradze galerię, ale czy istnieje tam jakiś przyzwoity hotel?'' – spytała męża niby żartem, a on się niemal na nią obraził.

– To dzielny naród, ten Waleza, ten robotnik, obalił przecież komunizm – powiedziała, aby to jakoś złagodzić.

– Wałęsa – poprawił ją – nie jest Czechem, ale Polakiem!

– Właśnie – podchwyciła wesoło – pomyliłam go z Havlem.

Tym razem Jeffa zawiodło poczucie humoru, odłożył słuchawkę. Kiedy ponownie wykręciła numer jego hotelu, recepcjonistka wydukała kulawą angielszczyzną, że ,,pokój numer siedem nie odpowiada''. Pokój numer siedem nie odpowiadał przez cały wieczór. Wina została jej wybaczona dopiero następnego dnia... Nie spotkali się więc w Pradze, a teraz udawała się do miejsca, w którym prawdopodobnie też się nie spotkają, mimo że on spędził tam kilka ostatnich miesięcy swojego życia. Twierdzono, że stamtąd wyjechał, ale intuicja jej podpowiadała, że on ciągle tam jeszcze jest.

Przyjrzała się ukradkiem pasażerom lecącym z nią samolotem. Kim byli, co kazało im udawać się do tak zakazanego miejsca jak miasto w dzikim kraju, w dzikiej części Europy... Ze zdziwieniem zauważyła, że jej towarzysze podróży mieli całkiem normalne twarze, ubrani byli też normalnie, mężczyzna siedzący obok niej czytał ,,Time'a". Więc z pewnością był w podobnej jak ona sytuacji, a mimo to nie dostrzegła w jego twarzy śladu emocji. Chyba że to nie była jego pierwsza podróż w te strony.

– Nie wie pan, czy miejsce, do którego lecimy... czy Lwów to duże miasto? – odważyła się spytać.

Spojrzał na nią znad okularów.

– To zależy, co pani rozumie przez duże miasto. Jak duże, jak Nowy Jork? Czy Nowy Jork według pani jest dużym miastem?

– No tak – odrzekła spłoszona.

Mężczyzna uśmiechnął się lekko, nie był już młody, miał szpakowate skronie i bruzdy wokół ust, ale jego oczy zachowały młodość, były lekko zmrużone, odrobinę kpiące.

– Więc Lwów to nie tak duże miasto jak Nowy Jork, ale też nie małe. Położone jest jak Rzym, na siedmiu wzgórzach.

Tę wypowiedź Elizabeth przyjęła niczym świętokradztwo. Jak można przyrównywać jakieś nikomu nieznane miasto do miejsca, gdzie na każdym kroku czuło się obecność minionych wieków, obecność historii, czasów świetności i ludzkiego geniuszu.

On znowu się uśmiechnął.

– A jednak pozostanę przy swoim porównaniu – powiedział.

Elizabeth poczuła się zmieszana, zupełnie jakby nieznajomy czytał w jej myślach.

Rozmowa się urwała, on powrócił do swojej lektury, ona zaś udawała drzemkę. Przez przymknięte powieki przyglądała mu się ukradkiem. Kim był ten mężczyzna? Z pewnością nie jej współziomkiem, ale po sposobie wyrażania się mogła się zorientować, że doskonale zna angielski. Miał chyba kanadyjski akcent, z wyglądu przypominał jednak Anglika. Nie, to na pewno nie Anglik, jego angielszczyzna to wykluczała. Chyba że rodzina pochodziła z dawnych kolonii, ale byłoby to zbyt fantastyczne. Jak to, że siedziała w tym samolocie. Prawie nie mogła sobie wyobrazić momentu lądowania w jakichś zaroślach...

– Czy pan zna dobrze te strony? – odezwała się znowu.

Jak przedtem pochwyciła jego uważne spojrzenie.

– Chodzi pani o tę część Europy czy o samo miasto?

– O miasto – odrzekła szybko.

Uśmiechnął się.

– Miasto znam bardzo dobrze – padła odpowiedź.

Czekała, że powie coś bliższego, ale on milczał.

– Pierwszy raz jadę tutaj i... czuję się niepewnie.

– Sądzę, że nic pani nie zagraża. To w końcu Europa, może nieco różni się od tej, którą pani już zna, ale nie aż tak, jak pani sobie wyobraża.

Elizabeth wzruszyła ramionami.

– Skąd pan wie, co ja sobie wyobrażam? – spytała ostro.

Nie odpowiedział.

Rozmowa znowu się urwała. Przymknęła oczy i starała się zasnąć, była jednak zbyt podniecona, aby mogło się to udać. Powróciła myślami do obiektu swoich badań, do Bruegla starszego. Zdania na temat jego twórczości do dnia dzisiejszego były podzielone. Jedni uważali go za piewcę życia w jego najbardziej prymitywnych działaniach: praca na roli, zgarbione z wysiłku plecy, pot. I to wszystko pokazane z pietyzmem, niemal miłością. Inni dopatrywali się w tym ironii, wręcz karykatury. Dla jednych był moralizującym humanistą, z dystansem patrzącym na rzeczywistość, dla innych malarzem „tradycyjnej mądrości", afirmującym życie, zagłębionym w codzienny byt swojego narodu. Nie było też zgody co do tego, jak dalece jego obrazy potępiają prześladowania inkwizycji, mordy, terror... Elizabeth najbliższe były jego rysunki z wczesnego okresu twórczości, te z podróży na południe, ale także alegorie, dopatrywała się w nich podobieństwa do twórczości Boscha.

– Nie przeszkadza pani światło? – usłyszała głos sąsiada.

– Nie, nie, ani trochę – odparła szybko. – Widzę, że jak ja nie potrafi pan spać w samolocie.

– Kiedy czuję się zmęczony, potrafię spać wszędzie – odpowiedział.

– Cenna umiejętność... praktyczna.

Spojrzał w jej stronę.

– Widzę, że nie przemieszcza się pani zbyt często.

– Przeciwnie, mogłabym powiedzieć, że samolot jest moim drugim domem, ale to dom, do którego... do którego... – nie potrafiła znaleźć odpowiedniego słowa – nie mam zaufania.

– Jak do celu obecnej podróży. – Wydało się jej, że w jego głosie czuje ironię.

– Nie wiem, co mnie czeka.

– Nikt tego nie wie.

Roześmiała się.

– To odpowiedź filozoficzna. Czy jest pan z zawodu filozofem?

Mężczyzna nieoczekiwanie podniósł się, skłonił w jej stronę.

– Andrew Sanicki. Jestem adwokatem.

Elizabeth nie wypadało nic innego, jak też się przedstawić.

– Teraz rozumiem, dlaczego jest pan tak precyzyjny w swoich odpowiedziach. Ale o mieście Lwów dużo się od pana nie dowiedziałam.

Uczynił nieokreślony ruch ręką.

– Nie wiedziałem, co panią interesuje.

– To na przykład, czy hotel, który zarezerwowałam, spełnia normy europejskie.

– Tu muszę być bardzo ostrożny w udzielaniu odpowiedzi. O jaki hotel chodzi?

Elizabeth sięgnęła do torebki i wyjęła notes.

– Hotel George – powiedziała po chwili – przy ulicy... ulicy... o trudnej nazwie – zakończyła z uśmiechem – może pan odczyta...

– Nie muszę, znam ten hotel. I cóż mogę o nim powiedzieć... okres świetności ma już za sobą. Jak wszystko w tym mieście. Ale mogła pani trafić gorzej.

– Proszę mnie nie straszyć.

Jej towarzysz rozłożył ręce.

– Skoro podjęła pani ryzyko podróży w nieznane, musi być pani przygotowana na najgorsze.

– Oczywiście, oczywiście – przytaknęła szybko – zadowolę się gorącym prysznicem i czystą pościelą.

Uśmiechnął się lekko.

– Wypada mi w tym miejscu opowiedzieć anegdotę o tymże hotelu George. W początkach ubiegłego wieku nasz hotel należał do najbardziej luksusowych w mieście. Późna secesja, tak bym określił jego styl. Dużo ozdób, przeładowania, jak to w secesji. Pokoje wysokie, bogate sztukaterie. Sala balowa zaprojektowana z rozmachem, z galerią dla orkiestry i widzów. To na pierwszym piętrze, cały parter natomiast zajmowała sala jadalna, całkiem elegancko urządzona. Jeśli zaś chodzi o sanitariaty, no cóż... dawał tu o sobie znać panujący w imperium rosyjskim prymityw. Ubikacja była jedna na całe piętro, takie drewniane pudło z otworem pośrodku, połączone z kominem za pomocą rury, która miała wyciągać zapachy, ale niestety nie wyciągała...

Elizabeth wpatrywała się w mężczyznę z napięciem.

– Ale są teraz chyba w pokojach łazienki...

– Łazienki były dwie – ciągnął, jakby jej nie słysząc – na parterze i na pierwszym piętrze. Nie można jednak było ot tak sobie z nich korzystać. Kąpiel w tamtych czasach uważana była za zagrażającą zdrowiu i niemal kłóciła się z dobrymi obyczajami. Wanien używano do innych celów, chłodzono w nich szampana na bal albo trzymano żywe karpie...

Spojrzał na Elizabeth.

– Dlaczego się pani nie śmieje, to właśnie ta anegdota.

– Może bym się nawet uśmiechnęła, gdyby nie myśl, że powinnam wybrać jakiś bardziej nowoczesny hotel.

– To byłoby tak samo ryzykowne.

– Widzę, że chce mnie pan przygotować na najgorsze. W mieście, do którego się udaję, nie ma kanalizacji? Mam rację? Chce mi pan powiedzieć, że jak w średniowieczu nieczystości wylewane są na ulice?

On nagle spoważniał.

– Nie, chcę pani powiedzieć, że to bardzo nieszczęśliwe miasto, po okresie rozkwitu i świetności skazano je na zagładę. Ono umiera powoli, w torturach... trwa to już przeszło pół wieku.

Zapadła cisza, towarzysz podróży zgasił światło i jego twarz znalazła się w cieniu. Kim on jest? – zadała sobie pytanie. – Co to za człowiek? Co go łączy z miastem Lwów? Sama myśl o tym nieznanym miejscu powodowała niepokój. Sanicki jeszcze ten niepokój w niej podsycił. Wszystko, co mówił, brzmiało zagadkowo, dwuznacznie. Ich rozmowy nie można było nazwać rozmową dwojga podróżnych. Mężczyzna sprawiał wrażenie kogoś, kto ma do spełnienia ważną misję. Skąd przybywał i dokąd się udawał? Czy miasto Lwów było celem jego podróży, czy tylko przystankiem?

– Widziałam pana na JFK... – zaczęła niepewnie.

– Ja panią też zauważyłem – dobiegł głos z ciemności.

– I znowu lecimy jednym samolotem.

– Tranzyt.

– Mieszka pan w Nowym Jorku?

– Dobrze pani wie, że nie mieszkam, poznała to pani po akcencie – odpowiedział.

– No... nie jest pan z pewnością urodzonym nowojorczykiem. Postawiłabym na Kanadę.

– Kanadyjczykiem też nie jestem.

– Ale długo pan tam przebywał?

– Owszem.

– A czy może mi pan zdradzić, kim pan jest?

– Przedstawiłem się pani.

– Znam pana nazwisko i zawód, tylko tyle... Przepraszam, zwykle nie jestem wścibska.

Rozmowa się urwała.

Samolot wylądował na betonowym pasie, a nie, jak się tego obawiała, w jakichś zaroślach, zaś budynek dworca lotniczego we Lwowie wprawił Elizabeth w zdumienie. Wszystkiego się mogła spodziewać, tylko nie tego, że zobaczy budowlę w starym stylu, przypominającą pałac ze szklaną kopułą, zupełnie jakby znalazła się w Wiedniu za czasów Franciszka Józefa... Miała też osobliwe wrażenie, że nie jest tu po raz pierwszy. To, co ukazywało się jej oczom, wydawało się dziwnie znajome. Przesuwający się za oknem samochodu krajobraz nie przypominał żadnego miejsca z przeszłości, z niczym się jej nie kojarzył, a jednocześnie nie był obcy. Zupełnie jakby miasto rozlokowane na wzgórzach, tonące w jesiennych barwach drzew, coś do niej mówiło. Jeszcze nie rozumiała jego języka.

Taksówkarz wiozący ją do hotelu przypominał Greka, ciemnowłosy, o śniadej twarzy, kiedy się uśmiechnął, zauważyła, że ma braki w uzębieniu. Uśmiech był jedyną formą komunikowania się między nimi, gdyż on nie mówił żadnym innym językiem, poza rodzimym. Na szczęście jej towarzysz podróży wynalazł dla niej tę taksówkę i poinstruował kierowcę, dokąd powinien ją zawieźć. Na lotnisku nikt jej nie oczekiwał, chociaż konsul obiecał, że wydeleguje swojego pracownika, aby jej towarzyszył w ciągu tych kilku dni pobytu na Ukrainie. Może ten ktoś miał kłopoty z dotarciem tutaj z Kijowa.

W recepcji zastała wiadomość, że wicekonsul Smith zjawi się jutro rano, by udać się wraz z nią do prokuratury. Przyjęła to z ulgą, była zmęczona i marzyła tylko o tym, by położyć się do łóżka.

Jej pokój wyglądał dokładnie tak, jak go opisał Sanicki. Przypominał głęboką, wilgotną studnię, za to z przyozdobionym sztukateriami sufitem. Była wprawdzie łazienka i prysznic, lecz zabrakło ciepłej wody i resztki mydła Elizabeth starła ręcznikiem. Dobrze, że udało jej się spłukać włosy ciurkającą z prysznica letnią wodą. Weszła pod kołdrę, którą czuć było stęchlizną – nic dziwnego, skoro kaloryfery były zimne, przy dość chłodnej pogodzie.

Mimo niedogodności, których tak się obawiała przed przyjazdem, nie opuszczał jej ten dziwny stan, w jakim się znalazła zaraz po wylądowaniu. Może chodziło o to, że gdzieś tutaj przebywał Jeff, że znaleźli się bliżej siebie...

Było jednak coś jeszcze. Miała wrażenie, że wraz z nią z samolotu wysiadło jej życie... Jakby cała przeszłość nagle oddzieliła się od niej i Elizabeth mogła obserwować siebie taką, jaką była kiedyś.

...kłótnia z matką, że znowu gdzieś wychodzi, pozostawiając małą Elizabeth samą.

– A dlaczego mam tam nie iść? – pytała matka, patrząc na nią zdziwionym wzrokiem. – Przecież ci ludzie na mnie czekają.

– Ale oni czekają krócej niż ja...

– Nie rozumiem, o co ci chodzi.

Nigdy się nie rozumiały, ani wtedy, gdy Elizabeth była dzieckiem, podlotkiem, ani potem, gdy stała się osobą dorosłą. Matka traktowała macierzyństwo jak dopust boży, a jednocześnie zdawała sobie sprawę, że nie sprawdza się w tej roli, i to jej nie dawało spokoju. Była perfekcjonistką, wszystko, czego się dotknęła, powinno zostać dokończone i zamknięte. A ta sprawa zamknąć się nie dawała. Bo coś tu nie wyszło i każde spotkanie z Elizabeth jej o tym przypominało. A ona? Czy oczekiwała czegoś od matki? Nie. Już nie. Nie miała też ochoty wracać do swojego dzieciństwa, analizować, dlaczego nie układało się tak, jak w innych znajomych rodzinach. Pamięta swoje zdumienie, kiedy ojciec jej koleżanki wziął córkę na ręce i po prostu ją niósł. „Czy ona jest chora?” – spytała. „Nie, nie jest chora” – padła odpowiedź. Żadne z rodziców nigdy nie wzięło Elizabeth na kolana, nie mówiąc już o noszeniu.

Dlaczego teraz o tym myśli... może z powodu przeczucia, że jej życie się zmienia... Przez cały czas trwania swojego małżeństwa nie robiła żadnych podsumowań, może to było złe, może coś się latami gromadziło w jej podświadomości, jak niezapłacone rachunki. Jeżeli nie odnajdzie Jeffa i będzie musiała żyć dalej sama, będzie jej trudno się z tym uporać. Gdyby ktoś ją teraz zapytał, jak do tej pory żyła, miałaby trudności z odpowiedzią. Może najbliższa prawdy byłaby ta: wygodnie. Mieli z Jeffem przestronne mieszkanie, nie narzekali na brak pieniędzy, bo ich potrzeby były dość skromne. Oboje dużo czytali i sporo wydawali na książki. No i na podróże, ale zwykle zwracano im za nie pieniądze, bo albo były to stypendia, albo wyjazdy służbowe. Poza tym książka Elizabeth o malarstwie Michała Anioła bardzo dobrze się sprzedała w Ameryce, prawa do jej wydania zakupiły też inne kraje i od pewnego czasu Elizabeth dostawała spore tantiemy. „Wygląda na to, że napisałaś bestseller" – żartował z niej Jeff. Ale cieszył się. Nie było między nimi rywalizacji, mimo że mieli podobne zawody. Ona skończyła historię sztuki, a Jeff, jak jego dziadek i ojciec, architekturę, wkrótce jednak odszedł od projektowania, zajęły go zabytkowe budowle, zaczął o tym pisać. Jeff oddalił się od współczesności, tak jak ona. Naprawdę dobrze się rozumieli. Czuła, że gdyby los ich rozłączył, byłoby to niesprawiedliwe...

Obudził ją ostry dźwięk telefonu. W słuchawce usłyszała głos wicekonsula Smitha.

– Czekam na panią w recepcji.

– Niestety, zaspałam – wyznała skruszona.

– W takim razie spotkajmy się w restauracji na dole, będę pani towarzyszył przy śniadaniu.

Kiedy odkręciła prysznic, usłyszała przeciągły syk i pociekło kilka zaledwie kropel. Z kranu umywalki wydobył się taki sam złowieszczy syk, więc nie mając innego wyjścia, Elizabeth umyła twarz i zęby w wodzie mineralnej, którą zastała w swoim pokoju na stole.

Pan Smith wstał na jej powitanie od stolika, był wysokim, chudym mężczyzną o wydatnym jabłku Adama, które zabawnie podskakiwało tuż nad krawatem, gdy wicekonsul mówił coś lub przełykał ślinę. Niewiele zresztą miał do powiedzenia na temat zniknięcia męża Elizabeth.

– Dlaczego zatrzymano tę kobietę? – spytała, zmagając się z niemal zimną, a co gorsza, pływającą w tłuszczu jajecznicą. – Władze nie obstają już przy tym, że mój mąż opuścił teren Ukrainy?

Jabłko Adama podskoczyło kilka razy, co mogło oznaczać, że pan Smith mierzył się z trudnym zadaniem wytłumaczenia jej, dlaczego właściwie się tu znalazła.

– Sprawdzają wszystkie tropy.

– I dlatego pozbawiono wolności osobę, która może być niewinna?

Mężczyzna poruszył się nerwowo.

– Pani Oksana Krywenko została zatrzymana do wyjaśnienia.

– Ale na jakiej podstawie uważa się, że ona ma coś wspólnego z zaginięciem mojego męża? To, że go znała, to naprawdę za mało.

– Była ostatnią osobą, która widziała pana Connery, zanim opuścił Ukrainę.

Elizabeth powstrzymywała się, aby nie wybuchnąć. Miała już dość wysłuchiwania podobnych stwierdzeń.

– Mój mąż nie opuścił Ukrainy! – rzekła podniesionym tonem. – Komunikuję to panu i oczekuję od was pomocy w jego odnalezieniu.

– Oczywiście, oczywiście – pośpieszył z odpowiedzią. – Wystosowaliśmy już notę do władz ukraińskich z zapytaniem w sprawie pani męża. Odpowiedzieli, że wszczęte zostało śledztwo.

Elizabeth odsunęła talerz i wstała.

– Możemy już jechać – powiedziała lodowato.

W drodze do prokuratury obserwowała mijane ulice, pan Smith prowadził samochód, którym przyjechał z Kijowa, mimo znacznej odległości. Okazało się, że wyjechał wczoraj, ale do Lwowa dotarł późno w nocy. Nie przyglądała się ludziom, lecz budowlom. Może teraz już by się tak nie oburzyła na porównanie z Rzymem, tutaj też czuło się bowiem upływ czasu, który w jej ojczyźnie był niewyczuwalny. Ciekawe, dlaczego Sanicki powiedział, że to nieszczęśliwe miasto. Nie wyglądało na nieszczęśliwe, mogłaby zaryzykować stwierdzenie, że w jego murach kryło się dostojeństwo. Wszystko tu ze sobą współgrało – budynki, skwery i drzewa, jakby wkomponowane w to miasto czyjąś natchnioną ręką. Taką rękę mógł mieć tylko Stwórca. Z pewnością nie stworzył jednak budynku prokuratury, który szary i obskurny, wyglądał jak chorobliwa narośl na ciele Lwowa.

Wygląd prokuratora bardzo Elizabeth zaskoczył, gdyż mężczyzna za biurkiem do złudzenia przypominał Winstona Churchilla, brakowało mu tylko nieodłącznego cygara w zębach. Co do zębów prokuratora, przeżyła następny szok, ponieważ niektóre z nich były złote. Jeff z pewnością nie powstrzymałby się od złośliwej uwagi, iż prokurator jest człowiekiem złotoustym... W pokoju znajdowały się dwie inne osoby, protokólantka, starsza kobieta o zmęczonej twarzy, i tłumaczka, wątła dziewczyna o bezbarwnej cerze i włosach mysiego koloru. Ona też miała problemy z uzębieniem, jak wszyscy dotychczasowi rozmówcy Elizabeth, więc może to była cecha narodowa Ukraińców. No nie, w żadnym wypadku nie mogła tego powiedzieć, bo przecież Andrew Sanicki miał olśniewający uśmiech. Tylko że on mógłby być obywatelem świata, gdyby zechciał. A jednak wrócił tutaj, do swojego nieszczęśliwego miasta, jak je nazywał...

Po wstępnych ustaleniach, kiedy to Elizabeth musiała okazać swój paszport i odpowiedzieć na kilka pytań ściśle dotyczących jej osoby, prokurator nacisnął dzwonek. Otworzyły się drzwi i młody mężczyzna wniósł podróżny neseser, w którym Elizabeth bez trudu rozpoznała własność swojego męża. W środku znalazła jego koszule, swetry, bieliznę osobistą, nawet okulary do czytania w wytartym skórzanym etui. Było też kilka książek, które Jeff zawsze ze sobą woził. Kiedy przeglądała to wszystko, towarzyszące jej w pokoju osoby zachowywały pełne napięcia milczenie.

– To są rzeczy mojego męża – powiedziała wolno.

Od chwili, kiedy młody mężczyzna wniósł neseser Jeffa do tego bezosobowego wnętrza (ściany były szare i puste, tylko nad głową prokuratora wisiały dwa portrety, jeden przedstawiał mężczyznę o pospolitych rysach twarzy, drugi ukazywał czyjś profil, o długich, równo ściętych nad karkiem włosach, jego strój wskazywał, iż nie był to człowiek współczesny. Tłumaczka, widząc zaciekawione spojrzenie Elizabeth, wyjaśniła, że to podobizny prezydenta i największego ukraińskiego poety o bardzo skomplikowanym nazwisku. Prokurator zainteresował się, o czym kobieta opowiada Elizabeth, a gdy jego ciekawość została zaspokojona, błysnął w uśmiechu złotymi zębami), od tej chwili więc, gdy zobaczyła rozłożone na pustym stole swetry z naszytymi na łokciach łatami, koszule, które odbierała z pralni, okulary wreszcie, które stale Jeff gdzieś zapodziewał, a ona mu je odnajdywała, czas jakby nabrał przyśpieszenia. Inaczej odbierała dźwięki, te we wnętrzu i spoza okna, także wzrok jakby się jej wyostrzył. Zauważyła nawet na portrecie poety nad głową urzędnika prokuratury ślady po owadzich ekskrementach. Podobne doznania musiało wywoływać zażycie narkotyku. Stan ten jej samej wydał się niezrozumiały. Skąd ten przypływ podekscytowania, niemal euforii na widok rzeczy bliskiej osoby? Powinna czuć się tym raczej przybita, bo to by potwierdzało najgorsze przypuszczenia. Ale dla niej to był znak, że Jeff stąd nie wyjechał i że być może wkrótce się spotkają. Nagle wszystko wydawało się możliwe, nawet to, że jest w stanie porozumieć się z prokuratorem bez pomocy tłumaczki, co wiele by uprościło. Pan Smith, wydelegowany pracownik amerykańskiego konsulatu, nie mówił po ukraińsku i słabo rozumiał ten język, był więc praktycznie bezużyteczny. A ponadto Elizabeth denerwował jego beznamiętny sposób bycia, jakieś emocje zdradzało jedynie tańczące nad kołnierzykiem jabłko Adama.

– Potwierdziła to też podejrzana – przekazała tłumaczka słowa prokuratora.

– Ale dlaczego mój mąż zostawił u niej rzeczy? Nikt nie zostawia walizki, udając się na lotnisko. To tylko oznacza, że on nigdy stąd nie wyjechał. Że ciągle przebywa na Ukrainie.

Słysząc to, prokurator skrzywił się, jakby go rozbolał ząb.

– To oznacza to, co oznacza, że na Ukrainie pozostała walizka. A gdzie jest jej właściciel, próbujemy ustalić.

– Więc dlaczego aresztowaliście tę kobietę?

Zapadła cisza, jakby rozmówca Elizabeth zastanawiał się nad odpowiedzią.

– To są szczegóły śledztwa, których nie musimy pani zdradzać – usłyszała wreszcie.

– To dotyczy mojego męża i chcę wiedzieć, i mam prawo wiedzieć o wszystkim. Bez względu na to, jaka będzie prawda – wybuchnęła. – Chcę prawdy!

– Nie znamy jej jeszcze. I pani nam już w niczym nie pomoże, może pani wracać do domu.

Elizabeth wydawało się, że się przesłyszała.

– Jak to, mogę wracać do domu? Dopiero tu przyjechałam!

Prokurator uśmiechnął się krzywo.

– Tylko tego od pani wymagaliśmy, zidentyfikowania rzeczy męża.

– A co z nim?

– Będziemy panią informować o przebiegu śledztwa.

Po tych słowach zerwała się z krzesła, mężczyzna za biurkiem nadal tkwił w fotelu. Mierzyli się wzrokiem.

– Nie wyjadę stąd bez męża – powiedziała twardo.

– Śledztwo może trwać bardzo długo.

– Więc i ja tu pozostanę długo.

– To nie będzie możliwe, za dwa dni kończy się pani wiza.

– Postaram się ją przedłużyć.

Prokurator znowu się uśmiechnął.

– Nie sądzę, aby się to pani udało.

– Tak? Bo co? Bo jestem tutaj persona non grata? Kłopotliwy świadek waszej nieudolności? Wmawialiście mi, że mąż opuścił wasz kraj, teraz się z tego wycofujecie!

– Nie wycofujemy się z niczego – padła odpowiedź. – Prowadzimy śledztwo.

– To bardzo wygodne stwierdzenie, śledztwo można prowadzić nawet latami, a potem je umorzyć z braku postępów. Muszę wam patrzeć na ręce, a już na pewno nie wyjadę stąd, dopóki nie zobaczę się z tą aresztowaną kobietą...

Zapadła cisza.

– To nie będzie możliwe – usłyszała po długiej chwili.

– Dlaczego? Mam chyba do tego prawo, jako żona zaginionego. Jeżeli... jeżeli mi tego odmówicie, zwołam konferencję prasową. Niech świat się dowie, jak się traktuje na Ukrainie kobietę, która przybyła z drugiej półkuli w poszukiwaniu męża.

Umilkła wyczerpana tym wybuchem. Zabrakło jej nagle sił, usiadła więc z powrotem na krześle.

– Uważam przesłuchanie za skończone – powiedział, cedząc słowa, prokurator. – Życzę pani szczęśliwej podróży.

W drodze do samochodu Smith zrobił jej wymówkę, że zbyt ostro rozmawiała z urzędnikiem, niedyplomatycznie.

– To pan jest dyplomatą, nie ja – odpowiedziała – ale dyplomatycznie pan milczał.

– Żadne tłumaczenia tu nie pomogą, oni wiedzą swoje – stwierdził. – A to straszenie konferencją prasową było niepotrzebne i... niebezpieczne. Tutaj nie jest bezpiecznie, ten kraj przechodzi transformację i dzieją się okrutne rzeczy, stoją za tym brudne pieniądze...

– Co mnie to obchodzi, ja chcę tylko odnaleźć męża! – podniosła głos.

Mężczyzna odchrząknął, jakby coś mu utkwiło w gardle.

– Ale to się ściśle wiąże z tym, co się tu dzieje.

– Więc co mi radzicie?

Wicekonsul Smith znowu odchrząknął.

– Najlepiej niech pani posłucha rady prokuratora i wyjedzie. Tutaj nie jest pani nic w stanie zrobić.

– Dziękuję za taką radę i niczego od was nie oczekuję. Proszę tylko o pomoc w przedłużeniu wizy.

– To od nas nie zależy. To zależy od tutejszych władz.

Elizabeth wzruszyła ramionami.

– Więc po co tu w ogóle jesteście? Po co amerykańscy podatnicy wydają na was pieniądze? Żebyście mieli ciepłe posadki?

– Gorycz przez panią przemawia – odpowiedział, otwierając jej drzwi samochodu.

– Dziękuję, przejdę się piechotą. Muszę trochę ochłonąć.

– Nie zna pani miasta, to nie jest rozsądne. – Mężczyzna miał wyraźnie zmartwioną minę. – O drogę się pani nie dopyta, bo nikt tutaj nie zna angielskiego.

– Poradzę sobie – odrzekła i ruszyła przed siebie chodnikiem.

Początkowo szła bardzo szybko, potem zaczęła zwalniać, aż w końcu wlokła się noga za nogą nieznanymi ulicami. W pewnym momencie przystanęła, ludzie zaczęli ją potrącać. Nagle nie wiedziała, dokąd dalej iść. Zorientowała się, że ulica, na której się znajduje, pnie się w górę. Za gęstwiną rudziejących liści dostrzegła wieże jakiegoś kościoła. Ruszyła więc w tamtą stronę, teraz dotarło do niej, że stąpa po bazaltowej kostce, kto wie, czy te wyszlifowane końskimi podkowami kwadraty nie pamiętały jeszcze czasów średniowiecza. Ten fakt w pewien sposób ją pocieszył, poczuła się tutaj mniej obco. Poczęła też dostrzegać urodę tego zaułka. Słońce przeświecało spoza chmur i w jego promieniach wszystkie kolory jesieni nabierały wyrazistości. Usiadła na ławce pod rozłożystym drzewem. Miało potężne, poskręcane konary i postrzępione liście, których blaszki mieniły się w słońcu złotem i czerwienią. Mógł to być stary klon, ale nie była pewna. Niczego w tej chwili nie była pewna, euforia, w jaką wpadła na widok rzeczy Jeffa, znikła bez śladu. Fakt ten wydawał się teraz wcale nie optymistyczny, a raczej groźny. W głowie kłębiło się mnóstwo pytań, na które nie umiała znaleźć odpowiedzi i co gorsza, nikt jej nie chciał pomóc w ich znalezieniu. Wymagano od niej tylko jednego – aby stąd wyjechała.

Obok niej na ławce przysiadła staruszka, była biednie ubrana, mimo niemal letniej pogody miała na głowie wełnianą chustkę, która okalała twarz pokrytą gęstą siatką zmarszczek. Skóra na policzkach kobiety była żółta i cienka jak pergamin, ale oczy, intensywnie niebieskie, wydawały się dziwnie młode w tej jakby przedpotopowej twarzy. Staruszka uśmiechnęła się do Elizabeth, ukazując puste dziąsła. Potem coś zagadnęła, chyba po ukraińsku. Elizabeth wyjęła z torebki rozmówki angielsko-ukraińskie. Wyszukała potrzebne jej zwroty.

– Jestem Amerykanką, nie mówię ukraiński – wydukała, mając świadomość, że niemiłosiernie kaleczy język.

Staruszka pokiwała ze zrozumieniem głową i nieoczekiwanie spytała:

– *Parlez-vous français?*

– Tak, mówię po francusku – odparła zaskoczona.

Staruszka znowu pokiwała głową.

– Przyjechała pani na wakacje do naszego Lwowa?

– Nie, raczej nie na wakacje. Mam tutaj coś do załatwienia.

– No tak, młodzi ludzie ciągle gdzieś biegną, coś załatwiają. A starym pozostają tylko wspomnienia...

W trakcie rozmowy Elizabeth ze zdumieniem zdała sobie sprawę z dwóch rzeczy: że francuszczyzna jej rozmówczyni jest nienaganna i że, mimo wyglądu żebraczki, stara kobieta jest osobą wysoce inteligentną. Powiedziała Elizabeth, iż jest Polką, a to miasto kiedyś należało do Polski.

– Myśmy przez cały wiek dziewiętnasty nie mieli swojego państwa, Rosja, Austria i Prusy podzieliły je między sobą, ale po pierwszej wojnie odzyskaliśmy je, chociaż nie na długo...

– Przecież Polska istnieje? – zdziwiła się Elizabeth.

Kobieta pokręciła przecząco głową.

– Wie pani, wtedy, w osiemnastym roku, kiedy mocarstwa zastanawiały się, w jakich granicach moja ojczyzna ma się odrodzić, moi rodacy z bronią w ręku walczyli o to miasto, nawet kilkunastoletnie dzieci. Marszałek Francji, Ferdynand Foch, nasz wielki przyjaciel, bardzo nam pomógł. „Lwów wielkim głosem przemówił: Polska jest tutaj!" To są jego słowa.

– Nie wiedziałam, że tak to wyglądało – wyznała szczerze Elizabeth. – Myśmy też walczyli o wolność...

– Ale wy nie utraciliście swojej ojczyzny, mieliście więcej szczęścia, a może więcej mądrości... tak teraz sobie myślę, że nie zasłużyliśmy chyba na niepodległość jako naród.

– Każdy naród ma do tego prawo.

Staruszka pokiwała głową.

– A może wstąpi pani do mnie na herbatę? – zaproponowała.

– Nie wiem, czy nie będę przeszkadzać...

– Mieszkam sama, od przeszło pół wieku mieszkam sama. Mój mąż, moje dzieci... wszyscy nie żyją... A ja żyję i mam już dziewięćdziesiąt sześć lat.

Elizabeth niemal nie wierzyła swoim uszom. Ta drobna staruszka była świadkiem całej epoki.

– Będę zaszczycona móc u pani gościć – rzekła.

– Mieszkam tutaj niedaleko – odpowiedziała jej rozmówczyni i zerwała się z ławki, szła tak szybko, że Elizabeth ledwo mogła za nią nadążyć.

Schodziły w dół stromą ulicą, potem przemierzyły jeszcze kilka innych ulic i znalazły się na rynku ze studnią z posągiem Neptuna. Kamieniczki okalające rynek były starannie odrestaurowane, miały przepiękne fasady, Elizabeth aż przystanęła, oglądając każdą po kolei. Szczególne wrażenie zrobiła na niej zachodnia pierzeja, każda z tych kamieniczek miała swoją własną twarz, odpowiedni koloryt i nastrój.

– To patrycjuszowskie kamienice – powiedziała staruszka. – W tej pomalowanej na czerwono rezydował kiedyś burmistrz... Moja rodzina mieszkała w innej części miasta, ale zabrano mi mieszkanie, bo było dla mnie za duże. To tutaj i tak dzielę z obcymi ludźmi, mam tu pokój i kuchnię.

Elizabeth pomogła jej otworzyć ciężką, kutą bramę i weszła za staruszką do ciemnej sieni, w której panował okropny zaduch, w miarę jak się przybliżały do schodów, zaduch stawał się coraz intensywniejszy, jakby powietrze gęstniało. Idąc po schodach w zupełnych ciemnościach, miała uczucie, że za chwilę się udusi. Stanęły wreszcie przed jakimiś drzwiami.

– Kradną żarówki, dlatego jest ciemno – usprawiedliwiła się staruszka, zadziwiająco sprawnie radząc sobie z zamkiem u drzwi, mimo że dziurki od klucza musiała szukać po omacku.

Przedpokój był słabo oświetlony, piętrzyły się tam sterty ubrań na wieszaku i stały niezliczone ilości starych butów.

– To należy do moich sąsiadów – wyjaśniła gospodyni.

Po chwili znalazły się w mieszkaniu staruszki. Było ciasne, zastawione meblami, które, jak ich właścicielka, były świadkami minionej epoki. Na ścianie wisiał stary, ręcznie tkany kilim, a na nim obraz Matki Boskiej. Na przepięknej renesansowej komodzie stały fotografie ludzi o szlachetnych rysach twarzy, byli to starzy i młodzi mężczyźni, kobiety, dziewczynki z kokardami we włosach i w sukienkach z falbankami, chłopcy w mundurkach... Uwagę Elizabeth przykuła jedna z fotografii, przedstawiająca młodą kobietę o niezwykłej urodzie. Uśmiechała się lekko, zapatrzona gdzieś przed siebie. Ciekawe, co się z nią stało – pomyślała i zaraz otrzymała na to odpowiedź.

– To ja z czasów młodości – powiedziała staruszka, wnosząc z kuchenki tacę z dwiema filiżankami.

Herbata była bez smaku, widocznie długo przetrzymywana w pudełku zdążyła zwietrzeć.

– Pozwalam sobie na picie herbaty tylko przy szczególnych okazjach – wyznała gospodyni. – Ostatnio na Boże Narodzenie... to w mojej sytuacji luksus.

Po tych słowach Elizabeth uczuła ucisk w gardle. Patrzyła na tę obcą kobietę o zniszczonej twarzy i siwych włosach sczesanych w koczek z tyłu głowy jak na kogoś, kogo się zna od dawna.

– Dlaczego nie przeniosła się pani do swoich, jak zabrano to miasto?

Staruszka popatrzyła na nią ze smutkiem.

– Swoi są tutaj. Tutaj na cmentarzu leżą moi rodzice, mój brat zginął w obronie miasta w osiemnastym roku, nie miał jeszcze czternastu lat... Chodzę do nich... chociaż grobu brata nie ma... gdy weszli tu Rosjanie, zbezcześcili cmentarz bohaterskich dzieci... Orląt Lwowskich, jak je nazywano. Czołgi zniszczyły marmurowe płyty, te ocalałe rozkradziono, potem wysypywano tam śmieci...

– To oburzające!

– Ja się niczemu nie dziwię, za dużo widziały moje oczy.

– A pani mąż, dzieci?

Stara kobieta uśmiechnęła się smutno.

– W tysiąc dziewięćset czterdziestym pierwszym roku, kiedy miasto dostało się w ręce Niemców, został rozstrzelany wraz z innymi profesorami uniwersytetu. Był światowej sławy astronomem, nazywał się Jan Klonowski... a ja jestem Anna Klonowska.

– Elizabeth Sue Connery.

W milczeniu piły herbatę.

– Czy ma pani tutaj kogoś, poza umarłymi?

– Nie, jestem sama. Ale już się do tego przyzwyczaiłam. Smutno mi tylko, że rzadko mogę słuchać muzyki, mam stary gramofon i stare płyty... nie tak stare jak ja... ale trzeszczą i sąsiedzi się buntują.

Elizabeth dostrzegła w kącie na stoliku gramofon, nie wiedziała, że taki sprzęt istnieje jeszcze gdziekolwiek indziej poza muzeum.

– A jakiej muzyki pani słucha, pani Anno?

– Klasycznej... Bach, Beethoven... Moja matka była pianistką, jeździła z koncertami po całym świecie. To ona zaszczepiła we mnie miłość do muzyki. Ja niestety nie grałam na żadnym instrumencie, za to moja córka była bardzo utalentowana... jej profesor uważał, iż ma przed sobą przyszłość. Ale nie miała przyszłości, niestety... w czterdziestym piątym roku wywieziono nas do obozu... mnie i dwoje moich dzieci... tylko ja wróciłam...

– Niemcy was wywieźli?

Staruszka uśmiechnęła się smutno.

– Rosjanie. To był łagier na Syberii. Wiem, że ciężko się w tym połapać. Miasto Lwów przechodziło z rąk do rąk, ale ono było zawsze polskie... Teraz Ukraińcy myślą, że należy do nich, bo to ich terytorium, ale to tylko ziemia i kamienie... a przecież każde miasto ma swoją duszę. Dusza Lwowa jest polska.

Elizabeth podobnie myślała o swoim mieście, o Nowym Jorku, ale żeby to sobie uświadomić, musiała przyjechać do innego miasta, o zaiste najbardziej zdumiewającej historii, jaką tylko można wymyślić. Była poruszona do głębi spotkaniem ze starą Polką. Jej tragiczne losy przemówiły do Elizabeth, być może dlatego, że spotkała ją w szczególnym momencie swojego życia, spotkała ją w chwili, gdy znalazła się tysiące mil od domu, samotna w tym mieście i zdana wyłącznie na siebie.

– Wie pani, pani Anno... ja tutaj przyjechałam szukać swojego męża – wyznała. – Jest naukowcem, zbierał materiały do pracy naukowej i... nagle zaginął. Nie wiadomo, co się z nim dzieje.

– A co mówią władze?

– Mówią, że prowadzą śledztwo.

Starsza pani pokiwała głową.

– Kłamią. Poprzedni system opierał się na kłamstwie i ci to przejęli, zresztą władzę nadal mają komuniści.

– Chcą, żebym wyjechała. Pojutrze kończy mi się wiza, nie wiem, co mam robić.

Rozmówczyni Elizabeth zastanawiała się długą chwilę.

– Nie może pani wyjechać, dopóki nie wyjaśni się sprawa pani męża. Ta władza jest skorumpowana do kości. Każdy, kto się do niej dorwał, kradnie i bierze łapówki, nawet prezydent... musi ich pani przekupić.

– Ale jak do nich dotrzeć? – spytała bezradnie Elizabeth.

– Tego pani nie powiem... jestem za stara... i muszę panią ostrzec, oni są bezwzględni i życie ludzkie mają za nic. Tego ich nauczył system komunistyczny, że jednostka się nie liczy. Ja na przykład dostaję w przeliczeniu dziesięć dolarów emerytury, a za to mieszkanie, za wodę i światło płacę piętnaście. Gdybym nie miała co sprzedawać, umarłabym z głodu. Dużo nie potrzebuję, żywię się bułką rozmoczoną w mleku...

Elizabeth patrzyła na nią z przerażeniem.

– Dziesięć dolarów emerytury? To chyba niemożliwe...

– Tutaj wszystko jest możliwe, tutaj ludzie znikają bez śladu...

Słowa starej kobiety dźwięczały Elizabeth w uszach, kiedy znowu znalazła się na ulicy. ,,Tutaj ludzie znikają bez śladu..." To samo chyba chciał jej uświadomić wicekonsul Smith. Żeby przypadkiem nie przyszło jej do głowy nielegalne pozostanie w tym kraju. Mogłaby się narazić na śmiertelne niebezpieczeństwo. Nie może więc ryzykować, musi załatwić przedłużenie wizy. Ten dupek z konsulatu oczywiście jej w tym nie pomoże, co do tego nie pozostawił żadnych wątpliwości. W tej sytuacji miała tylko jedno wyjście: zwrócić się o pomoc do Andrew Sanickiego. I to niezwłocznie, pozostało przecież niewiele czasu. Miała przy sobie jego wizytówkę, ale nie wypadało tak po prostu do niego przyjść, przedtem powinna zadzwonić. Rozejrzała się dokoła. Była na ruchliwej ulicy, gdzie ludzie się dokądś spieszyli, a środkiem pędziły jeden za drugim samochody, obok drogich, eleganckich limuzyn zdezelowane ciężarówki, wypuszczające ciemne kłęby dymu. I nikt się tym nie oburzał, nie zatrzymywała ich policja. Kierowcy tych pojazdów czuli się całkiem bezpiecznie, jeden z nich wyrzucił niedopałek papierosa przez okno, upadł tuż obok stóp Elizabeth, gdyby się nie uchyliła, mogłaby zostać nim trafiona.

Naprawdę nieszczęśliwe miasto – westchnęła.

Chcąc poszukać ustronnego miejsca, zawróciła w stronę rynku, przecięła go i zatrzymała się obok studni z posągiem Diany. Spojrzała w jej kamienne oczy, lecz nie znalazła w nich zrozumienia. Mimo to przysiadła na obramowaniu studni, miała teraz przed sobą głowę psa, który Dianie towarzyszył. Jego oczy były jednak tak samo martwe.

Wyjęła komórkę i wybrała numer. Po chwili zgłosił się Sanicki.

– Oczywiście, że panią pamiętam – powiedział uprzejmie – nawet o pani myślałem. Jak sobie pani radzi w naszym mieście?

– Chciałabym się z panem jakoś spotkać, gdyby to było możliwe.

– Naturalnie. Kiedy? – padła szybka odpowiedź.

– Pozostawiam to panu, z pewnością jest pan zajęty...

– Będę zajęty do piątej po południu, potem jestem do pani dyspozycji. Może przyjadę po panią do hotelu?

Elizabeth próbowała zebrać myśli. On pewnie był tutaj kimś znanym, tak przypuszczała, więc może lepiej, żeby nie widziano ich razem.

– Ja... wolałabym, abyśmy się spotkali na mieście – wybąkała.

– Ale pani nie zna miasta!

– Trochę już znam, siedzę teraz w towarzystwie Diany łowczyni i jej dwóch psów – usiłowała żartować.

– Dochodzi pierwsza, do piątej jest sporo czasu, może się pani znudzić jej towarzystwo. Zastanawiam się, jakie miejsce spotkania mógłbym pani zaproponować. Chciałbym, żeby to było coś szczególnego, ale jeszcze nie mam pomysłu...

– Panie Sanicki... zależy mi na rozmowie z panem. I... zależy mi na dyskrecji.

Chwila ciszy w słuchawce.

– Ma pani jakieś kłopoty? – spytał ostrożnie.

– Tak, mam kłopoty. Czy możemy się spotkać przy pomniku Diany? O piątej?

Miała przed sobą cztery godziny, które powinna jakoś zapełnić. Mogłaby pochodzić po mieście, byle nie za daleko od tego miejsca, bo jeżeli zgubi drogę, nikogo się nie dopyta. Drugi taki przypadek jak spotkanie z panią Anną Klonowską już się z pewnością nie przytrafi.

Postanowiła zatelefonować do matki, mimo że w Nowym Jorku dochodziła siódma rano i będzie musiała ją obudzić. Odczuwała potrzebę rozmowy z kimś bliskim. Siedząc na kamiennym murku, wybrała numer. Po chwili usłyszała jej zaspany głos:

– Co się stało?

– Zidentyfikowałam rzeczy Jeffa.

– A co z Jeffem?

– Nic. Kamień w wodę.

Matka westchnęła.

– No tak... mówiłam ci, że twój wyjazd nie ma większego sensu. Proszę cię, wracaj jak najszybciej.

– Nie mogę wrócić bez Jeffa.

– Skąd wiesz, czy on naprawdę stamtąd nie wyjechał? A ty tam będziesz tkwiła.

– Oczywiście nie wiem tego, mamo. Ale będę się starała dowiedzieć, dlatego muszę być tutaj, gdzie urwał się jego ślad.

– Konsul ci pomaga?

– Wydelegował pracownika, ale, jak mam być szczera, raczej mi zawadza, niż pomaga. On pewnie myśli to samo o mnie, najchętniej wsadziłby mnie do samolotu i odesłał stąd, jak wy wszyscy.

Matka znowu westchnęła.

– Zadzwonię do Wrighta, do Departamentu, niech ich tam trochę pogoni.

– Nie, nie, nie rób tego, mamo – wystraszyła się Elizabeth. – Mam swoje plany, a te urzędasy mogą mi tylko wszystko skomplikować.

– Jakie plany, na miłość boską?

– Wolałabym o tym nie mówić przez telefon, będę się do ciebie odzywała, mamo, do widzenia.

– Elizabeth! – usłyszała okrzyk matki, ale przerwała połączenie.

Wstała z murku i ruszyła przed siebie. Mijając ulicę po ulicy, nie mogła się oprzeć wrażeniu, że już tu kiedyś była. Że poznaje fasady domów, wieże kościołów, rzeźbione bramy i podcienia. I nagle ją olśniło, to miasto przypominało jej Florencję, w której też tak kiedyś krążyła ulicami. Umówiła się z Jeffem w kawiarence na rogu dwóch ulic, których nazwy wyleciały jej z głowy. Starała się potem odtworzyć ten róg i tę kawiarenkę z kolorową markizą nad wejściem. Ale zbiegi florenckich ulic tak były do siebie podobne, a na każdym rogu mieściła się kawiarenka z markizą. Spotkali się dopiero wieczorem w hotelu... Teraz nie mogli się spotkać. Jeff nie wiedział, że ona krąży samotnie ulicami miasta, w którym spędził ostatnie miesiące... może ciągle był tutaj? Weszła do jednego z kościołów, owiał ją chłód, aż się wzdrygnęła. Uwagę jej przykuła oryginalna ambona w kształcie łodzi Piotrowej, a w bocznej nawie płaskorzeźba z marmuru i alabastru, przedstawiająca wygnanie Adama i Ewy z raju. Przyszło jej do głowy, że mogłaby się pomodlić, ale nie wiedziała jak. Uklęknąć i mówić do Boga własnymi słowami? Słów modlitw nie pamiętała, nie byli z Jeffem ludźmi religijnymi... Kątem oka dostrzegła kobietę klęczącą w ławce, modliła się z twarzą ukrytą w dłoniach. Z pewnością wiedziała, jak rozmawiać z Bogiem. Elizabeth niemal jej zazdrościła. Zawierzyć komuś bezgranicznie, oczekiwać pomocy i zrozumienia, to musiała być ulga... Wyszła na zewnątrz, zaskoczona ciepłem i jasnością dnia, było niemal gorąco, zdjęła więc zamszową kurtkę, pozostając w bluzce z krótkimi rękawami. Wczorajszy wieczór i noc były bardzo chłodne, a w tej chwili temperatura przekroczyła z pewnością dwadzieścia stopni. Elizabeth znalazła się teraz na deptaku, który przypominał małe Pola Elizejskie, było dużo spacerowiczów, młode pary, kobiety z wózkami. Jedna z nich o coś ją zagadnęła.

– Nie rozumieć – wyjąkała Elizabeth.

Młoda kobieta uśmiechnęła się i wskazała zegarek na ręce Elizabeth, a ona pokazała jej cyferblat. Tamta skinęła głową.

Starając się zapamiętać drogę, przeszła na drugą stronę deptaka i skręciła w ulicę, która zaprowadziła ją przed pokaźny empirowy gmach; musiał mieścić jakieś dobra kulturalne, może było to muzeum. Zawahała się, czy nie spróbować dostać się do środka, ale jej uwagę przykuł budynek po przeciwnej stronie ulicy, który okazał się Galerią Obrazów. Elizabeth znalazła się nagle w świecie, z którego została wyrwana i, nie wiedząc o tym, odczuwała to bardzo boleśnie. I oto oglądała Tycjana, Caravaggia, Rubensa i... Bruegla starszego. Nie było żadnych wątpliwości, to był Bruegel starszy, żadna replika, ale oryginał obrazu *Kosiarze*, namalowany w tym samym czasie co obraz znajdujący się w praskiej galerii. Ciekawe, że żadne źródła o tym nie mówiły, przynajmniej źródła jej dostępne. Nie wie, ile czasu spędziła w galerii, lecz kiedy spojrzała na zegarek, przeraziła się, dochodziło kwadrans po czwartej. Na dworze zapadł już zmierzch, zapaliły się latarnie. Niemal biegnąc, pokonała Pola Elizejskie, tak ochrzciła deptak, i zagłębiła się w gąszcz ulic, które miały ją zaprowadzić do rynku. Wydawało się to proste, ale proste nie było. Oto miała się powtórzyć sytuacja sprzed kilku lat we Florencji: kiedy Elizabeth była niemal pewna, że za rogiem zobaczy fragment rynku i studnię z pomnikiem Diany, wyłaniała się przed nią kolejna zabudowana kamienicami ulica. Spróbowała pytać przechodniów, ale widocznie źle wymawiała z rozmówek słowo ,,rynek", bo nikt jej nie rozumiał.

– *Market* – mówiła w końcu po angielsku, coraz bardziej zrezygnowana. – *Monument... Diana with two dogs...*

Już dawno minęła piąta. Jak na złość komórka Sanickiego odpowiadała, że połączenie nie może zostać zrealizowane. Najgorsze, że Elizabeth wydawało się, iż krąży w kółko, poznawała fragmenty ulic, na których już przedtem była. Postanowiła cofnąć się do Pól Elizejskich i stamtąd rozpocząć wędrówkę od nowa. To jej się w końcu udało, wyszła z plątaniny ulic na otwartą przestrzeń. Przystanęła, starając się odtworzyć, którędy dotarła tutaj za pierwszym razem, kiedy tuż przed nią zahamowało duże auto.

Kierowca wysiadł, wtedy go rozpoznała. To był mecenas Sanicki.

– Wreszcie panią znalazłem.

– Pomyliłam ulice – odparła trzęsącym się głosem – nikt mi nie potrafił wskazać drogi... Po prostu mnie nie rozumiano...

– Najwyższy czas, aby zaczęła się pani uczyć ukraińskiego – zażartował, otwierając jej drzwiczki. – Dokąd jedziemy?

– Tam, gdzie mogłabym się schować przed ludzkim wzrokiem.

Mężczyzna zastanowił się chwilę.

– Znam takie jedno miejsce za miastem...

– Czy to daleko?

– Ze śródmieścia pół godziny drogi.

– Dobrze, pojedźmy tam.

Auto ruszyło niemal bezszelestnie z miejsca, mimo nierówności na jezdni jechało się nim wspaniale.

– Co to za samochód?

– Volvo.

– Chyba nowy model?

– Owszem.

– Dlatego go nie rozpoznałam, matka ma słabość do tych samochodów.

– Ma dobry gust.

Chwilę jechali w milczeniu, Elizabeth wyglądała przez okno. Uliczne latarnie rozświetlały mrok, w ich blasku miasto wyglądało zupełnie inaczej niż za dnia. Drzewa rzucały długie cienie na chodnik, a fasady domów wyłaniały się i kryły w ciemnościach w zależności od oświetlenia. Sprawiały wrażenie, jakby były ruchome.

– Jak się pani czuje w mieście Lwowie? Czy przemówiło do pani swoim głosem? – spytał Sanicki.

– O tak, to wyjątkowe miasto, gdybym tu przyjechała w innych okolicznościach, z pewnością miałabym panu więcej do powiedzenia.

– A jakie to okoliczności?

– Nie czuję się na siłach teraz opowiadać, może jak usiądziemy w spokoju...

Mężczyzna uśmiechnął się życzliwie.

– Rozumiem, nie miałem zamiaru ciągnąć pani za język.

Jechali w milczeniu. W miarę jak się oddalali od śródmieścia, zmieniała się zabudowa. Dostojne, wysokie kamienice zastępowały wille otoczone ogrodami, a potem coraz skromniejsze domki i coraz mniejsze parcele. Droga prowadziła teraz pod górę aleją wysadzaną starymi drzewami, po chwili oczom Elizabeth ukazał się fronton secesyjnej willi, z przepięknym, drewnianym rzeźbionym gankiem. Weszli do środka.

Hol zastawiony był starymi komodami, na których ułożono piramidy z jabłek, ich zapach rozchodził się z pewnością po całym domu. Zjawiła się kobieta pokaźnej tuszy, o dobrodusznym wyrazie twarzy. Wokół głowy miała opleciony gruby warkocz. Sanickiego powitała jak dobrego znajomego, a potem podała w milczeniu rękę Elizabeth, rękę miękką i ciepłą. Dłoń domowa – przyszło jej na myśl.

Gospodyni poprowadziła ich po schodach do niewielkiego pokoju, którego jedną ze ścian niemal w całości stanowiło okno. Rozpościerał się stąd widok na miasto leżące w dole, widoczne były jak na dłoni podświetlone wieże kościołów, Elizabeth zdziwiła się, że jest ich aż tyle.

– Lwów to miasto wież – powiedział Sanicki. – Widzi pani tę kopułę połyskującą zielono, tę po prawej stronie? To Kaplica Boimów. Myślę, że to arcydzieło dorównujące Kaplicy Sykstyńskiej, jest jak klejnot wyryty w czarnym piaskowcu, figury, fryzy i reliefy zapadają w pamięć do końca życia. Nie była tam pani jeszcze?

Elizabeth potrząsnęła przecząco głową.

– Ale przypadkiem trafiłam do galerii, gdzie znalazłam obraz Bruegla starszego, nic nie wiedziałam o jego istnieniu... Piszę pracę o Brueglu starszym.

– Kim jest pani z zawodu?

– Historykiem sztuki.

Sanicki roześmiał się.

– Wpuścić historyka sztuki do Lwowa to jak wpuścić lisa do kurnika!

– Może tu jeszcze kiedyś przyjadę – odparła smutno.

Weszła korpulentna właścicielka restauracji, aby przyjąć zamówienie. Chociaż nic nie jadła od rana, Elizabeth nie czuła głodu. Jej towarzysz namówił ją jednak, aby spróbowała specjalności kuchni, barszczu ukraińskiego i placków ziemniaczanych w sosie borowikowym. Do zupy podano, jako dodatek, kulki z ciasta z czosnkiem. Bardzo jej to smakowało.

Byli sami, mimo że stały tu jeszcze trzy stoliki. Albo nie dopisali goście, albo pokój należał do sekretnych. Podczas spóźnionego obiadu Elizabeth ukradkiem przyglądała się Sanickiemu. Miał interesującą, męską twarz i doskonałą sylwetkę, chociaż mógłby być odrobinę wyższy. Z pewnością bardzo dbał o siebie, jego ręce były starannie utrzymane, o wypolerowanych paznokciach. Elizabeth przykładała dużą wagę do wyglądu rąk swoich rozmówców, uważała, że ręce mogą wiele powiedzieć o człowieku. W tym przypadku jednak coś jej nie pasowało, dłonie Sanickiego były jakby za delikatne do jego postury, prawie kobiece. Ktoś o takich dłoniach powinien być wewnętrznie gładkim człowiekiem, a jej towarzysz taki nie był, w jego sposobie bycia wyczuwało się ironiczny dystans, potrafił być też szorstki. Ale tak naprawdę nic o nim nie wiedziała. Spotkali się przypadkiem w podróży, zamienili kilka zdań, i to wszystko. Czy zechce jej pomóc? Czy w ogóle powinna się do niego z tym zwracać?

– Elizabeth – usłyszała swoje imię i drgnęła – wyjaśni mi pani, co się dzieje?

Powiedział to ciepło, bardzo osobiście. Chciała mu wyjaśnić, ale nie mogła, łzy popłynęły jej po policzkach. Czekał cierpliwie, aż się wypłacze. W końcu się opanowała i zaczęła opowiadać, wszystko po kolei. Sanicki miał nieprzeniknioną twarz. Nie wiedziała, jaka będzie jego reakcja, czy zdecyduje się pomóc, czy też będzie się wykręcał albo wręcz jej odmówi.

– Pojutrze kończy mi się wiza, a prokurator nie pozostawił mi cienia nadziei, że będę ją mogła przedłużyć.

Sanicki zapalił papierosa.

– Dlaczego uważa pani, że powinna tu pozostać? Na tym etapie więcej pani może osiągnąć, naciskając Departament Stanu, aby on z kolei naciskał nasze władze.

Pokręciła przecząco głową.

– To może zrobić moja matka, ma tam znajomości... ja... muszę się czegoś dowiedzieć tutaj. Muszę im zajść za skórę, żeby chcieli się mnie pozbyć, a pozbędą się mnie, jak odnajdę męża.

– To mi wygląda na dziecinadę.

– Łatwo panu mówić – wybuchnęła.

Sanicki dotknął jej ręki.

– Wiem, że przechodzi pani trudne chwile. Zanim się wypowiem w tej sprawie, muszę się z nią zapoznać. Chce mi ją pani zlecić czy mam się dowiedzieć czegoś po przyjacielsku?

Zaskoczyło ją to pytanie. Nie brała pod uwagę, że może tu podjąć jakieś formalne działania. Zresztą przeciwko komu? Przeciw władzom? One twierdzą, że Jeff opuścił teren Ukrainy. A tych, którzy uprowadzili jej męża, szukaj wiatru w polu.

– Ale... ja zamierzam tu pozostać nieoficjalnie... więc jak może być pan moim pełnomocnikiem?

– Jeżeli mnie pani upoważni, mogę działać w pani imieniu, bez względu na to, gdzie pani przebywa. Przede wszystkim trzeba się skontaktować z zatrzymaną Oksaną Krywenko.

Elizabeth patrzyła na niego szeroko otwartymi oczyma.

– Mnie nie chcieli do niej wpuścić – powiedziała wolno.

– Ale mnie wpuszczą.

Do hotelu dotarła przed dziesiątą. W holu czekał na nią zdenerwowany wicekonsul.

– Co się z panią działo? Już myślałem, że panią też uprowadzono.

– Zabłądziłam w mieście – odrzekła skonsternowana.

– Trzeba było wziąć taksówkę.

– W końcu to zrobiłam – skłamała bez zmrużenia oka.

W nocy miała niespokojne sny, był to powtórzony scenariusz jej wędrówki przez miasto przed spotkaniem z Sanickim. Tym razem jednak sceneria była upiorna, kamienice miały zniszczone elewacje, puste oczodoły zamiast okien, powyrywane lub wiszące na jednym zawiasie drzwi, dookoła pełno było tłuczonego szkła, które chrzęściło pod butami. Elizabeth nie widziała ludzi, a przecież za dnia na ulicach panował tłok. Krążyła tymi ulicami, coraz bardziej przerażona. Kilka razy zdziczałe koty przebiegły jej drogę, były wychudzone, miały sterczące grzbiety i matową, zmierzwioną sierść. Rudy kociak wyskoczył jej tuż spod nóg z przeraźliwym miauczeniem. Nie wiedząc, dlaczego to robi, weszła do jednego ze zrujnowanych domów. Ruszyła schodami na górę, tutaj też pełno było porozbijanego szkła. Drzwi do pokoi były pootwierane, panował tam straszny nieporządek, książki walały się na podłodze, na łóżkach leżała skotłowana pościel. Gdzieś w głębi zadzwonił telefon i Elizabeth, mając przeświadczenie, że to do niej ktoś dzwoni, poszła w tamtym kierunku. Jej oczom ukazał się przestronny salon i, o dziwo, wszystko tu było na swoim miejscu, pośrodku leżał duży perski dywan, książki ustawione były w równych rzędach na regałach, na niedużym stoliku obok skórzanej kanapy stały herbaciane róże w wazonie z przezroczystego szkła. Nie było widać nigdzie telefonu, chociaż ciągle dzwonił. Próbowała się zorientować, z jakiego kierunku dochodzi ten dźwięk, wszystko wskazywało na to, że spoza okna. Odsunęła firankę i krzyknęła. Tuż na wprost zobaczyła obraz Bruegla starszego, który odkryła dzisiaj w galerii, kompletnie zniszczony, podziurawione płótno zwisało z ramy...

Telefon ciągle dzwonił.

– Musimy się koniecznie zobaczyć – usłyszała głos Sanickiego.

Spotkali się po półgodzinie na dole, w hotelowej restauracji.

– Jadę wprost z aresztu śledczego – powiedział Sanicki, był wyraźnie poruszony. – Widziałem się z aresztowaną. Sprawa wygląda o wiele poważniej, niż sądziłem.

Elizabeth wpatrywała się w niego w napięciu. Musiał przerwać, bo kelnerka przyniosła kawę. Była pora śniadania, dla hotelowych gości przygotowano szwedzki stół, ale Elizabeth nie mogłaby niczego przełknąć.

– Słyszała pani o sprawie Gongadzego?

W milczeniu potrząsnęła głową.

– To ukraiński dziennikarz, który zaginął w tym samym dniu co pani mąż. Mógłby to być zbieg okoliczności, ale nie był. Potwierdziła to ta Krywenko. Pani mąż miał się z nim spotkać tuż przed wyjazdem, zostawił rzeczy u zatrzymanej, poszedł na to spotkanie i nie wrócił. Żaden z nich nie wrócił.

– Nikt mi o tym nawet nie wspomniał!

– Bo komuś widocznie bardzo zależało, aby nie łączyć tych dwóch spraw.

– Jakie to proste – powiedziała z goryczą. – Teraz rozumiem, dlaczego aresztowano tłumaczkę Jeffa, chcą jej zamknąć usta.

– Na to wygląda.

Elizabeth uśmiechnęła się smutno.

– Do tej pory żyłam w zupełnie innym świecie, który, obawiam się, legł w gruzach. Tej nocy miałam sen, zobaczyłam obraz Bruegla starszego cały w strzępach...

– Ach, sny – powiedział niemal pogardliwie Sanicki – mamy inne problemy. Musimy postanowić, co dalej. Elizabeth, to naprawdę nie są żarty, odradzałbym pani nielegalny pobyt tutaj, to by panią naraziło na duże niebezpieczeństwo.

– Legalny pobyt nie wchodzi w grę, nie przedłużą mi wizy, a ja stąd nie wyjadę!

Chwilę mierzyli się wzrokiem.

– Dobrze – powiedział zdecydowanie – zastanowię się, jak to zorganizować. Czasu jest niewiele, jutro kończy się pani wiza. – Spojrzał na zegarek. – Dochodzi dziesiąta, spotkajmy się o pierwszej, będę już coś wiedział.

– Spotkajmy się przy studni z pomnikiem Diany – zaproponowała.

– Trafi tam pani?

– Tym razem tak, mój anioł stróż z konsulatu zaopatrzył mnie w plan miasta. Mogę tam dojść piechotą, a poza tym chciałam odwiedzić pewną kobietę...

Sanicki zrobił się czujny.

– Kto to jest? To może być ktoś podstawiony.

Elizabeth zaprzeczyła ruchem głowy.

– Proszę się nie obawiać. To pewna Polka, ma prawie sto lat...

Pożegnali się, Sanicki był już przy drzwiach, kiedy zawołała za nim. Przystanął i odwrócił głowę.

– Dlaczego pan to dla mnie robi? – spytała.

Uśmiechnął się tylko i wyszedł.

\* \* \*

Mając przy sobie plan miasta, Elizabeth czuła się znacznie pewniej, poza tym poznawała już fragmenty ulic. Jedna z nich wydała jej się szczególnie znajoma. Przystanęła nawet, przyglądając się fasadom domów. I nagłe olśnienie: widziała te kamienice we śnie! Wyglądały inaczej z odpadającym tynkiem i powybijanymi oknami, ale to były te same kamienice, te same gzymsy, balkony, kolumny. Próbowała odczytać nazwę ulicy. Or-mi-an-ska... Nie była tu przedtem, co do tego nie miała wątpliwości. Więc może był to sen proroczy, tylko co jej chciał powiedzieć, przed czym przestrzec? Ta ·pięknie odrestaurowana ulica legnie w gruzach? A może tak wyglądała przedtem, zanim ją odrestaurowano. Niemożliwe, aby w centrum miasta straszyły ruiny. Mogło być źle, ale nie aż tak źle. Chyba żeby cofnąć się dalej, do czasów wojny. Postanowiła to sprawdzić, z pewnością istniały jakieś albumy o odbudowie Lwowa po wojnie. Miasto musiało ucierpieć jak wiele innych miast w Europie. W dodatku przechodziło z rąk do rąk, przemaszerowywały tędy wojska polskie, ukraińskie, niemieckie i rosyjskie, jak opowiadała pani Klonowska. Spotkanie z nią było naprawdę niezwykłe, nie tylko z powodu wieku pani Anny, nie czuło się go w rozmowie, staruszka miała doskonałą pamięć, miała też osobowość. To sprawiło, że Elizabeth zapragnęła spotkać się z nią raz jeszcze. Wybierała się do niej z puszką angielskiej herbaty.

Po omacku weszła na piętro i odszukawszy tak samo po omacku dzwonek, nacisnęła go. Po chwili odezwały się ciężkie kroki i przez otwarte drzwi buchnął jej w twarz zapach gotowanej kapusty. W smudze światła zobaczyła mężczyznę w podkoszulku i spodniach od dresu, miał czerwony, byczy kark i potężne bicepsy, pokryte tatuażami. Zagadał coś, ale oczywiście go nie zrozumiała.

– Anna Klonowska – powiedziała wyraźnie.

Mężczyzna bez słowa odwrócił się i zniknął w czeluści korytarza. Elizabeth zapukała do drzwi pani Anny i ostrożnie je uchyliła, po czym weszła do środka.

Staruszka siedziała w fotelu przy oknie, zapatrzona przed siebie, ręce miała złożone na kolanach. Gdyby tak ją zobaczył Vermeer, z pewnością by ją namalował. Obraz byłby ozdobą kolekcji w Rijksmuseum, wisiałby obok *Wieśniaczki nalewającej mleko* i *Kobiety czytającej list.*

Pani Anna poznała Elizabeth od razu, ucieszyła się. Siedząc przy stole, piły herbatę, którą tym razem Elizabeth zaparzyła. Krzątając się po ciasnej kuchence pośród ubogich sprzętów, zastanawiała się nad tym, jak dziwnie toczą się koleje losu. Pani Anna przyszła na świat w innej epoce, otoczona miłością, zbytkiem, a teraz dożywała swoich dni samotnie, mając za ścianą chama sąsiada. Poznawszy go, Elizabeth zrozumiała, dlaczego staruszka nie korzystała z toalety mieszczącej się w części zajętej przez jego rodzinę, a wolała schodzić na półpiętro. Tam była ubikacja ogólnodostępna, ale jej stan pozostawiał wiele do życzenia. Elizabeth przekonała się o tym na własnej skórze. Po prostu natychmiast musiała stamtąd wyjść.

– Dobra herbatka, bardzo dobra – rozmarzyła się staruszka, pociągając łyk – co za aromat. Ostatnio piłam taką na dworze angielskim...

– A co pani tam robiła? – zainteresowała się Elizabeth.

– Towarzyszyłam swojej matce, grała przed królem i całym dworem, a potem królowa zaprosiła nas na herbatę... ten aromat rozchodził się po całym salonie...

– A który to był król?

– Jerzy V, oczywiście, łudząco podobny fizycznie do swojego krewniaka, ostatniego cara Rosji. Miałam zaszczyt poznać go osobiście, jego i jego rodzinę. Jedna z córek była w moim wieku... nawet grałyśmy razem na cztery ręce, ale nie wychodziło to nam najlepiej, moja mama się krzywiła...

Elizabeth słuchała z niedowierzaniem, czyżby starsza pani miała taką bogatą wyobraźnię? Dla niej brzmiało to tak, jak opowieść o piciu herbaty z prezydentem Lincolnem.

– Nie wierzysz mi, dziecko? – spytała staruszka.

– Ja już też czasami nie wierzę, a jednak tak było... Car na przykład był niezwykle nieśmiałym człowiekiem i mówił bardzo cicho, niemal trzeba mu było patrzeć na usta... ale carowa miała nieprzyjemny, ostry głos. Wiesz, jak oni skończyli?

Elizabeth przytaknęła głową.

– To dlatego, że krewniak nie wpuścił ich do Anglii, gdy uciekali przed bolszewikami. I ma ich na sumieniu. Całą rodzinę spotkała okrutna śmierć. Te wielkie księżne, takie niewinne, dobre... Anastazja odpięła naszyjnik, który mi się podobał, i chciała mi go ofiarować. Matka oczywiście nie pozwoliła mi wziąć, był bardzo cenny. Czasami o nich myślę, o tych dziewczynkach, też miałam niełatwy los, ale byłam zakochana, miałam męża, spotkało mnie macierzyństwo, a one niczego takiego nie doświadczyły...

Staruszka zamyśliła się, ręka z filiżanką znieruchomiała w powietrzu.

– A jak to się stało, że matkę pani przyjmowano na cesarskim dworze, była przecież Polką... a Rosjanie i Polacy nie lubili się...

– Była artystką. Młody car miał romans z primabaleriną Krzesińską, która też była Polką... wszyscy się w niej kochali, stryj cara kupił jej w Petersburgu pałac.

Słuchając opowieści pani Anny, starała się nie myśleć o swojej sytuacji. Nie wiedziała, jak potoczy się jej dalsze życie, jakie będzie musiała podjąć decyzje. Wszystko zależało od czekającej ją rozmowy z Sanickim.

– Ile masz lat, dziecko? – spytała nieoczekiwanie pani Anna.

– Trzydzieści osiem.

– To jesteś młoda, dużo jeszcze przed tobą. A masz dzieci?

– Nie, nie mam. Jakoś nie myśleliśmy o tym z mężem.

Pani Anna pokręciła głową z dezaprobatą.

– To niedobrze, niedobrze, małżeństwo powinno mieć dzieci, chociaż jedno.

– Ale my chyba nie jesteśmy typowym małżeństwem – zwierzyła się. – Żyjemy w wielkiej przyjaźni... ale trochę osobno.

– Nie rozumiem tego – powiedziała lekko poirytowanym tonem staruszka. – Ludzie albo się kochają, albo nie.

Elizabeth potarła czoło.

– Nie wiem, czy myśmy się kiedykolwiek kochali w tym obiegowym sensie, myśmy się bardzo, bardzo lubili...

– To już w ogóle tego nie rozumiem! – wykrzyknęła pani Anna. – Może my Europejczycy jesteśmy inni i nie rozumiemy Amerykanów.

Elizabeth roześmiała się.

– Amerykanie niczym się nie różnią do Europejczyków, jeśli chodzi o uczucia. Po prostu komuś z boku trudno zrozumieć nasz związek, nawet moja matka

52

nie może zrozumieć... A jesteśmy już ze sobą osiemnaście lat i dobrze nam razem.

– Więc się jednak kochacie – odetchnęła staruszka.

– No dobrze, kochamy się – zgodziła się Elizabeth, ukradkiem spoglądając na zegarek.

Dochodziło wpół do pierwszej, wkrótce powinna się pożegnać z panią Anną i wyruszyć na spotkanie. To wszystko, czego dowiedziała się rano od Sanickiego, zmuszało ją do podjęcia życiowych decyzji. Wiedziała, że będą to decyzje trudne.

– Pani Anno, nie wiem, kiedy się zobaczymy, ale zobaczymy się na pewno – powiedziała, wstając.

Uściskały się na pożegnanie i Elizabeth ruszyła w ryzykowną podróż po ciemnych schodach. Wkrótce znalazła się na powietrzu i odetchnęła pełną piersią, pani Anna nie otwierała bowiem okien i w jej mieszkaniu było bardzo duszno, nie mówiąc o smrodzie na klatce schodowej.

Sanicki już na nią czekał w umówionym miejscu. Miał poważną twarz, zniknął bez śladu lekko ironiczny wyraz, podkreślający dystans do spraw tego świata.

– Jeżeli chce pani tu mimo wszystko pozostać, mam taki plan. Wymelduje się pani z hotelu, przekroczy granicę ukraińsko-polską na jednym przejściu, wieczorem wróci pani innym...

– A jak mnie nie wpuszczą?

– Nie będą mieli powodu pani nie wpuścić, będzie pani miała ważną wizę.

Zastanawiała się długą chwilę, a potem oświadczyła:

– Zgadzam się, ale zrobię to jutro. Rano wymelduję się z hotelu, do granicy, o ile wiem, nie jest daleko.

Sanicki patrzył na nią, wyraźnie zaskoczony.

– Dlaczego jutro? Jutro kończy się pani wiza i mogą być kłopoty z przejściem na tę stronę.

– Wiza będzie ważna do północy – powiedziała z naciskiem. – Powiem, że chcę coś kupić albo że zapomniałam jakieś rzeczy w hotelu. To się zdarza.

– Jednak bezpieczniej byłoby zrobić to dzisiaj – upierał się.

Elizabeth spojrzała mu prosto w oczy.

– Dzisiaj nie mogę. Muszę się zobaczyć z tłumaczką męża.

– Przecież ona jest w areszcie!

– Dotrę do niej.

Sanicki przysiadł na murku, jakby zabrakło mu nagle sił. Wyjął papierosa, potem schował go do papierośnicy.

– To jest absolutnie niemożliwe! – powiedział.

– Nic nie jest niemożliwe – odrzekła spokojnie. – W tym kraju za pieniądze można wszystko załatwić. Tak mi powiedziano.

Zapadła cisza. Elizabeth myślała gorączkowo, co zrobić, jeżeli on odmówi jej pomocy. Do kogo się zwrócić? Pozostawał jedynie ten służbista Smith. Tylko... czy ktoś taki byłby zdolny do podobnego czynu? Czuć go było tchórzem na kilometr. Ale może zdołałaby go jakoś zmusić, zagrozić, że w innym wypadku stąd nie wyjedzie. Oni w konsulacie marzyli o tym, aby się jej czym prędzej pozbyć. To przecież zwykli urzędnicy, a żaden urzędnik nie lubi kłopotów.

– Jest za mało czasu, można by spróbować to załatwić, ale po pani powrocie – usłyszała głos Sanickiego.

– Andrew! Nie wiemy, czy tu wrócę. Mogą mnie nie wpuścić. A ja muszę zobaczyć się z tą kobietą. W normalnym kraju by mi na to zezwolono, była ostatnią osobą, która widziała mojego męża! Czy to jest duże ryzyko dla pana?

Sanicki uśmiechnął się.

– Dla mnie żadne. Ja sam nie zajmuję się takimi sprawami jak wręczanie łapówek, znam jednak kogoś... Ale to jest ryzykowne, przede wszystkim dla pani.

– Ja jestem zdecydowana na wszystko. Muszę wiedzieć, co się stało z moim mężem. Muszę go odnaleźć. Żywego czy martwego.

– Ta kobieta nic więcej pani nie powie, ponad to, co powiedziała mnie. Więc czy warto tak ryzykować? – Tym razem Sanicki zapalił papierosa, głęboko zaciągnął się dymem.

– Jest mi to potrzebne – powiedziała cicho.

Jej towarzysz długo się nad czymś zastanawiał, Elizabeth patrzyła na niego z nadzieją.

– Dobrze, zacznę działać – rzekł wreszcie – ale powtarzam, rozsądniej byłoby, gdyby dzisiaj pani wyjechała.

Rozstali się. Elizabeth wróciła do hotelu, pierwszą osobą, na którą natknęła się w hotelowym holu, był wicekonsul.

– Właśnie pani szukałem – powiedział przepraszającym tonem. – Nie wiemy, jakie są pani plany. Jutro kończy się pani wiza pobytowa tutaj, czy... ma pani rezerwację na samolot?

– Zamierzam przejść do Polski – odparła. – I tak samolot do Nowego Jorku mam z Warszawy. Wezmę taksówkę, przy okazji zobaczę kawałek tego kraju.

Smith rozpromienił się.

– Ja mogę panią zawieźć do granicy.

– Dobry pomysł, chcę wyruszyć rano.

– Świetnie, doskonale.

Zjedli razem obiad w hotelowej restauracji. Elizabeth chciała zamówić barszcz ukraiński, który tak jej smakował w willi za miastem, ale nie było go w karcie. Zjadła więc zraz mielony z kaszą, w jakimś sosie, który nie przypadł jej do gustu. Także wino, które zamówili, było kwaśne.

– Może mógłbym panią zaprosić do opery – zaproponował, z wielką precyzją operując nożem i widelcem na swoim talerzu, zupełnie jak chirurg.

Elizabeth trochę to śmieszyło. Obserwowała jego ręce, były kościste, o długich palcach i zaokrąglonych paznokciach, i pasowały jak ulał do właściciela.

– Dziękuję – odpowiedziała – ale czuję się trochę zmęczona, a poza tym nie mam nastroju, aby iść gdziekolwiek.

– To zrozumiałe – odrzekł szybko – sądziłem jednak, że może to oderwie pani myśli... Mają tu światowej sławy śpiewaczkę, nazywa się Gruszecka, o ile nie pomyliłem nazwiska. Pan konsul generalny z małżonką przyjeżdżają na jej występy. I nasi goście też dobrze się wyrażają o tej artystce.

– Może innym razem.

– Tak, tak, na pewno.

Elizabeth oddaliła się na chwilę, a kiedy wracała do stolika, dobiegł jej uszu fragment rozmowy, którą Smith prowadził przez telefon komórkowy.

– Pani Connery opuszcza jutro Ukrainę, osobiście odstawiam ją do granicy... – w jego głosie czuć było niekłamaną ulgę.

Na jej widok szybko zakończył rozmowę.

– Ścigają mnie z konsulatu – tłumaczył się.

A przecież nie ulegało kwestii, że to on dzwonił. Sformułowanie o „odstawianiu do granicy" nie było zresztą zbyt uprzejme, ale czego można oczekiwać po tego typu ludziach.

Z ulgą się z nim pożegnała. W swoim pokoju położyła się na łóżku i zapatrzyła w sufit. Poczuła się bardzo zmęczona. Czy miała siłę na dalsze poszukiwania? Przecież to tak jakby szukać igły w stogu siana. Ale to chodziło o jej męża. Co czuła, myśląc teraz o nim? Dotąd sądziła, że wie o nim wszystko, że Jeff dzieli się z nią każdą swoją myślą, a on prowadził całkiem niezależne życie. Dlaczego spotkał się z tym dziennikarzem? Co mieli ze sobą wspólnego? Czy Jeff włączył się w walkę o wolność w tym kraju? Ten kraj był właściwie wolny, otrzymał niepodległość po tylu latach. I jeżeli nie umiał sobie z tą wolnością radzić, to już była sprawa jego obywateli. A nie Jeffa. On był tutaj obcy, tak samo jak ona. O jakich „sensacyjnych materiałach" wspominał w ostatnim liście? Czy to te „materiały" sprowadziły na nich nieszczęście? Czego mogły dotyczyć? Była pewna, że nie chodziło o sprawy zawodowe, o „liczenie ocalałych cerkwi", jak to określił Edgar. Nie znajdowała odpowiedzi na te wszystkie pytania. Także na najważniejsze: czy to, co łączyło ją z Jeffem, warte było narażania życia? „Przecież nie byliście ze sobą blisko" – powiedziała matka. To, że w każdej sekundzie Elizabeth mogła przywołać jego twarz czy jego głos, to jeszcze nie była ta wartość, którą można położyć na szalę z własnym życiem. Nie pamiętała nawet, kiedy ostatni raz byli ze sobą w łóżku... ale wciąż pamiętała jego zapach, ciepło jego ramion, gdy ją obejmował. Pamiętała czułość...

Zadzwoniła komórka i Elizabeth zerwała się na równe nogi. Stojąc na baczność pośrodku hotelowego pokoju, odebrała telefon, czuła się tak, jakby za chwilę miano jej odczytać wyrok.

– Powinniśmy się spotkać – powiedział Sanicki – przyjadę po panią.

– Będę przed hotelem...

Włożyła kurtkę i już zbiegała po schodach, wiedząc, że on dopiero jest w drodze.

Chcąc skrócić sobie czas oczekiwania, spacerowała, przecięła skwer, na którym stał podświetlony pomnik poety. Poeta jedną ręką przytrzymywał połę płaszcza, drugą zaś miał wyciągniętą przed siebie, na jego twarzy malowała się zaduma. Towarzyszyła mu skrzydlata muza z harfą. Jak wyczytała w przewodniku, był to poeta romantyczny Adam Mickiewicz, do którego przyznawali się Polacy, Litwini i Białorusini, a jego pomnik stał na skwerze w ukraińskim mieście...

Wróciła pod hotel, ale Sanickiego jeszcze nie było. Zaczynała się denerwować, czy przypadkiem nie przytrafiło mu się nic złego, kiedy zza rogu wyjechał jego samochód.

– Spotkanie może się odbyć w nocy – stwierdził na wstępie.

– Dobrze, zgadzam się na wszystko.

– Będzie dwóch strażników, chcą po tysiąc dolarów... To dość duża suma, nie wiem, czy może ją pani podjąć z bankomatu. Mój bank jest już zamknięty.

– Mam przy sobie pieniądze – odrzekła szybko.

– Nie wiedziałam, co tu zastanę. Jeff wysłał kiedyś czek do Europy Wschodniej, na jego realizację trzeba było czekać tygodniami.

– Z czekami często są problemy – przyznał Sanicki.

Jechali przez miasto, zaczął kropić deszcz i ulica lśniła w świetle latarni. Jeden z opadających liści przykleił się do szyby samochodu.

– Mamy przed sobą kilka godzin – powiedział Sanicki – zapraszam panią na kolację do mojej matki.

– Czy to nie będzie dla niej kłopot? – spytała z obawą.

– Ona już wie i czeka na nas.

Samochód zatrzymał się przed bramą jednego z domów, w dzielnicy willowej, którą Elizabeth zapamiętała z poprzedniej wyprawy z Sanickim. Podobały jej się ogrody otaczające stare wille. Do domu matki Sanickiego wiodła droga przez sad, na drzewach pomiędzy liśćmi czerwieniły się jabłka. Było ciemno i Elizabeth dostrzegła je dopiero z bliska. Ogarnęło ją dziwne wzruszenie.

Na ganek wyszła starsza pani, ubrana w niemodną sukienkę z koronkowym kołnierzykiem i mankietami. Zupełnie białe włosy miała zaczesane w kok.

Sanicki przedstawił jej Elizabeth. Jego matka znała słabo francuski, ale jako tako mogły się porozumieć.

W salonie zastawionym antykami wisiał na ścianie portret starszego mężczyzny o surowym spojrzeniu. Okazało się, że był to dziadek Sanickiego. On też miał we Lwowie kancelarię prawniczą.

– A ojciec? – spytała.

– Ojciec umarł młodo – odpowiedział zdawkowo, więc już dalej nie wypytywała.

Kolacja była wspaniała. Zniechęcona do hotelowej kuchni, Elizabeth niemal rzuciła się na przystawki: marynowanego łososia, sos tatarski, grzybki w occie, śledziowe koreczki. W pewnej chwili uświadomiła sobie, że przy stole panuje cisza, ona napycha sobie usta, a matka i syn jej się przyglądają. Znieruchomiała z widelcem w ręku.

– A państwo mi nie towarzyszą? – spytała skonsternowana.

– Ja już jestem po kolacji – odpowiedziała pani domu – a syn w ogóle kolacji nie jada.

Pani Sanicka podała im herbatę i poszła do siebie na górę.

– Kim był ten zaginiony dziennikarz? – spytała Elizabeth, kiedy zostali sami.

Dowiedziała się, że to młody, trzydziestoletni człowiek. Jego ojcem był Gruzin, a matką Ukrainka ze Lwowa. Pisywał do prowincjonalnej gazety, potem przeniósł się do Kijowa, tam pracował w radiu, w telewizji, raczej dorywczo. Rok temu założył internetową gazetę ,,Ukraińska Prawda", ale nie była zbyt popularna. Dopiero jego zaginięcie to zmieniło.

– Zetknąłem się z tym Gongadze – powiedział Sanicki. – Porządny facet, ale narwaniec, jak wszyscy Gruzini. Działał bardzo nieostrożnie, bez pardonu atakując władze.

– Na tym polega wolne dziennikarstwo – ujęła się za nim Elizabeth.

– No tak, ale czy trzeba zaraz walić głową w mur? Ja też jestem związany z opozycją, ale to nie znaczy, że mam być samobójcą.

– Co on takiego robił?

– Głośno krzyczał, ale jego głos nie docierał do ludzi. Dopiero kiedy zniknął, gazeta internetowa zaczęła żyć. Zaczęto ją odwiedzać. Otrzymała dotacje od ambasady amerykańskiej w Kijowie, ponad dwadzieścia tysięcy dolarów.

Elizabeth zaskoczyła ta informacja. Dlaczego jej rząd postanowił wspierać nikomu nieznanego dziennikarza?

– Więcej pani powiem – uśmiechnął się Sanicki.

– Podobno pieniądze na „Ukraińską Prawdę" dali także Rosjanie.

– Więc o co w tym wszystkim chodzi?

– O politykę, jak zawsze. Amerykanie chcą wspierać wolną prasę, Gongadze był w tysiąc dziewięćset dziewięćdziesiątym dziewiątym roku w Ameryce, mówił tam o naciskach na dziennikarzy ze strony polityków i władzy, skarżył się na brak niezależności. A Moskwa też tu ma interes, chcą pokazać, że Ukraina nie dorosła do demokracji... Chyba Zachód nie do końca zdaje sobie sprawę, że jesteśmy najważniejszym państwem w Europie. Jeżeli Rosja wchłonie Ukrainę, stanie się znów mocarstwem i zmieni się układ sił na świecie. Rosja bez Ukrainy będzie tylko niespójnym i słabym gospodarczo tworem.

– Ale co to ma wspólnego z moim mężem, jego polityka nigdy nie interesowała. Żył problemami sztuki.

Sanicki uśmiechnął się.

– Jak się tutaj jest trochę dłużej, to trudno stać z boku. Mówiła pani, że mąż często jeździł do Europy Wschodniej, że znał trochę rosyjski.

– Ale interesowały go zabytki, a nie ludzie.

Nie potrafiła sobie wyobrazić Jeffa w roli konspiratora, zawsze twierdził, że do tego trzeba mieć odpowiednie predyspozycje. Jeff nie chciał świata zmieniać, chciał go zachować, jego piękno, które było marnotrawione, niszczało. Kiedyś jej opowiadał niemal ze łzami w oczach, jak bolszewicy po dojściu do władzy niszczyli zabytki sakralne. ,,Wiesz, że wysadzali piętnasto-, szesnastowieczne cerkwie w powietrze!"

Odczuła nagły lęk przed spotkaniem z tą nieznajomą kobietą. Czego się od niej dowie? Czego dowie się o swoim mężu...

– Czy nie musimy już jechać? – spytała przez ściśnięte gardło.

Sanicki spojrzał jej w oczy.

– Boisz się, Elizabeth?

– Boję się, Andrew.

– Może chcesz się wycofać?

– Nie, już się nie wycofam – odpowiedziała zdecydowanie, czując, jak rozdygotane serce wraca do normy.

Deszcz ustał, nad miastem wisiały jednak nisko czarnogranatowe chmury. W powietrzu utrzymywała się wilgoć i światła latarń otaczała lekka mgiełka. Sceneria jak ze snu – pomyślała Elizabeth.

– Czy ten areszt jest gdzieś daleko? – spytała, aby przerwać milczenie.

– Już prawie dojeżdżamy.

– Ale jesteśmy w śródmieściu – zdziwiła się.

– Areszt jest właśnie w śródmieściu.

Wjechali w niewielką uliczkę wysadzaną drzewami, Sanicki zaparkował samochód. Po drugiej stronie jezdni Elizabeth zobaczyła mur zwieńczony kolczastym drutem. Zrobiło to na niej przygnębiające wrażenie.

– Może chciałabyś, żebym ci towarzyszył? – spytał Andrew.

– Nie, muszę być z nią sama – odparła zdecydowanie.

Strażnik, młody chłopak o gładkich dziewczęcych policzkach, tylko pod nosem zaczynał mu się sypać rzadki wąsik, wprowadził ją do niewielkiego pomieszczenia bez okna, w którym stał stół i dwa krzesła. Coś do niej powiedział po ukraińsku.

– Nie rozumiem – odrzekła.

On kiwnął głową, po czym wyszedł.

Nagle ogarnęła ją panika. A jeżeli to pułapka, jeżeli już stąd nie wyjdzie? Sanicki tak szybko załatwił jej to widzenie, nic o nim w gruncie rzeczy nie wiedziała, nie znała go. Może był w zmowie z tymi, którzy uprowadzili Jeffa. Może nawet to, że lecieli jednym samolotem, było z góry ukartowane. A ona dała się podejść. Na własne życzenie znalazła się za więziennym murem. Nikt nie wie, poza Sanickim, że tu jest. Może powinna chociaż powiedzieć matce, żeby w razie czego podniosła alarm. Ale teraz było już za późno.

Pot wystąpił jej na czoło, zaczynało brakować jej powietrza, miała wrażenie, że za chwilę się tutaj udusi. Pod sufitem obracał się wentylator, ale niewiele to pomagało. Może to będzie teraz jej miejsce pobytu... Mijały minuty i nikt nie przychodził. Zastanawiała się, jakie znaleźć wyjście z sytuacji, była już prawie pewna, że ją tu zwabiono. Może starać się przekupić tych ludzi, zaproponować im duże pieniądze w zamian za uwolnienie. Ale jak to zrobić, z kim rozmawiać, z tym młodym strażnikiem? On o niczym nie decydował, a poza tym nawet by się z nim nie porozumiała, nie znając jego języka. Czy naprawdę odważą się ją uwięzić? Przecież musieliby jakoś to wytłumaczyć. Tym razem nie mogą stwierdzić, że opuściła Ukrainę, bo jest umówiona ze Smithem z samego rana... No tak, ale w hotelu mu powiedzą, że nie wróciła na noc... że zmieniła plany, wyjechała... jeżeli jednak nie pojawi się w Nowym Jorku, matka zacznie jej szukać. A ten Sanicki... jest Ukraińcem, dlaczego tak chętnie zgodził się pomagać Amerykance... to wszystko było podejrzane, a ona dała się omotać...

Nagle otworzyły się drzwi i strażnik wprowadził młodą kobietę, była drobna, o pociągłej twarzy i jasnych, krótko ostrzyżonych włosach. Miała na sobie golf i pomiętą spódnicę w szkocką kratę.

Patrzyły na siebie.

– Wiedziałam, że do mnie przyjdziesz – odezwała się wreszcie młoda kobieta. – Jeff tak cię opisał, że wiedziałam. Jak mi powiedzieli, że tu jesteś, czekałam na ciebie.

– Co pani jeszcze powiedzieli?

– Jestem Oksana. Powiedzieli mi, że zeznałaś, iż ja i Jeff byliśmy kochankami. On miał ci wyznać, że boi się mojej zazdrości...

– Nic podobnego! – wykrzyknęła oburzona. – Niczego takiego nie mówiłam!

– Wiem – uśmiechnęła się dziewczyna – chcą z nas zrobić Romea i Julię, aby ukryć swoje brudne sprawy.

– Był u ciebie mój adwokat, dlaczego mu tego nie przekazałaś?

Oksana skrzywiła się ironicznie.

– Bo nie wiedziałam, czyj to jest adwokat, czy przypadkiem nie ich...

– Możesz mu ufać – stwierdziła Elizabeth i zaraz pomyślała, że sama nie była tego przed chwilą pewna.

– Nie mamy dużo czasu, słuchaj, co ci powiem. Jeff to naprawdę wspaniały człowiek i mam nadzieję, że żyje i że go odnajdziesz. Co innego z Georgijem... już może być po nim...

– Co Jeffa z nim łączyło?

Dziewczyna spuściła głowę i Elizabeth dostrzegła gniazdo z krótkich włosów na czubku, tak się zwykle układają włosy u dzieci. Oksana była zresztą młodziutka. Ile mogła mieć lat, dziewiętnaście, dwadzieścia?

– Jeff nam pomagał... miał wywieźć bardzo ważne materiały, dokumenty. Zdobyliśmy dowody, że na Ukrainie istnieją kontrolowane przez władze „szwadrony śmierci", które likwidują przeciwników politycznych prezydenta, a także niewygodnych świadków. Ja jestem takim świadkiem... i wiem, że mnie też zabiją. Pewnie plują sobie w brodę, że urządzili to przedstawienie z rzeczami Jeffa i że nie zabili mnie od razu.

Elizabeth patrzyła na nią z przerażeniem.

– Wpadli do mojego mieszkania zaraz po jego wyjściu i położyli łapę na jego rzeczach. Bali się, że je gdzieś ukryję i nie będą mieli dowodu.

– Ale to jest dowód, że oni wiedzą, iż Jeff nie opuścił Ukrainy – Elizabeth ledwo mogła mówić z emocji.

– Pewnie, że wiedzą. To wszystko jest gra. Chcą zacierać ślady, ale jeżeli zamordowali Georgija, nie uda im się to. Mieliśmy dowody, że ofiarą szwadronu padł lider Ludowego Ruchu Ukrainy. Zginął w wypadku samochodowym, ale to był wypadek zaaranżowany.

– Mówisz my? Kim wy jesteście?

Oksana dotknęła ręki Elizabeth, miała tak samo drobną, niemal dziecinną dłoń.

– Nie bój się, nie jesteśmy organizacją terrorystyczną. Po prostu chcemy coś zrobić dla swojego kraju. Pomagałam Georgijowi w jego internetowej gazecie, któregoś dnia zgłosił się do nas mężczyzna... nieważne... teraz ważne jest, abyś odnalazła Jeffa. Raczej nie posunęli się do tego, aby go wyeliminować... gdzieś go pewnie trzymają. Może w strefie Czernobyla, ten mężczyzna ujawnił, że trzymają tam niewygodnych ludzi.

– Czer... obyl? – powtórzyła niepewnie Elizabeth.

– Tam był wybuch jądrowy? Pamiętam, jak się strasznie baliśmy. Byłam wtedy studentką.

– A teraz jest tam strefa promieniowania, ciągle jeszcze zabija...

– I trzymają tam ludzi? – spytała ze zgrozą Elizabeth.

– To nie jest sprawdzone, ale świadek tak mówił, on był kierowcą w tych szwadronach... nie mógł dłużej wytrzymać...

Elizabeth próbowała jakoś uporządkować w głowie to wszystko, co opowiadała Oksana, ale czuła coraz większy zamęt. Chwilami nie mogła uwierzyć, że siedzi naprzeciw tej dziewczyny. Podobne rzeczy dzieją się w filmach albo w powieściach sensacyjnych. Gdyby jej ktoś wcześniej powiedział, że ona i Jeff znajdą się w takiej sytuacji...

– I mam do ciebie osobistą prośbę, czy do was, jeśli Jeff się odnajdzie... Mam syna, którego po moim aresztowaniu umieścili w domu dziecka. Wywieźcie go z Ukrainy. Oni mnie szantażują, straszą, że jeżeli się nie przyznam do udziału w porwaniu Jeffa, to go zabiją...

– Ale jeśli Jeff się odnajdzie, będą musieli cię wypuścić.

Oksana pokręciła przecząco głową.

– Nie wypuszczą mnie ze swoich łap, ja za dużo wiem.

Wcisnęła Elizabeth do ręki skrawek papieru.

– To jest adres – szepnęła.

– A rodzina? Nie mogła się zająć twoim synkiem?

Na twarzy dziewczyny pojawił się brzydki grymas.

– Ja nie mam rodziny. Z ojcem nie rozmawiam, odkąd wyprowadziłam się z domu, jest taki sam jak Kuczma i jego zbiry... a matka... matka zawsze stawała po jego stronie.

– Ile lat ma twój synek?

Na to Oksana nie zdążyła już odpowiedzieć, bo otworzyły się drzwi i młodociany strażnik kiwnął na nią, mówiąc coś zniecierpliwionym głosem. Dziewczyna podniosła się z krzesła, ale przy wyjściu odwróciła się jeszcze do Elizabeth.

– Obiecujesz?

Nie była w stanie niczego z siebie wykrztusić. Nic. Ani słowa, ani nawet gestu.

Oksana patrzyła na nią, trwało to chwilę, potem strażnik popchnął ją i drzwi się zamknęły.

Po niezbyt długim czasie strażnik pojawił się z powrotem i kiwnął teraz na Elizabeth. Szła za nim w zupełnej ciszy. Wkrótce znalazła się na zewnątrz budynku i poczuła wiatr na twarzy.

Na jej widok Sanicki wysiadł z samochodu i otworzył jej drzwiczki.

– Odwieź mnie do hotelu – powiedziała cicho.

Była tak roztrzęsiona, że nie mogła z nim rozmawiać. Długi czas jechali w milczeniu.

– Czy twoje plany są aktualne? – spytał wreszcie.

– Tak – odrzekła krótko.

– Kiedy wrócisz do Lwowa, jedź prosto do mojej matki. Na razie tam będziesz mieszkała, bo oczywiście żaden hotel nie wchodzi w grę.

– Dziękuję.

Znaleźli się przed hotelem George.

– Czy ona ci powiedziała coś istotnego? – spytał ostrożnie Sanicki przy pożegnaniu.

– To chyba widać po mnie – odparła.

Uśmiechnął się.

– Porozmawiamy o tym, jak się tu zjawisz?

Skinęła głową, a potem, nieoczekiwanie dla samej siebie, przytuliła się do niego. Objął ją silnie za ramiona.

– Odwagi – powiedział.


W nocy nie mogła spać, myślami powracała do rozmowy z Oksaną. Więc to wyglądało aż tak poważnie. W tę sprawę zamieszane były najwyższe władze ukraińskie, czy to możliwe, aby prezydent bądź co bądź demokratycznego państwa zlecał polityczne morderstwa? W Ameryce prezydent, który podsłuchiwał swoich przeciwników, musiał podać się do dymisji. A tutaj... co na to wyborcy, którzy głosowali na tego człowieka? Może ludzie nie wiedzą... Widocznie to były te ,,sensacyjne materiały", o których pisał Jeff w liście. To on miał oskarżyć prezydenta... Brzmiało to tak nieprawdopodobnie, że trudno jej było uwierzyć. A jednak Jeff i ten dziennikarz zniknęli... I Oksana... taka krucha fizycznie, a ile w niej wewnętrznej siły. Elizabeth na samą myśl, że została uwięziona, niemal się psychicznie rozpadła. Świadomość, że nie będzie mogła o sobie decydować, doprowadzała ją niemal do obłędu. Na własnej skórze odczuła, czym może być odebranie człowiekowi wolności. Czy była więc w stanie podjąć ryzyko pozostania w tym kraju bez wizy? Podejmując je, wydawała siebie w ręce tych ludzi. Sanicki miał rację, nie było to rozsądne. Do tej pory Elizabeth posiadała wewnętrzne przeświadczenie, że nic jej się nie może złego przydarzyć, bo za nią stoi jej potężna ojczyzna. Praworządność jej kraju, wolność słowa... Ale tutaj niestety ojczyzna niewiele mogła pomóc, jak nie pomogła jej mężowi. A na pewno nie mogłaby pomóc, gdyby Elizabeth przyłapano bez ważnej wizy. Więc może skapitulować? Wsiąść jutro do samolotu i po kilkunastu godzinach znaleźć się w Nowym Jorku... A Jeff... a synek Oksany... musiała coś z tym zrobić, lecz wywiezienie go stąd wydawało się ponad jej siły. Ona sama nie wiedziała, jak się potem stąd wydostać, a jak miałaby się wydostać z małym dzieckiem? Nie wiedziała nawet tego, ile dziecko Oksany miało lat. Sądząc po wieku matki, było małe, może to niemowlę... Nie miała żadnych doświadczeń z dziećmi. Ani ona, ani Jeff nie posiadali instynktu rodzicielskiego, jak nie posiadali go jej rodzice. Ale ona z Jeffem okazali się bardziej odpowiedzialni i postanowili nie mieć dzieci. Dzieciństwo Elizabeth było zimne. Pętała się pomiędzy ojcem i matką, którzy byli zajęci, każde sobą. Rozwiedli się, kiedy miała dziewięć lat. Ojciec się wyprowadził, potem przedstawiał jej kolejne narzeczone, sporo młodsze od niego, a z czasem młodsze nawet od Elizabeth. A matka... kochała ją po swojemu, ale nie aż tak, by cokolwiek dla niej poświęcić. Dawno temu napisała sztukę, która zrobiła karierę na Broadwayu, i na tym poprzestała. Żyła z wysokich alimentów od męża, na szerokiej stopie, zaprzyjaźniona z połową Nowego Jorku, a najbardziej z Woodym Allenem. Elizabeth śmiała się, że Woody to najlepsza przyjaciółka matki, potrafili przegadać ze sobą wiele godzin przez telefon. Matka przesiadywała często w klubie jazzowym, gdzie Woody grywał na klarnecie. Przeżyła życiową tragedię, gdy wyjechał do Europy z wietnamską pasierbicą... Jedynym człowiekiem, któremu Elizabeth mogła zaufać, był Jeff. Pobrali się jeszcze na studiach. Elizabeth przyjęła jego zaiste niezwykłe oświadczyny: ,,Nie nadaję się na męża ani trochę, ale bardzo chcę, abyś została moją żoną". Podejrzewała, że ona także niezbyt się na żonę nadaje, ale chciała, aby Jeff został jej mężem. Chciała go mieć zawsze przy sobie, wiedzieć, że jest gdzieś obok, chociażby w drugim pokoju... Czy go jeszcze zobaczy? Miała poczucie, że go powoli traci, odkąd Jeff zaczął jeździć do Europy Wschodniej, mimo że własna babka go przed tym ostrzegała. Elizabeth pamiętała swoje zdziwienie, gdy usłyszała od pani

Connery, iż po pięciu latach niewidzenia, które to lata dziadek Jeffa spędził w komunistycznym więzieniu, bała się do niego pojechać. A on był zbyt słaby, aby podjąć wyczerpującą podróż. Nic widzieli się więc jeszcze przez kilka miesięcy. „I wybaczył to pani?" – spytała Elizabeth. „Nie wybaczył – odrzekła staruszka – ale odczuwałam paraliżujący lęk przed tą podróżą. Zupełnie jakby mnie komuniści mieli obedrzeć ze skóry". Elizabeth nie odczuwała podobnego lęku, jadąc tutaj, lęk pojawił się teraz, znalazła się bowiem w świecie, którego nie rozumiała.

\* \* \*

Przez chwilę nie wiedziała, gdzie się znajduje. Otaczały ją obce sprzęty: duża dwudrzwiowa szafa z rzeźbioną nadstawką, a na niej bukiety ususzonych ziół, rokokowe biureczko, stara skrzynia z żelaznymi okuciami.

W koszuli nocnej, boso podeszła do okna i odsunęła firankę. W sadzie przed domem kilku ludzi zrywało jabłka, pomiędzy drzewami ustawione były duże wiklinowe kosze. Elizabeth cofnęła się, może lepiej, żeby jej tu nikt nie widział.

Po chwili rozległo się pukanie i weszła matka Andrew z tacą. Postawiła ją z uśmiechem.

– Usłyszałam, że pani już wstała. Jak się pani spało?

– Nawet za dobrze, chyba zbliża się już południe – odpowiedziała tonem usprawiedliwienia.

– Miała pani długą podróż. Proszę jeść śniadanie, kawa wystygnie.

Starsza pani wyszła niemal na palcach. Śniadanie było królewskie, świeży chleb z chrupiącą skórką, biały ser, miód, jajka, cienko pokrojona szynka uwędzona domowym sposobem, pomidory pachnące ogrodem. Elizabeth, przyzwyczajona do tostów i sztucznie konserwowanej żywności, jadła z apetytem. Ona i Jeff nie przywiązywali wagi do jedzenia, zdarzało się, że lodówka świeciła pustkami, nierzadko brakowało masła albo skończyła się kawa, a żadne z nich tego nie zauważyło. Ale w podróży wszystko się zmieniało, gdziekolwiek Elizabeth przebywała, wybierała dania, które były specjalnością tego miejsca. We Francji na śniadanie zjadała croissanty z masłem, popijając kawą, we Włoszech zajadała się spaghetti z przeróżnymi sosami, do obiadu piła też obowiązkowo kieliszek wina. Ale to były przeważnie dania restauracyjne, rzadko zapraszano ją bowiem do domu.

Potem siedziała na werandzie z tyłu willi, dzień był słoneczny, niemal letni, przed oczyma miała ogród warzywny. Przy samym płocie rosły słoneczniki, na wprost niej grządki ogórków, kopru, fasoli, z boku znajdował się cały zagon pomidorów, pięły się w górę, każdy krzaczek podwiązany był do drewnianej tyczki. Mimo późnej jesieni, sporo ich czerwieniło się pomiędzy liśćmi. Elizabeth zeszła ze schodków i zerwała jeden, pachniał jesienią i słońcem. Przytuliła go do policzka. To było jak dawno zapomniane dzieciństwo...

Ten ład codziennego życia w starym domu tak kontrastował z ostatnimi wydarzeniami, że Elizabeth z trudem mogła uwierzyć, że wszystko to działo się naprawdę. W jej głowie przesuwały się obrazy z ostatnich kilkunastu godzin. Podróż w towarzystwie

Smitha, potworne zdenerwowanie, tłok na przejściu granicznym, długie kolejki olbrzymich ciężarówek, samochodów osobowych, autobusów. Podobno ludzie oczekiwali w nich po kilka dni, koczując w prymitywnych warunkach, nie było bieżącej wody, toalet. Ich przepuszczono od razu, bo Smith miał dyplomatyczny paszport. Po drugiej stronie pożegnał się z nią. Elizabeth była teraz zdana wyłącznie na siebie. Taksówką pojechała do następnego przejścia granicznego, przedtem uzgodniwszy cenę według wskazówek Sanickiego. Było z tym trochę kłopotu, bo taksówkarz nie znał angielskiego, miał też problemy z ukraińskim, a raczej to ona miała problemy, bo niezbyt poprawnie wymawiała słowa znalezione w słowniku. W końcu porozumieli się na migi, nie musiała nawet wymieniać dolarów na polską walutę. Samochód, nieznanej jej marki, był w istocie starym gratem ledwo nadającym się do jazdy, siedzenia obite czymś w rodzaju sztucznego futra były brudne i zwyczajnie śmierdziały. Elizabeth usadowiła się z tyłu, przełykając ślinę ze wstrętem. W czasie jazdy wyglądała przez okno, krajobraz po tej stronie granicy nie zmienił się, pola i drzewa wyglądały podobnie, tylko może nie było tak biednie. Po tamtej stronie widziała kobiety zgięte wpół, pracujące w polu, zupełnie jak na obrazach starych mistrzów, tutaj też był czas wykopków, ale ludzi w większości wyręczały maszyny. Trafiały się jednak gromady mężczyzn i kobiet idących za koniem i wybierających kartofle z bruzd. Mijali też na szosie dziwne pojazdy, zaprzężone w jednego albo w dwa konie, nigdzie w Europie tego nie spotkała. Także rozrzucone w nieładzie brzydkie budowle szpeciły krajobraz, jakby w tym kraju nie było architektów.

Miasto, do którego taksówkarz ją przywiózł, miało nazwę nie do wymówienia, mnóstwo trzeszczących spółgłosek, miało też jednak swój urok. Dowiedziała się, że do Lwowa można się dostać autobusem, który w dodatku nie musiał czekać w kolejce, to znaczy istniała osobna kolejka dla autobusów, ale przesuwała się szybko. Nikt o nic jej nie pytał po stronie ukraińskiej, nie budziło zdziwienia to, że rano przeszła przez granicę, a teraz wracała, mimo że jej wiza wygasała o północy.

Na werandzie znalazł ją Andrew, usiadł obok w wiklinowym fotelu.

– Udało ci się, jak widzę – powiedział z nieukrywaną radością. – Gratuluję.

– Po raz pierwszy w życiu świadomie łamię prawo.

– I jak się z tym czujesz?

– Myślałam, że będzie gorzej – odrzekła z uśmiechem. – Czuję się u twojej mamy jak na wakacjach.

– I bardzo dobrze.

Elizabeth potrząsnęła głową.

– Wcale niedobrze, bo na wakacjach nie jestem. Muszę zacząć działać. Postanowiłam pojechać do tej skażonej strefy... muszę się przekonać, czy nie trzymają tam Jeffa.

Sanicki patrzył na nią bez słowa.

– To nie jest sprawdzone, tak powiedziała Oksana, być może ten ich informator fantazjował, ale być może nie – ciągnęła.

– Jak to sobie wyobrażasz? Już samo twoje przemieszczanie się po Ukrainie bez ważnej wizy jest ryzykowne – mówił poirytowanym tonem – a to, co zamierzasz, zakrawa na szaleństwo.

– Po to tu zostałam, aby odnaleźć swojego męża.

– Zostaw to mnie, będę cię informował o wszystkim. Już zacząłem działać w twoim imieniu. Jutro jestem umówiony z prokuratorem.

Elizabeth zrobiła pogardliwą minę.

– Co on ci powie, ten prokurator! Tutaj panuje ogólne bezprawie, więc i my musimy się zastosować do tych reguł, bo niczego nie osiągniemy. I nie próbuj mnie przekonywać, że jest inaczej – dodała, widząc, że chce jej przerwać.

Chwilę oboje milczeli.

– Andrew... mam jeszcze do ciebie prośbę. Synek Oksany przebywa w domu dziecka, czy mógłbyś mi pomóc się z nim zobaczyć? Oczywiście, o ile to nie jest niemowlę... nic o nim nie wiem.

Sanicki nadal milczał, zupełnie nie wiedziała, co w tej chwili myśli.

– Traktuj to jako zlecenie... Wiem, że twój czas jest cenny, zapłacę za niego.

I znowu cisza.

– Czy to znaczy, że mi odmawiasz? – spytała wreszcie.

– Nie odmawiam, ale uważam, że robisz same nierozsądne rzeczy.

– Tego jeszcze nie wiemy.

– Może masz rację – powiedział. – Dlatego pozwolisz, że zrezygnuję chwilowo ze swojego honorarium?

– Tak nie mogę.

– Raczej nie masz wyjścia.

Zapalił papierosa i zaczął spacerować po werandzie, nad czymś się zastanawiając. Elizabeth mu nie przerywała.

– A gdzie jest ojciec dziecka? – spytał.

– Ona mówiła jedynie o swoich rodzicach, z którymi nie utrzymuje stosunków.

– Tylko rodzina może dotrzeć do chłopca. Nas w żadnym razie nie dopuszczą, powinienem się zobaczyć z tą Krywenko.

Sanicki pojechał potem do kancelarii, na spotkanie z klientem, a Elizabeth poszła na górę do swojego pokoju, położyła się na łóżku i zasnęła. Kiedy się obudziła, za oknem było już ciemno. Zupełnie jakby uciekała w sen...

Zadzwoniła komórka.

– Elizabeth? Co się z tobą dzieje? Dlaczego się nie odzywasz? – usłyszała głos matki.

– Dużo się dzieje, mamo, ukrywam się.

– Co ty opowiadasz?

– Taką podjęłam decyzję.

– Ale to jest decyzja nieodpowiedzialna, musisz wracać natychmiast!

– Nie, mamo, nie wrócę – odrzekła zdecydowanie. – Proszę, nie utrudniaj mi i tak dostatecznie trudnej sytuacji. Na razie żyję, jestem zdrowa, mam przyjaciół, którzy chcą mi pomóc...

– Jak to, na razie żyjesz! Chcesz, żebym dostała zawału?

– Nie ma obawy, mamo – roześmiała się – masz serce jak dzwon.

– Elizabeth, proszę cię! Powiedz mi chociaż, gdzie jesteś?

– Tego bym ci wolała nie mówić, ale będę się z tobą kontaktowała. Módl się za mnie, mamo...

Biedna mama – pomyślała, odkładając telefon – jej sielankowy obraz świata został z winy Elizabeth zaburzony. Chyba o to matka miała do niej największą pretensję. Elizabeth dobrze ją znała.

* * *

Z Andrew spotkała się na dole podczas kolacji. Schodząc po starych drewnianych schodach z rzeźbioną balustradą, Elizabeth prawie nie mogła sobie przypomnieć swojego apartamentu na Manhattanie. Mieszkali z Jeffem w wieżowcu, z widokiem na Central Park. Było w nim dużo niklu, dużo marmuru, a szybkobieżne windy poruszały się bezszelestnie. Przy automatycznie rozsuwanych drzwiach wejściowych witał ją z uśmiechem portier w uniformie. To wszystko wydało się teraz takie odległe, jakby jej nigdy nie dotyczyło.

– Widziałem się z Krywenko – powiedział Sanicki. – Do chłopca trzeba dotrzeć przez jej matkę. Problem jest taki, że mąż tej kobiety nie może o niczym wiedzieć.

– A czy ona zechce nam pomóc? – wyraziła obawę Elizabeth.

– Przyciśniemy ją – odrzekł, nakładając sobie na talerz plaster szynki.

A jednak czasami jadał kolacje.

– Wiadomo, ile lat ma ten chłopiec?

– Sześć.

– Sześć? – zdumiała się Elizabeth. – To ile lat ma ona?

– Wcale nie dużo mniej od ciebie – roześmiał się Andrew. – Trzydzieści.

Ustalone zostało, że Elizabeth spotka się z chłopcem w parku. Z domu dziecka miała go odebrać matka Oksany, którą Sanicki długo musiał do tego namawiać. Była twarda. ,,Przecież tu chodzi o pani córkę i wnuka" – perswadował.

– Córka jest dorosła, wiedziała, co robi – odrzekła kobieta. – Nawarzyła piwa, niech sama teraz je wypije! My też mamy przez nią kłopoty, co pan myśli. Męża wyrzucili z jednej pracy, w drugiej patrzą mu na ręce, wpisali go na czarną listę przez córeczkę.

– Na tej liście znalazła się większość uczciwych ludzi – odrzekł.

– Nie będę tego słuchać! – wybuchnęła, rozglądając się na boki. Wyglądała na zastraszoną.

Elizabeth spytała, jak udało się ją przekonać. Okazało się, że najstarszym sposobem, za pieniądze. Oksana miała młodszego brata, który postanowił zarobić na Zachodzie na motocykl, zapożyczył się na drogę i dotarł aż do Barcelony. Tam pracował nielegalnie na budowie, spadł z rusztowania i złamał sobie kręgosłup. Jest sparaliżowany. Spłata jego długów przerasta możliwości rodziny, bo winien jest nie tylko sąsiadom, ale także za szpital w Hiszpanii. Więc pieniądze w tej sytuacji były bardzo pożądane.

Kiedy weszła za bramę parku, znalazła się jakby w innym wymiarze, świeciło słońce i pełno tu było światła i półcieni, otoczyła ją zewsząd mnogość jesiennych kolorów. Ponieważ przyjechała dużo wcześniej, nie wiedząc, iż jazda taksówką zajmie jej tylko dziesięć minut, postanowiła się przespacerować. Idąc aleją, pomyślała, że jest to chyba jedno z piękniejszych miejsc, jakie widziała w życiu. Teren parku był nierówno ukształtowany, pełen pagórków, jarów i wąwozów. Ale jego największą ozdobę stanowiły drzewa, sprowadzone tu chyba z całego świata. Zajrzała do przewodnika i to się potwierdziło, było tu przeszło dwieście gatunków, a park, bagatela, zajmował obszar szesnastu akrów.

Wspięła się na pagórek, ku zabytkowej, wspartej na kolumnach altanie, przysiadła wewnątrz na ławce. Opadły ją wątpliwości. Czy dobrze robi, spotykając się z tym chłopcem? To ją do czegoś zobowiązywało. Ale uważała, że jest to winna jego matce. Nie mogła jej obiecać, że go stąd wywiezie. Przecież to czyste szaleństwo, bo jeśli nawet udałoby się jej go wywieźć, co dalej? Musiałaby się nim zajmować, a nie miała o tym żadnego pojęcia. Oczywiście, byłaby to sprawa tymczasowa, Oksana w końcu wyjdzie z aresztu i wtedy mogłaby połączyć się z synem. Ale nawet chwilowa opieka nad cudzym dzieckiem przerastała siły Elizabeth. Teraz jednak niczego już nie można było zmienić, za chwilę Sanicki przywiezie chłopca. Wstała z ławki, z ciężkim sercem ruszając w kierunku umówionego miejsca przy wejściu.

Oni już tam byli, mężczyzna w rozpiętym płaszczu piaskowego koloru i chłopiec ubrany w zbyt ciasną, zniszczoną kurtkę i sztruksowe spodnie z łatami naszytymi na kolanach. Na nogach miał gumowe buty.

– Już jesteście – zaczęła spłoszona i urwała, w głowie miała pustkę.

Przygotowała sobie przemowę do chłopca po ukraińsku, nauczyła się jej nawet na pamięć, ale teraz słowa nagle uleciały, a niezręcznie jej było sięgać po kartkę.

– To co – powiedział Andrew – zostawiam was, zgłoszę się po niego za godzinę.

– Tak, tak – odrzekła szybko, nie mogła go przecież zatrzymywać.

Sanicki coś powiedział do chłopca po ukraińsku, ale tamten nie zareagował, jakby nie słyszał.

Miał zabawną piegowatą buzię z lekko zadartym nosem i bardzo niebieskimi oczami, był podobny do matki. Nawet to gniazdo na czubku głowy miał takie jak ona i identyczny kolor włosów, jasny. Zupełnie jakby został poczęty bez udziału ojca – pomyślała. I to by się zgadzało, ojciec był nieobecny.

Sanicki zwrócił się do Elizabeth:

– Powiedziałem mu, że jesteś przyjaciółką jego matki i że spędzi z tobą trochę czasu, możecie spacerować, bo z konwersacją chyba będzie gorzej...

– Postaram się jakoś z nim dogadać – powiedziała, coraz bardziej zakłopotana sytuacją.

Szli aleją, Elizabeth wyciągnęła rozmówki i zaczęła wyszukiwać potrzebne zwroty.

– *Baczyty... twoja mama... wona zdrowa... i... i wesela...*

Chłopiec milczał.

– *Tobie ważko bez mama... ale majesz pryjatelia... pomahaty...*

I znowu cisza.

Elizabeth poznała altanę, w której przedtem siedziała, i postanowiła tam z nim pójść. Powinni patrzeć sobie w oczy, łatwiej będzie im się porozumieć. Zboczyła ze ścieżki, zachęcając go gestem do tego samego. Wtedy zawołał:

– Nie wolno chodzić po trawie! Płaci się karę!

Elizabeth patrzyła na niego jak oniemiała. Powiedział to poprawną angielszczyzną, z dobrym akcentem.

– Mówisz po angielsku?

– Tak.

– Mama cię nauczyła?

– Tak.

– Dlaczego się nie przyznałeś od razu?

– Bo mnie nie pytałaś.


Wieczorem, leżąc już w łóżku, Elizabeth rozpamiętywała spotkanie z chłopcem. Nie od razu zaczęli ze sobą rozmawiać, odpowiadał na jej pytania krótko: tak albo nie. Długie chwile spędzali w milczeniu, krążąc alejami, a kiedy znowu znaleźli się nieopodal wzgórza, na którym stała altana, zaproponowała, aby mimo wszystko się tam wdrapali.

– A jak nas ktoś zobaczy? – spytał chłopiec z obawą.

– Nie zobaczy, schowamy się.

Usiedli na podłodze, oboje z kolanami pod brodą, tak że z zewnątrz nie byli widoczni.

– Kim ty jesteś? – spytał.

– Znałeś Jeffa?

Pokiwał twierdząco głową, jasna czupryna rozsypała mu się na czole.

– Jestem jego żoną, przyjechałam tutaj, aby go szukać. Nie wiem, czy wiesz, że on zaginął?

– Wiem – odrzekł z powagą – dlatego mama musiała pójść do więzienia, a ja do domu dziecka.

– Nie będziesz tam długo, mamę uwolnią – starała się go pocieszyć.

– Bo odnajdziesz Jeffa?

Teraz ona skinęła głową.

– Powiesz mi, jak masz na imię?

– Ołeksandr, ale wołają na mnie Alek.

– Alek... ładnie, a ja mam na imię Elizabeth, i tak na mnie wołają.

– Też ładnie – powiedział z przekonaniem – ale za długo, ja będę na ciebie mówił Ela.

– Jak Ella Fitzgerald – roześmiała się. – Dobrze, zgadzam się.

Spojrzała na zegarek.

– Będziemy musieli iść, mój znajomy pewnie już na nas czeka.

Ostrożnie wysunęła głowę z altany.

– Droga wolna! – zawołała.

Zbiegali szybko po stromym zboczu. Alek potknął się o coś i but spadł mu z nogi, zatoczył się i byłby upadł, gdyby go nie przytrzymała. Nieoczekiwanie chłopiec objął ją ramionami, wtulając twarz w jej kurtkę. Elizabeth zesztywniała, nie wiedząc, jak się ma zachować. Nie była przygotowana na taką sytuację. Położyła mu rękę na głowie, to był jedyny gest, na jaki ją było stać. Chłopiec zaraz oderwał się od niej i usiadł na skarpie, wciągając but.

– Dlaczego jesteś w gumowcach, przecież nie pada? – spytała, starając się pokryć zmieszanie.

– Ukradli mi krosowki – powiedział.

– Krosowki – powtórzyła niepewnie.

– To takie buty – wyjaśnił z odrobiną wyższości – na rzepy.

– Trzeba ci będzie kupić nowe.

– Nie warto, bo znowu ukradną. Kurtkę też ukradli, którą Jeff mi przywiózł z Ameryki... zabrali mi na ulicy, chciałem się bić, ale ich było trzech i byli ode mnie więksi.

– Dobrze, że się z nimi nie biłeś – odpowiedziała, poruszona do głębi tym, co od niego usłyszała.

Jeff przywiózł chłopcu kurtkę, co to mogło oznaczać... Już to, że zostawił swoje bagaże w mieszkaniu Oksany, wydawało się dziwne, a teraz ta kurtka... To mogło oznaczać wszystko albo nic. Zwolnił pokój w hotelu i idąc na spotkanie z dziennikarzem, zostawił neseser u znajomej. To samo z kurtką, wiedział, że ona ma syna i że jej się nie przelewa, kupił więc praktyczny prezent. Mogło tak być, ale mogło też być inaczej... Jeżeli Jeffa łączyły z Oksaną bliższe stosunki, co to oznaczało dla niej, dla Elizabeth? Nie potrafiła odpowiedzieć na to pytanie. Jeff był stosunkowo młodym mężczyzną, wiele miesięcy spędzał poza domem, mogły mu się przytrafiać jakieś przygody z kobietami. Brała to pod uwagę, tym bardziej że seks nigdy nie odgrywał pierwszoplanowej roli w ich związku. Mimo to ona była mu wierna... No tak, ale niczego w sobie nie musiała tłumić ani niczego sobie odmawiać, po prostu zajmowały ją inne sprawy. A jak było z jej mężem, nie wiedziała. Nigdy o tym nie rozmawiali. Nawet jeżeli Oksana została jego kochanką, to nie był jeszcze koniec świata. Przecież chciał wrócić do domu, i do niej. Cieszył się z tego. I to było szczere, wiedziała o tym, czuła to. Znała Jeffa tak dobrze, że wykryłaby najmniejszy fałsz w jego głosie, odkryłaby też fałsz w listach. Były takie jak zawsze, przepełnione tęsknotą za nią i za Nowym Jorkiem...

Kiedy żegnała się z chłopcem, spytał:

– Przyjdziesz do mnie jutro?

– To nie będzie takie proste, bo trzeba angażować twoją babcię...

– A po co? – wzruszył ramionami. – Jutro ma dyżur ciocia Ania, ona mnie wypuści.

Elizabeth spojrzała pytająco na Sanickiego.

– Jak ciocia Ania go wypuści...

Czy dobrze zrobiła, ulegając temu dziecku? Było samotne, spragnione czyjejś bliskości, a ona nie była w stanie mu tego ofiarować. Prośba jego matki, aby Elizabeth wywiozła chłopca z Ukrainy, była nie do spełnienia. Z wielu powodów. Należało zrobić wszystko, aby Oksanę uwolnić. Matka powinna być z synem. Ale obiecała mu, że przyjdzie po niego jutro. Musiała dotrzymać obietnicy.


O umówionej porze podjechała taksówką pod dom dziecka, był to szary budynek przypominający raczej więzienie, a nie dom, w którym mieszkały dzieci. Szczególnie niemiłe wrażenie robiły odpadające tynki, zupełnie jakby ściany były trędowate. Alek czekał już na schodach, na widok taksówki pędem ruszył w jej stronę. Usadowił się z tyłu obok Elizabeth.

– Jedziemy do parku? – spytał.

– Wiesz, chciałabym ci jednak kupić buty. Nie można chodzić stale w kaloszach. Powiedz taksówkarzowi, żeby nas zawiózł do sklepu z obuwiem.

– Jak chcesz, ale i tak ukradną.

– Ale może nie ukradną od razu.

– Może nie od razu – zgodził się chłopiec i wdał się w konwersację z taksówkarzem.

Po drodze zorientowała się, że jadą do centrum, poznawała już niektóre ulice. Kupili sportowe buty, te tak zwane krosowki. Elizabeth wolałaby, aby były bardziej solidne, zbliżała się przecież zima, ale takie było życzenie młodego człowieka. Potem go spytała, czy nie chciałby wstąpić do McDonalda. Chciał, oczywiście.

– Byłeś już tam kiedyś?

– Byłem sporo razy – odrzekł.

– Z mamą?

Pokręcił przecząco głową.

– Z Jeffem. Ona nigdy nie ma czasu.

Elizabeth poczuła ukłucie lęku, że czegoś nie wie o swoim mężu. Nie była jednak pewna, czy chciałaby to odkryć. Mimo to zadała chłopcu pytanie, gdzie jest jego ojciec.

– Ja nie mam ojca – odparł. – Mam tylko mamę.

– I masz ciocię... tę panią Anię – zagadała szybko – która pracuje w domu dziecka.

Alek roześmiał się.

– To nie jest żadna ciocia, my tylko tak ją nazywamy... ich jest dużo... te z kuchni i wychowawczynie, ale ciocia Ania mnie lubi.

– A inne nie lubią?

– Inne to są głupie, biją dzieci, jedna mi prawie urwała ucho.

Elizabeth spojrzała na niego z przerażeniem.

– Byłem niegrzeczny – przyznał.

– Ale nikogo nie wolno bić, a tym bardziej nie wolno bić małego dziecka – powiedziała zdecydowanie.

– Ja już jestem duży.

– Widzę, bardzo jesteś samodzielny.

Odwiozła go potem taksówką. Wysiadła, aby się z nim pożegnać.

– Przyjdziesz jutro? – spytał.

Przez chwilę nie wiedziała, co powiedzieć.

– Jutro już nie będzie cioci Ani.

– Ale możesz przyjść pod szkołę.

– A gdzie jest twoja szkoła?

Podał jej karteczkę, którą miał w kieszeni.

– Narysowałem ci plan, jak stąd trafić – powiedział.

Wieczorem zwierzyła się Andrew ze swojego problemu. Nie wiedziała, jak ma się wyplątać z tej sytuacji. Nie potrafiła odmówić chłopcu wprost, gdy patrzył jej w oczy. A jak już obiecała, nie mogła słowa nie dotrzymać.

– To nie jest dobre ani dla ciebie, ani dla chłopca – powiedział. – Po prostu nie idź.

– Obiecałam mu.

– Któregoś dnia nie będziesz mogła przyjść, i to będzie dla niego o wiele trudniejsze niż teraz.

Z pewnością miał rację. Już sam pomysł, aby spotykać się z chłopcem, nie był dobry. Czuła się winna wobec jego matki, że nie może spełnić jej prośby, i postanowiła sprawdzić, co się dzieje z jej synem. Zaskoczyło ją to, jak szybko udało się im znaleźć wspólny język. Zawsze trudno nawiązywała kontakt z dziećmi. Jeff potrafił to lepiej, dzieci go lubiły. Więc nie było w tym nic dziwnego, że przylgnął do niego także Alek. Chłopiec chowany bez ojca... A jednak ta sprawa wzbudzała w niej niepokój. Nie mogła zniżyć się do tego, aby wypytywać dziecko, ale tylko w ten sposób mogła dojść prawdy. Wystarczyło zapytać, czy Jeff z nimi mieszkał, z chłopcem i Oksaną. Miałaby wtedy dowód. Ale dowód czego... niewierności Jeffa? Nie mieszkał z nimi przez cały czas pobytu na Ukrainie, bo dzwoniła do niego do hotelu. Ale mógł zostawać na noc... A jeżeli nawet zostawał. Co to zmieniało w ich wzajemnych stosunkach? Liczyła się z taką możliwością. I nawet lepiej, że miłostką Jeffa była dziewczyna w rodzaju Oksany, a nie jakaś bezmyślna panienka z dużym biustem. Ale skąd wiadomo, że Oksana była jedynie miłostką, a nie miłością... Może coś się między nimi zaczęło naprawdę... Tego nie sposób teraz dojść. Nie, to raczej niemożliwe. Gdyby Jeff pokochał inną kobietę, ona by o tym wiedziała. Skąd jednak Elizabeth brała takie przekonanie? Intuicja? Nie wierzyła w takie rzeczy, jak nie wierzyła we wróżby i różne przepowiednie. Po prostu znała swojego męża.

Nie zastosowała się do rady Sanickiego i zjawiła się pod szkołą Aleka o umówionej godzinie. Podszedł do niej, bez słowa wsuwając dłoń w jej rękę. Inni uczniowie się za nimi oglądali i Elizabeth poczuła się zagrożona. Chłopiec musiał to jakoś przeczuć, bo powiedział:

– Oni myślą, że jesteś moją prawdziwą ciocią i przyjechałaś z Polski. Z Ameryki to by było za daleko...

Szli jakiś czas w milczeniu, nie wypuszczał jej ręki.

– Jeff też po ciebie przychodził pod szkołę? – spytała.

– Przychodził, jak miał czas.

– I co mówiłeś kolegom, że kto to jest?

– Nic nie mówiłem, bo wtedy mieszkałem w swoim domu i mogli mi nakichać!

– A co myślałeś o Jeffie? – miała uczucie, że popełnia coś niestosownego.

– Że to mój najlepszy kumpel.

– Aha.

– Ty też możesz być moim kumplem.

– Chciałabym.

Znaleźli się pod ,,trędowatym" domem, w którym teraz Alek przebywał.

– Przyjdziesz jutro? – spytał z niepokojem.

– Jeżeli nie wyjadę, to przyjdę.

W twarzy chłopca odbijały się wszystkie uczucia, można z niej było czytać jak z otwartej książki. Zobaczyła w niej rozpacz.

– Jutro przyjdę na pewno – powiedziała szybko.

Przychodziła teraz codziennie, po to aby odprowadzić chłopca do domu dziecka, który mieścił się o kilka ulic dalej. Któregoś dnia Alek uradowany oświadczył, że dzisiaj dyżur ma ciocia Ania i że może wrócić później. Pojechali więc taksówką do McDonalda, a potem do parku. Znowu schowali się w altanie.

– Umiesz już czytać? – spytała.

– Już dawno umiem czytać, nauczyłem się sam, jak miałem trzy lata. I pisać też umiem.

– I znasz świetnie angielski.

– Jestem dwujęzyczny – odrzekł z dumą. – Tak mówi mama.

– A skąd mama zna angielski?

– Uczyła się, a potem byliśmy w Ameryce...

Ciągle go wypytuję – przebiegło jej przez myśl – to nieuczciwe wobec wszystkich. A czy oni byli uczciwi wobec niej? Jeff i Oksana... Łączyła ich zażyłość, o której nie miała dotąd pojęcia. A więc to tak, jakby ją oszukiwali. Jakby Jeff miał na Ukrainie drugą rodzinę... No nie, trochę się zagalopowała. Ale powinien jej chociaż wspomnieć o istnieniu tej dziewczyny i jej synka. Przecież wspomniał... wymienił jej imię. Po co się miał rozpisywać. Może chciał jej wszystko opowiedzieć po powrocie. Ale co Jeff miał jej do powiedzenia? Może to, że odchodzi...

– A kiedy byliście w Ameryce?

– Nie pamiętam, jak byłem mały.

– A pamiętasz może, w jakim mieście?

Alek poskrobał się w głowę.

– Mama mówiła, że w Nowym Jorku.

Tego było dla Elizabeth za dużo. Za dużo zbiegów okoliczności. Zerwała się i poczęła zbiegać po stromym zboczu. Pośliznęła się na mokrej trawie i upadła, boleśnie wykręcając kostkę. Leżąc na plecach, rozpłakała się. Po chwili zobaczyła nad sobą piegowatą buzię Aleka.

– Uderzyłaś się i płaczesz? – spytał z troską w głosie.

Starała się podnieść, on jej pomagał, dość niezdarnie. Było w tym jednak coś wzruszającego. Cokolwiek łączyło Jeffa i Oksanę, ten chłopiec nic nie zawinił. To jest biedne, opuszczone przez wszystkich dziecko...

Nie ma ojca, nie ma też chwilowo matki, czy to dziwne, że ona stara się mu pomóc? Prawda jednak była taka, choć Elizabeth odsuwała od siebie tę myśl, że coś ją ciągnęło do tego dziecka. Może odezwał się w niej spóźniony instynkt macierzyński? A może chodziło o to, że czuła się tutaj obco i samotnie. Matka Sanickiego słabo znała francuski, ledwo się mogły porozumieć, Andrew wpadał tylko wieczorem, zdając Elizabeth relacje ze swoich działań. Całymi dniami była zdana wyłącznie na siebie. Słyszała wokół obco brzmiący język. Poza tym przebywała tu nielegalnie, nieustannie towarzyszył jej więc niepokój, że to się może wydać. Ktoś ją zechce wylegitymować, ona nie zrozumie, zabiorą ją na komisariat... To, że z Alekiem mogła rozmawiać w swoim języku, przynosiło wielką ulgę. A poza tym szczerze go polubiła. Miał takie myślące, pełne zadumy oczy. Większość ludzi, z którymi się tu zetknęła, miało podobną zadumę w oczach, ale oczy Aleka były tak czyste, jak czyste mogą być tylko oczy dziecka...

* * *

Sanicki patrzył na nią surowo. Czuła, że to, co postanowiła, nie budzi jego entuzjazmu.

– Zastanów się, czy naprawdę chcesz tam jechać?

– Już ci to powiedziałam – odrzekła.

– Ja nie mogę ci towarzyszyć, ale twój przewodnik zna angielski na tyle, abyście się mogli porozumieć.

– To mi wystarczy.

– Spotkacie się w Kijowie.

– W Kijowie? – spytała z przestrachem. – A jak tam dotrę?

Andrew pokiwał głową z wyrazem politowania.

– Zawiezie cię tam pewien pozbawiony rozsądku i instynktu samozachowawczego adwokat.

– Ale... ty jesteś zajęty – wybąkała. – Może poleciałabym samolotem...

– Tak? A co z wizą?

– Chyba na liniach krajowych nie kontrolują dokumentów, wystarczy mieć bilet.

Sanicki roześmiał się.

– Ciebie by skontrolowali natychmiast.

Elizabeth była naprawdę zmartwiona.

– Zrobiłbyś to dla mnie? Zawiózłbyś mnie?

– Zawiózłbym. A żebyś nie miała strasznych wyrzutów sumienia, powiem, że muszę tam coś załatwić.

– Czy to daleko?

– Około pięciuset kilometrów.

– Daleko.

– Na szczęście mamy nie najgorszą drogę. I radzę ci się dobrze wyspać.

O spaniu nie mogło być mowy. Leżała już w łóżku, kiedy zadzwoniła matka. Elizabeth była raczej małomówna, matka ją wypytywała, a nie otrzymując zadowalających odpowiedzi, stawała się napastliwa.

– Mamo, jutro być może wszystko się rozstrzygnie, bądź cierpliwa – powiedziała niezbyt uprzejmie i wyłączyła komórkę.

Czy naprawdę tak myślała? Że spotkają się z Jeffem? To wszystko nie było takie proste, nawet jeżeli go odnajdzie, nie będzie to oznaczało, że ich kłopoty się skończą. Nie pozwolą im przecież tak zwyczajnie wyjechać. Może i ją tam zatrzymają. Nie po to go uwięzili, aby ni z tego, ni z owego puszczać wolno. Ale jakie jest inne wyjście? Sanicki poinstruował ją, że jeżeli rzeczywiście natrafi na jakiś ślad, nie wolno jej działać na własną rękę. To by było bardzo niebezpieczne i dla niej, i dla Jeffa. Jeśli ustali, że Jeff się tam pojawił, ma się wycofać i wtedy się zastanowią, co dalej. W tej strefie żyły ludzkie cienie, kobiety i mężczyźni skazani na powolną śmierć. Ci ludzie porozumiewali się ze sobą. Wiedzieli o wszystkim, co się tam działo. Przewodnik Elizabeth powiedział Andrew, że w zakazanej strefie mucha się nie prześlizgnie bez ich wiedzy.

Sanicki prowadził samochód szybko, ale pewnie, nie czuła więc zdenerwowania. Jeff nie był najlepszym kierowcą, nie chciał jednak przyjąć tego do wiadomości i czasami szarżował, co Elizabeth miała mu za złe. ,,Obcinasz mężczyźnie skrzydła'' – żartował. ,,A ty mi chcesz obciąć głowę'' – nie pozostawała mu dłużna.

Za oknem przesuwały się całe połacie pól, wyglądających jak barwny, jesienny patchwork.

– Ukraina to przede wszystkim pola – powiedziała – powinny was wyżywić.

– Nie żywią i nie żywiły – odparł – ludzie żyją strasznie nędznie... W latach trzydziestych panował tutaj taki głód, że dopuszczano się kanibalizmu.

Elizabeth spojrzała na niego, czy to przypadkiem nie jest makabryczny żart. Nie wyglądało jednak na to, żeby Andrew żartował.

– Kanibalizm w dwudziestym wieku?

– Taka była polityka Stalina, wyniszczyć ten naród. Po zlikwidowaniu praktycznie inteligencji wziął się za chłopów... Wiesz, ja nie stawiam znaku równości pomiędzy Hitlerem i Stalinem, dla mnie Stalin był zbrodniarzem na większą skalę.

– My inaczej na to patrzyliśmy. Druga wojna światowa to przede wszystkim hitleryzm, Holocaust, a Stalin był naszym sojusznikiem.

– To są właśnie fałsze historii.

Długi czas jechali w milczeniu.

– Wiesz, ta staruszka, o której ci mówiłam, ta Polka, powiedziała mi, że Lwów był do drugiej wojny polskim miastem.

– Lwów był miastem wielu narodowości, żyli tu obok siebie Ukraińcy, Polacy, Żydzi, Białorusini. I to było to bogactwo... nacjonalizm jest zawsze chorobą.

– A w osiemnastym roku z kim Polacy walczyli?

– Z Ukraińcami. Jedni leżą na jednym cmentarzu, a drudzy tuż obok...

– Ale polski cmentarz zbezczeszczono.

– Trudno zrozumieć to komuś, kto nie pochodzi stąd. W tych walkach nikt nie był najeźdźcą, a jedni i drudzy walczyli o wolność.

– To rzeczywiście skomplikowane.

W połowie drogi zatrzymali się na lunch w przydrożnym zajeździe. Pogoda była ładna, słońce tak przygrzewało, że Elizabeth zdjęła sweter i pozostała w bluzce z krótkimi rękawami. Siedzieli na zewnątrz przy drewnianym, zbitym z bali stole, pod rozłożystym starym dębem. Powiał wiatr i Elizabeth wpadła do talerza wiązka dojrzałych żołędzi, wyjmowała je ze śmiechem.

– Lubisz się opalać? – spytał Sanicki.

– Może bym i lubiła, ale unikam słońca, bo mi wychodzą na skórze piegi.

– Piegi dodają uroku!

– Miły jesteś.

– Szczery.

Elizabeth z trudem przełykała pierogi, które nosiły nazwę ruskich i robione były z sera i kartofli. Lepiła je czasem dla niej matka Sanickiego, były bardzo smaczne, rozpływały się w ustach, a te tutaj niemal nie nadawały się do jedzenia.

– Jak brzmi twoje imię po ukraińsku? – spytała.

– To długa historia, mój ojciec był wielkim ukraińskim patriotą i nadał mi imię naszego narodowego poety Tarasa Szewczenki.

– Widziałam jego podobiznę w gabinecie prokuratora – ucieszyła się Elizabeth.

– Świetne miejsce dla poety – odrzekł z ironią. – A jego imię jest odpowiednie raczej dla artysty, a nie dla prawnika... przysparzało mi wielu cierpień już wtedy, gdy byłem chłopcem. Jako człowiek dorosły zmieniłem je, a że mieszkałem w Kanadzie, zostałem Andrew.

– Mieszkałeś w Kanadzie? Długo?

– Długo, mam kanadyjskie obywatelstwo, studia skończyłem w Edmonton. Wróciłem tu, kiedy Ukraina odzyskała wolność. Chciałem coś zrobić dla swojego kraju, ale okazało się to ułudą.

– Oksana podobnie powiedziała o sobie i o Gongadzem.

– Było paru uczciwych ludzi, ale, jak widzisz, coraz ich mniej... – Sanicki sięgnął po papierosy, długo walczył z zapalniczką, bo wiatr zdmuchiwał płomyk. – Szumowiny wypłynęły na wierzch, bogacą się, rozkradając resztki narodowego dobra. Mam uczucie, że komunizm dopiero teraz ukazał nam swoją prawdziwą twarz, która jest pustą maską... nic poza nią nie ma, wszechobecnie panuje podłość i zbrodnia.

– Jeżeli nawet prezydent każe porywać ludzi... ja tego nie mogę zrozumieć. Widziałam go na portrecie, prosta twarz, ale sympatyczna.

Andrew pokiwał głową.

– A jaki Stalin był sympatyczny... Wiesz, dopóki świat nie osądzi tych wielkich morderców tak, jak na to zasługują, ciągle będzie się pojawiał jakiś kolejny. Patrzę z uwagą na kraje muzułmańskie, na to, co się dzieje w Afganistanie, i myślę sobie, czy nie nadejdzie stamtąd uderzenie, które zniszczy naszą cywilizację.

Podczas dalszej jazdy Elizabeth wyglądała przez okno, widoki były oszałamiające, te ciągnące się kilometrami pola i lasy, ubarwione jesiennymi kolorami.

– A ty znasz Kanadę? – spytał Andrew.

– Trochę, jako nastolatka jeździłam tam na tak zwane *surviving camps*, wtedy wydawało mi się to takie ekscytujące.

– W jakie okolice jeździłaś?

– W Góry Skaliste.

– Ja też tam bywałem, może moglibyśmy się spotkać...

Elizabeth uśmiechnęła się.

– Pewnie nie zwróciłbyś uwagi na taką smarkatą.

– Na ciebie zawsze bym zwrócił uwagę. – Andrew tak to powiedział, że Elizabeth się zaczerwieniła, zupełnie jakby ciągle jeszcze była tamtą młodziutką dziewczyną.

Wjechali do Kijowa, który był o wiele większym miastem od Lwowa, ale nie miał jego specyficznej atmosfery. Za dużo tu było nowoczesnych budowli, ponurych bloczydeł, sprawiających przytłaczające wrażenie mimo obecności starych drzew. Nie wiedziała, jak wygląda centrum, bo je ominęli, ale obrzeża miasta były nieciekawe. Sanicki zatrzymał samochód przed jednym z wielopiętrowych bloków. Na parkingu bawiły się dzieci, starsi chłopcy grali w piłkę, która skakała po dachach samochodów. Kiedy wysiedli, Andrew złapał ją i odrzucił daleko. Gromada dzieciaków rzuciła się w tamtą stronę.

– Wiesz, podjąłem decyzję. Nie możesz jechać sama, tylko z tym człowiekiem. Kto wie, co się wydarzy.

– Nie wycofam się, Andrew.

– Wiem, pojadę z wami.

Weszli do jednej z klatek schodowych w wieżowcu. Ściany były brudne, pokryte koślawymi napisami. Mieszały się tu przeróżne, wydobywające się spoza drzwi mieszkań zapachy, wśród których dominował ten znany już Elizabeth odór gotowanej kapusty. Przy windzie ktoś przypalił przycisk papierosem, tak że trudno było z niego korzystać. Wewnątrz windy nie było światła, prawdopodobnie dlatego, że i tu ukradziono żarówkę.

– Może pójdziemy schodami? – zaproponowała, odczuwając lęk przed wejściem w ciemną czeluść.

– To siódme piętro – odparł.

– A jak utkniemy gdzieś po drodze? – nie dawała za wygraną.

– Dobrze, chodźmy schodami.

Drzwi otworzył im niemłody już mężczyzna o ciemnej cerze i czarnych, przenikliwych oczach, okolonych grubymi zmarszczkami. Miał na sobie flanelową koszulę i zniszczone drelichowe spodnie. Andrew rozmawiał z nim po ukraińsku długą chwilę, a potem przetłumaczył Elizabeth. Nie mogą jechać tak ubrani, bo ich zatrzyma milicja na pierwszym posterunku, poza tym muszą się zaopatrzyć w ,,prezenty dla Indian", czyli ludzi żyjących w skażonej strefie. Trzeba zakupić kilka butelek wódki, papierosy bez filtra, czarny chleb – to będzie odpowiednia waluta, pieniądze w strefie śmierci nie mają wartości, kwitnie tylko handel wymienny.

– Ale skąd weźmiemy inne ubrania? – spytała zmartwiona.

– Kupimy.

– Będą nowe.

Dotknął uspokajająco jej policzka.

– Kupimy ciuchy z drugiej ręki, na bazarze.

Bazar znajdował się niedaleko. Pomiędzy blokami ustawiono kilkanaście straganów bez zadaszenia. Na stołach wyłożono stare, znoszone ubrania, mundury i czapki po czerwonoarmistach, które wyszły z użytku, wykoślawione buty. Dziwiła się, że ten towar znajduje nabywców, ale chętnych było sporo. Ona kupiła drelichową, męską kurtkę, która była ,,prawie nowa", to znaczy nie zalatywała cudzym potem. Zdobyła też chustkę na głowę w kwiaty, którą zawiązała pod brodą. Andrew zaopatrzył się w podobną kurtkę, tyle że wojskową, zieloną w cieliste łaty.

Tak przebrani ruszyli na spotkanie ze Stalkerem, był to pseudonim ich przewodnika, zapożyczony, jak się okazało, ze znanej rosyjskiej powieści science fiction. W powieści do strefy napromieniowanej wchodzili właśnie stalkerzy.

Załadowali się do samochodu, który z powodzeniem mógłby się znaleźć w składnicy złomu. Miał zardzewiałą, poobijaną karoserię, zablokowane drzwi, tak że do środka można się było dostać tylko od strony kierowcy, a najgorsze w tym wszystkim, że opony były zupełnie łyse.

– Czy my w ogóle ruszymy tym czymś? – spytała z powątpiewaniem Elizabeth.

– Ruszymy – zapewnił ją Stalker – i dojedziemy, gdzie trzeba. Bo to jest ,,swój" pojazd, nie będzie się rzucał w oczy.

– Mówi pan dobrze po angielsku – odrzekła zaskoczona.

– Już teraz z tym angielskim gorzej, ale kiedyś nieźle sobie radziłem, studiowałem anglistykę...

Wyznanie było zaskakujące, ale wyjaśniało literacki pseudonim ich przewodnika. Wbrew przewidywaniom, samochód jechał dość sprawnie, czy może lepiej powiedzieć toczył się, bo nie przekraczali pięćdziesięciu kilometrów na godzinę. Po drodze Sanicki tłumaczył jej opowieść Stalkera, który jednak swobodniej czuł się w swoim rodzimym języku. Miasto, do którego jechali, wysiedlono zaraz po katastrofie, w kwietniu osiemdziesiątego szóstego roku. Na nieszczęście wiał silny wiatr od zniszczonego reaktora atomowego, niosąc na budynki tony radioaktywnego pyłu. Przedtem mieszkali tam głównie pracownicy elektrowni z rodzinami, średni wiek mieszkańców wynosił dwadzieścia sześć lat, było więc dużo małych dzieci. Ludzie w całym Związku Radzieckim im zazdrościli, bo to było miasto pokazowe, pięknie położone nad rzeką, tonące w zieleni, domy o ,,podwyższonym standardzie", to znaczy bez psujących się kranów, z dobrze działającymi windami. Były tu restauracje, kina, szkoły, przedszkola, hala sportowa. Chciało się żyć... Po katastrofie przyjechały tysiące autobusów, ściągniętych z całej Ukrainy. Załadowano do nich mieszkańców, tak jak stali, bez rzeczy. Powiedziano im, że wrócą za trzy dni, nie wrócili nigdy...

Droga przed nimi była pusta, Elizabeth naliczyła raptem dwa samochody, które ich wyminęły.

– Jadą do strefy? – spytała.

– Nie, na Białoruś, skracają sobie drogę do granicy, ale takich śmiałków jest niewielu – wyjaśnił przewodnik. – To nie było byle co, ten wybuch, chmura radioaktywna dotarła aż za ocean. Skażone były plaże w Kalifornii.

– Na szczęście mieszkam w Nowym Jorku – powiedziała Elizabeth.

– I pewnie w tym czasie śledziłaś tropy jakiegoś starszawego Flamanda – wtrącił Andrew. – Pani jest historykiem sztuki – wyjaśnił przewodnikowi.

– A są z tego jakieś pieniądze?

Elizabeth roześmiała się.

– Niezbyt wielkie.

– Tak myślałem – odrzekł kierowca, wypatrując coś na drodze.

– Dobrze jedziemy? – zainteresował się Sanicki.

– Tutaj niedaleko powinien być pierwszy posterunek – odpowiedział Stalker po długiej chwili. – Ci to nie sprawdzają przepustek, bo to druga strefa, więc jeszcze nie najgorzej... Tylko tak się zastanawiam, zajeżdżać do wsi czy pruć prosto do Mykoły do Prypeci... on będzie wiedział najwięcej...

– Zajedźmy – zaproponowała Elizabeth. – Im więcej informacji, tym lepiej.

Wkrótce pojawiły się pierwsze zrujnowane domy, były to budynki z czerwonej cegły lub drewniane chałupy pozbawione futryn okiennych, drzwi, częściowo dachów. Pomiędzy nimi, po obu stronach ulicy, pojawiały się dziwne wybrzuszenia w ziemi, porosłe trawą i zielskiem.

– Co to za kopce? – spytała Elizabeth.

– To groby domów – odpowiedział Stalker.

– Jak to? Dlaczego? – nie mogła zrozumieć.

– A... przyjeżdżały takie maszyny, robiły dół, potem buldożery spychały chałupę do tego dołu i zasypywały ziemią.

– Ale po co?

– Żeby ludzie się stąd wynieśli – wyjaśnił. – Ale ludzie i tak zostawali, więc dali spokój.

Zatrzymał samochód przed drewnianą chałupą, której dach zawalił się do połowy, ale w drugiej części mieszkali jacyś ludzie. Przed dom wyszła kobieta, miała na sobie grubą watowaną kufajkę, wysmarowane drelichowe spodnie i wojłokowe buty. Elizabeth zdziwił ten strój, dzień był wyjątkowo ciepły. Kobieta miała rzadkie, ufarbowane na rudy kolor włosy z siwymi odrostami. Porozmawiała chwilę z przewodnikiem, a potem gestem zaprosiła ich do środka.

Było to ciasne wnętrze, w kącie na sienniku przykrytym derką siedziało dwoje umorusanych dzieci, a obok glinianego pieca na ławie spał brodaty mężczyzna.

Widok ten przywiódł Elizabeth na myśl mroczne powieści Dostojewskiego, ten brodacz spod pieca powinien zerwać się zaraz i zaatakować ją siekierą...

Tymczasem kobieta omiotła rękawem stół i postawiła na nim butelkę wódki, którą wręczył jej Stalker. Właściwie tylko ona piła, zagryzając czarnym chlebem, też przez nich przywiezionym. Długo z nim rozmawiała, a on przetłumaczył wszystko Elizabeth. Nikogo obcego w tych stronach nie było od dawna. Nie słyszała też o przetrzymywaniu żadnych ludzi. W tej okolicy na pewno nie. A potem poczęła się zwierzać. Ciężko im tu żyć, po chleb jeździ pięćdziesiąt kilometrów, musi wstawać o trzeciej w nocy. Dlaczego się stąd nie wyniosą? – spytała Elizabeth. A dokąd mają pójść? Tutaj są grzyby, jagody, potem sprzedaje się to w mieście. Ale dzieci jej chorują, syn choruje na oczy, a córka ma alergię, skóra jej odchodzi płatami...

– Tamara! – zawołała i dziewczynka posłusznie podeszła do stołu.

Elizabeth była przerażona, bo dziecko miało otwarte rany na ciele.

– Trzeba coś z tym robić! – powiedziała.

– A co tam robić – przetłumaczył Stalker słowa kobiety. – Wożą ją po lekarzach, dają maści i tyle.

Ruszyli dalej. Elizabeth zauważyła dużą tablicę na poboczu drogi. To było ostrzeżenie przed zbieraniem grzybów, jagód, ziół. Wysokie promieniowanie.

– Zaraz będzie posterunek milicyjny – wyjaśnił Stalker. – Jak nas zatrzymają, to po nas. Trzeba mieć przepustkę do strefy. Módlcie się, żeby nie zatrzymali.

– Może dodać gazu – poradził Sanicki.

– Dopiero by było po nas – odrzekł przewodnik. – Trzeba jechać, jakby nigdy nic.

Gdy mijali otwarty szlaban, Elizabeth ze zdenerwowania zaschło w gardle. Ale z niewielkiego budynku z płaskim dachem nikt nie wyszedł. Wkrótce natrafili na inny szlaban, tym razem zamknięty.

– To droga do Prypeci – powiedział Stalker, zjeżdżając prosto w las.

Elizabeth wiedziała, że tak się nazywało wysiedlone miasto. Auto, mimo marnego wyglądu, wytrzymało trudy jazdy pomiędzy pniami drzew, a nawet wyjechało pod górę, z powrotem na drogę. Pojawiły się pierwsze domy-widma, bez okien, drzwi. W ciągu tych lat, które minęły od katastrofy, wyniesiono stąd wszystko, co się dało wynieść. Tylko mury zostały. Za to roślinność była wyjątkowo bujna, Elizabeth dostrzegła monstrualnie rozrośnięty krzak dzikiej róży, był obsypany kwiatami o wielkości słoneczników.

Poczuła lekkie pieczenie skóry na twarzy. Widocznie były to pierwsze objawy zetknięcia się z promieniowaniem. Jeżeli Jeff przebywał tu dłuższy czas, mógł mieć poważne problemy zdrowotne.

Na tle nieba rysowały się kontury wieżowców, z pustymi ramami okien. Robiło to niesamowite wrażenie. I ta cisza dookoła. Elizabeth odkryła, że nie dochodzą do nich żadne dźwięki, nic, jakby znaleźli się pod wodą. Kierowca zatrzymał samochód przed niewielkim domkiem, czy raczej budą z płaskim, pokrytym falistą blachą dachem. Chwasty, które rozpleniły się w ogrodzie, niemal przewyższały tę budowlę. Olbrzymie osty wyglądały jak drzewa. Elizabeth przekonała się, że są wyższe od niej.

Z domku wyszedł im na spotkanie niski mężczyzna o nienaturalnie szerokich ramionach i krótkich, krzywych nogach. Miał przekrwione oczy i nabrzmiałą twarz. Patrzył na nich nieufnie.

Stalker długo coś mu wyjaśniał, potem wyjął torbę z „prezentami". Mężczyzna zajrzał do środka, przeliczył butelki wódki, papierosy, widocznie ilość go zadowalała, bo kiwnął głową, aby szli za nim. Sam zniknął w środku.

Przez te kilkanaście minut rozmowy na powietrzu Elizabeth poczuła, iż pieką ją silnie dłonie i twarz. Spytała Sanickiego, czy on coś takiego odczuwa, na co odparł, że mrowienie w całym ciele. Reagowali więc na promieniowanie każde inaczej, a może to tylko sugestia? Wewnątrz budy, do której weszli, schylając głowy z powodu niskiego stropu przy drzwiach, było zaskakująco schludnie. Znajdowała się tu kuchnia kaflowa z czterema otworami, na ścianie wisiały rondle, obok kuchni równo ułożone polana. Stół przykryty był ceratą, a przy nim wyściełane krzesła. Był tu jeszcze całkiem porządny kredens z przeszkloną witryną, a w rogu pomieszczenia łóżko zasłane barwną derką, nad nim ikona przedstawiająca Matkę Boską z dzieciątkiem. Na parapecie okiennym stał wazon ze sztucznymi kwiatami.

Gospodarz wskazał im miejsca przy stole, a potem wyjął z kredensu cztery szklanki i nalał do nich wódki.

– Ja tego nie wypiję – powiedziała z obawą Elizabeth do Sanickiego – ja prawie nie piję alkoholu...

Usłyszał to ich przewodnik.

– Będzie obraza. Musi pani wypić chociaż pierwszą szklankę. On przypilnuje, nie wolno wylewać, bo zauważy!

Nie było rady, Elizabeth wypiła łyk, czując ogień w przełyku. Zaniosła się kaszlem. Gospodarz podał jej skórkę od chleba i coś zagadał.

– Trzeba powąchać – przetłumaczył Stalker.

Pomogło.

Mężczyzna miał na imię Mykoła, nazwiska nie pamiętał. Nie posiadał żadnych dokumentów od lat i nie zamierzał ich wyrabiać. W tej strefie nie było to potrzebne. Oficjalnie nikt taki jak on nie istniał, chociaż władze o nim wiedziały. Milicjanci przyjeżdżali do niego po ryby, łowił je w rzece. Były ogromne, szczupaki po sześć kilo, karasie. Czasami tylko trafiały się okazy ,,uszkodzone", jak się wyraził, bez oczu albo ze zniekształconymi skrzelami, te wyrzucał do rzeki z powrotem.

– Ryby są napromieniowane! – powiedziała ze zgrozą Elizabeth.

– Jakie tam napromieniowane! – zdenerwował się gospodarz. – To wszystko bujda, to po to, żeby męczyć ludzi. Takie było piękne miasto i co zrobili?

Poprosiła Stalkera, aby spytał Mykołę, czy widział sam wybuch reaktora, wtedy, piętnaście lat temu. Widział, to było w nocy, a on pracował jako stróż nocny w hali sportowej. Pojawił się taki błysk na niebie, jakby wystrzelili rakietę. A następnego dnia słońce było białe... I mimo to nie wierzy w promieniowanie? No, nie wierzy, władze też nie wierzą, jakby wierzyły, toby nie kazały wycinać czarnobylskiego lasu. Drwale dobrze zarabiają, pracują dwa tygodnie, potem idą na ,,odtrucie".

– To chyba niemożliwe – mówi Sanicki – przecież drzewa tutaj są przesiąknięte cezem i strontem!

– Jak to niemożliwe – obrusza się Mykoła. – Pan się dowie, zakład drzewny jest w Wilczej, niby w trzeciej strefie, ale drewno tną tutaj. Drwale mieszkają w hotelu robotniczym, mają wygody, prąd, telewizję.

Sanicki wydawał się naprawdę poruszony.

– W Prypeci to tylko ja jeden pokutuję, a naokoło sporo ludzi, bezdomni, samotne kobiety z dziećmi, nazywają ich ,,Indianami", bo im skóra żółknie od czarnobylskiego słońca. Zbierają jagody, grzyby i wożą na targ do Kijowa, z tego żyją... Tutaj wszystkiego mnogo, zwierzyna w lasach, dziki, jelenie, sarny... Dziki to mają po dwieście kilo. Rysie się pojawiły, wilki, całe stada.

Krajan Mykoły trudni się kłusownictwem, zastawia pętle na wilki, jak się złapią, dusi je gołymi rękami. To siłacz. Za skóry dostaje po dziesięć dolarów za sztukę. Ta strefa daje jeść!

Elizabeth szumiało w głowie, już nie wiedziała, czy z nadmiaru wrażeń, czy od wódki. Spytała Stalkera, czy można już zapytać o ,,gości" w Prypeci. Widać uznał, że tak, bo wdał się z Mykołą w dłuższą konwersację. Nie rozumiała, o czym mówią, ale zdawała sobie sprawę, że ważą się losy jej i Jeffa. W końcu Stalker zaczął tłumaczyć, pomagał mu Sanicki.

Przywozili ludzi, trzymali ich w budynkach przy hali sportowej. Kiedyś były w podziemiach prysznice, zamykali ich tam, jak w bunkrach. Teraz ostatnio jakoś ucichło...

– Tutaj tacy przyjeżdżali na strzelnicę, uczyli się strzelać, całymi dniami było tylko ta-ta-ta...

Pewnie to ci ze szwadronów śmierci – pomyślała.

– A kiedy ostatni raz kogoś przywieźli? – spytała przez Stalkera.

Gospodarz zastanowił się.

– Będzie z miesiąc, albo i dłużej...

Elizabeth wyjęła zdjęcie Jeffa i podała mężczyźnie.

– Może widział pan tego człowieka?

Mykoła przyglądał się długo fotografii.

– Tego nie powiem – odezwał się wreszcie.

Po powrocie ze „strefy" Elizabeth zwątpiła w celowość dalszego pobytu na Ukrainie. Bo jak miała dalej szukać swojego męża? Wziąć łopatę i przekopywać ziemię piędź po piędzi w nadziei, że odnajdzie jego zwłoki? To, że Jeff żyje, wydawało się mało prawdopodobne. Ci ludzie byli bezwzględni, nie trzymaliby świadka, który potem mógłby ich oskarżyć. Może w pierwszych tygodniach były jakieś szanse, ale teraz... teraz oprawcy przekonali się, że mogą działać bezkarnie. Że świat zajęty swoimi problemami im na to pozwala. Co zrobił konsulat w sprawie Jeffa? Nic. Poradzono jej, aby stąd czym prędzej wyjechała. Może trzeba było ich posłuchać, wrócić do kraju i starać się nagłaśniać to wszystko, czego się tu dowiedziała. Ale przecież o Gongadzem było głośno, co prawda nie łączono jego sprawy ze sprawą Jeffa, domagano się jednak wyjaśnień. I nic. Władze Ukrainy wszystkiemu zaprzeczyły... W sprawie Oksany też nic się nie posunęło do przodu, prokurator nie godził się na żadne ustępstwa, nie pozwolono jej nawet wyjść za kaucją. Trzymano ją w areszcie bezprawnie. Nikt nie przedstawił jej zarzutów, nie sformułowano aktu oskarżenia, po prostu odebrano jej wolność. Stanowiła ich alibi, na wypadek gdyby ktoś jednak zapytał o Jeffreya Connery. Była wymówką, że coś w tej sprawie zrobili... Zwierzyła się z tych wszystkich wątpliwości Sanickiemu, a on się z nią zgodził. Powinna wrócić do domu. Wydawało się to postanowione, kiedy zaszły pewne okoliczności, które rzuciły nowe światło na sprawę zaginięcia dziennikarza. Po raz pierwszy pojawiła się też osoba Jeffa i choć nie został wymieniony z nazwiska, Elizabeth nie miała wątpliwości, że chodzi o niego.

Z samego rana zatelefonował do niej Andrew, bardzo poruszony powiedział, iż ma ważne wiadomości i zaraz do niej przyjedzie. Zjawił się po kilkunastu minutach.

– Są nowe fakty w sprawie Gongadzego! Ochroniarz prezydenta, niejaki Melnyczenko, uciekł na Zachód, wywożąc taśmę magnetofonową, na której prezydent wydaje polecenie uprowadzenia dziennikarza. Zaraz ci przetłumaczę, fragment tego nagrania wydrukowała ,,Ukraińska Prawda". To rozmowa prezydenta z ministrem spraw wewnętrznych.

Fragment nagrania:

Prezydent: Żebym nie zapomniał, jest taki Gongadze.
Minister: Coś takie nazwisko słyszałem...
Prezydent: No, bękart, kurwa, wyższej miary.
Minister: Gongadze. O nim u nas gdzieś była mowa. Gdzieś coś było, szukamy...
Prezydent: Znaczy, co on pisze cały czas do jakiejś tej ,,Ukraińskiej niby-Prawdy" i pcha w Internet, rozumiesz. No, jego ktoś finansuje. (niezrozumiałe)

Prezydent: A najważniejsze, że trzeba go z tego wy-
pchnąć, Wołodia (Wołodymyr Łatwyn,
szef administracji Kuczmy – przyp. red.),
trzeba, żeby go wykradli Czeczeni i wywieźli do Czeczenii tam na chuj... i zażąda-
li okupu.

Minister: My pracujemy.

Prezydent: Mówię, wywieźć go, wyrzucić.
Oddać Czeczenom, a potem okup...

Minister: Pomyślimy. Zrobimy tak, żeby...

Prezydent: Znaczy, wywieźć go, rozebrać, kurwa, bez
spodni zostawić, niech tam siedzi...

Minister: Ja bym zrobił prosto, kurwa, my ten prob-
lemik badamy: gdzie on chodzi, jak chodzi. Siedzą u niego na podsłuchu. Ot,
troszkę trzeba zbadać, my to zrobimy...
U mnie ekipa bojowa, orły takie, zrobią
wszystko, co chcesz...


taśma II

Prezydent: Coś o Gongadzem milczycie.

Minister: Otwarcie mówię, staraliśmy się, coś nie
wyszło...

Prezydent: No, żeby to nie ciągnęło się, bo brud rzuca-
ją do Rosji przez Internet. No, do Internetu
przez Rosję...

Minister: Jasne, ja Gongadzego nie wypuszczam. Po
prostu wyniknął problem... chcę jego kontakty zbadać, z kim on się spiknął, taki
jest drugi, przez tą kurwę współpracownicę

Gongadzego... Weźmiemy się za to, ale trzeba zacząć od niego...

Wiele razy powracali z Sanickim do tego nagrania, analizując każde słowo. Elizabeth zaniepokoiło stwierdzenie ministra, że „coś nie wyszło". To brzmiało groźnie, mogło oznaczać fizyczną eliminację dziennikarza. Ale minister potem mówi o zbadaniu jego kontaktów, więc może zniknięcie Gongadzego oznaczało wywiezienie do Czeczenii. A jeżeli jego, to także i Jeffa. To były chyba pomyślne wiadomości. To ślad, którego można się uczepić. A także nadzieja, że Jeff żyje. Tylko... gdzie była ta Czeczenia... już sama nazwa brzmiała straszliwie, nie do wymówienia. Dla Elizabeth równie dobrze mogłaby to być Atlantyda... Andrew wyjaśnił jej, że chodzi o dawną autonomiczną republikę Związku Radzieckiego na Kaukazie, która chciała odzyskać wolność, ale Rosja się na to nie godziła. Od kilku więc lat toczyła się tam wojna.

– Bratobójcza?

– Jaka tam bratobójcza – odparł gniewnie Sanicki. – Czeczeni tyle mają wspólnego z Rosjanami co Ukraińcy, tylko my mieliśmy więcej szczęścia, udało nam się odłączyć. Ich Rosjanie nie wypuszczą ze swoich łap, bo to jest obszar ważny strategicznie, Czeczenia leży u styku Europy i Azji...

Elizabeth poczuła przypływ nowych sił. Od powrotu z wyprawy do Kijowa popadła w stan apatii, nie wychodziła z pokoju na górze w domu matki Sanickiego, prawie nie czytała, godzinami stała przy oknie.

Przestała odwiedzać synka Oksany i dręczyły ją z tego powodu wyrzuty sumienia, ale jak mogła pomóc komukolwiek, skoro nie potrafiła pomóc sobie, nie potrafiła zapanować nad stanem przygnębienia, eliminującym ją niemal z życia?

Zastanawiała się wielokrotnie, dlaczego odnalezienie Jeffa jest takie ważne. Dlaczego jego nieobecność nie pozwala jej normalnie myśleć, niemal istnieć. Przecież zdarza się, że ludzie się rozstają, jedno odchodzi albo umiera. Miłość do Jeffa nie była nigdy uczuciem dominującym, Elizabeth miała swój własny świat, w którym on nie uczestniczył. Teraz się okazywało, że wszystko, czym do tej pory żyła, bez Jeffa traci sens. A może po prostu musiała odkryć, co się z nim stało? Może tego potrzebowała, prawdy. Najgorsza była niepewność...

Mimo podłego nastroju tego wieczoru poszła z Andrew do opery na *Madame Butterfly* posłuchać słynnej śpiewaczki, którą tak się zachwycał wicekonsul Smith. Zamierzała włożyć swoją koktajlową sukienkę, małą czarną, którą Jeff kupił dla niej z kolekcji Versacego. Woziła ją ze sobą, bo zajmowała mało miejsca, a zawsze mogła się przydać na bardziej uroczyste okazje. Nie miała do niej odpowiednich butów, postanowiła więc wybrać się do miasta.

Było zimno i wietrznie, piękna jesień skończyła się bezpowrotnie. Trawę w sadzie ściął matowy szron, a drzewa potraciły resztę liści. To wszystko wydarzyło się w tym krótkim czasie, kiedy nie wychodziła z pokoju. Jej zamszowa kurtka okazała się za cienka, mimo że miała pod spodem sweter, poczuła przejmujący chłód. Prawie biegła do taksówki.

Kiedy znalazła się na ulicy w centrum miasta, pośród śpieszących dokądś przechodniów, nastrój jej się znacznie poprawił. Stanowczo zbyt długo trwała w swojej samotności, potrzebowała ludzi, nawet ich przypadkowej obecności. Odnalazła salon z butami. I to był naprawdę salon, wystawione tam obuwie pochodziło z najbardziej renomowanych firm na świecie. Wybrała włoskie buty na bardzo wysokim obcasie. Wahała się, czy obcasy nie są za wysokie, ale je w końcu kupiła.

Komu chcę się podobać? – przebiegła jej przez głowę myśl.

Postanowiła też obejrzeć cieplejsze kurtki, przymierzyła ich sporo, decydując się na kożuszek do pół uda. Wolałaby, aby nie miał haftu na dole i wokół kołnierza-stójki, ale za to był lekki i ciepły.

Kiedy znalazła się z powrotem w swoim pokoju na górze, otworzyła drzwi szafy ubraniowej, które po wewnętrznej stronie miały lustro, i przymierzyła buty razem z sukienką. Prawie siebie nie rozpoznawała. Do tej pory właściwie nie nosiła obcasów, ubierając się na sportowo. Teraz zobaczyła w lustrze kobietę o twarzy w kształcie migdału – tak Jeff określił kiedyś wykrój jej policzków – ciemnych, naturalnie falujących włosach, związanych z tyłu w koński ogon, ubraną niezwykle elegancko. Krótka sukienka odsłaniała smukłe nogi. Elizabeth po raz pierwszy od długiego czasu czuła się znów atrakcyjną kobietą.

Zauważył to chyba także Andrew, bo patrzył na nią inaczej niż zwykle. Oczywiście, gdyby chciała być naprawdę elegancka, powinna była kupić płaszcz, a nie kożuszek, ale ten ostatni z pewnością bardziej jej się tutaj przyda.

Budynek opery nie był zbyt okazały, jednak fronton prezentował się pięknie. Na samym szczycie alegoria Sławy triumfalnie unosiła złoconą gałąź palmową, towarzyszyli jej po obu stronach skrzydlaci Geniusz muzyki i Geniusz tragedii. Kiedy weszli do środka, pierwszą osobą, którą Elizabeth zobaczyła w holu teatru, był Smith. Ich spojrzenia się spotkały. W oczach wicekonsula dostrzegła bezgraniczne zdumienie. Skinęła mu wyniośle głową i ujęła Sanickiego pod rękę. Zauważyła, że obaj panowie też wymienili ukłony.

– Znacie się? – spytała zaskoczona.

– Wasza ambasada często korzysta z usług mojej kancelarii. Niewielu jest prawników na Ukrainie, którzy biegle znają angielski – odpowiedział.

Mieli miejsca w trzecim rzędzie, mogła się więc przypatrzeć kurtynie, która wyglądała na starą i była w istocie namalowanym obrazem przedstawiającym Parnas. Jedna z muz, Klio, trzymała pod pachą otwartą księgę, z której można było wyczytać: ,,Sic erat, sic est, sic erit semper?" Tak było, tak jest, czy tak będzie zawsze? Odwieczne pytanie – pomyślała Elizabeth.

Samo przedstawienie nie zrobiło na niej większego wrażenia, dekoracje były tandetne, widać dyrekcja teatru miała kłopoty finansowe, a inscenizacja wydawała się przestarzała, nudna. Primadonna ładnie śpiewała, ale jej wyjątkowo duży biust przy wysokich partiach śmiesznie podskakiwał i Elizabeth to rozpraszało.

Po skończonym spektaklu, w szatni, Elizabeth czuła, że ktoś ją ściąga wzrokiem, odwróciła głowę i natknęła się na wlepione w siebie oczy wicekonsula.

Na jego twarzy malowało się pytanie: ona to czy nie ona? Jakby nie mógł uwierzyć w tę metamorfozę.

Andrew zaprosił ją do restauracji nieopodal opery, wystrój był, ze względu na bliskość zabytków sztuki, staroświecki. Antyczne meble, kotary, stare żyrandole. Wszystko w bardzo dobrym guście. Było pełno ludzi, chociaż lokal z pewnością nie należał do najtańszych. Zajęli stolik w rogu, oświetlony delikatnym światłem kinkietu. Kelner przyniósł kartę, gdzie nazwy potraw podane były w trzech językach: ukraińskim, angielskim i niemieckim.

– Mam ochotę na solę w sosie koperkowym i białe wino – powiedziała Elizabeth.

Sanicki zamówił to samo. Uważnie jej się przyglądał.

– Dlaczego tak na mnie patrzysz? – spytała. – Czy mam coś na nosie?

Uśmiechnął się.

– Zastanawiałem się, czy potrafiłbym stworzyć literacki opis twojej twarzy...

– I co?

– Miałbym z tym kłopot.

– Nie wiesz, czy jestem ładna, czy brzydka?

– Ładnych kobiet jest mnóstwo, brzydkich też – odpowiedział – a ty masz coś wyjątkowego w rysach... ale nie potrafię tego nazwać.

– Twarz w kształcie migdału? – spytała domyślnie.

Kelner przyniósł im zamówione dania, ryba była naprawdę dobra, delikatna, a sos podkreślał jej wyborny smak.

– Spędziliśmy ze sobą trochę czasu – powiedziała w pewnej chwili Elizabeth – zaznałam od ciebie takiej pomocy, jakiej nie zaznałam od nikogo, a tak niewiele wiem o twoim życiu. Nawet tego nie wiem, czy mieszkasz sam, czy z kobietą.

Andrew uśmiechnął się.

– To żadna tajemnica – odpowiedział. – Mieszkam sam.

* * *

Następnego dnia Elizabeth podjechała taksówką pod szkołę Aleka. Po kilku minutach drzwi się otworzyły i zaczęły wybiegać z nich dzieci, synka Oksany nie było jednak pośród nich. W pewnej chwili podeszła do niej dziewczynka z cienkimi warkoczykami. Niestety, z tego, co mówiła, Elizabeth nie zrozumiała ani słowa. Obejrzała się na taksówkarza, ale z nim też przecież ledwo mogła się porozumieć. Zdesperowana wyjęła „rozmówki".

– Alek nie ma w szkoła?

Dziewczynka coś na to odpowiedziała.

– Mówisz po angielsku? – spytała z nadzieją, ale dziewczynka spojrzała na nią zdumiona, po czym dygnęła i uciekła.

Postanowiła więc pojechać do domu dziecka i tam się czegoś dowiedzieć. Zatrzymała taksówkę. – Pięć minut – powiedziała do taksówkarza i weszła na schodki. Nacisnęła dzwonek przy drzwiach. Czekała, ale nikt nie otwierał. Jeszcze raz zadzwoniła, a potem ujęła za klamkę. Drzwi się otworzyły. Znalazła się w ciemnym korytarzu, w którym czuć było kurzem i zastarzałym brudem. Szła niemal po omacku, aż dotarła do pustego holu, z którego prowadziły schody na górę, na parterze korytarz rozchodził się w dwie strony. Elizabeth skręciła w prawo, zajrzała do pierwszych drzwi. W pokoju nikogo nie było, stały tu piętrowe łóżka, na których leżała skotłowana, zszarzała pościel. Panował ogólny bałagan, szafki nocne były pootwierane i wypadały z nich na podłogę części garderoby, przybory szkolne, buty.

Następne drzwi prowadziły do łazienki, na kaflowej podłodze widać było brudne zacieki, z kranów sączyła się woda, pozostawiając na umywalkach rdzawe ślady. W głębi zobaczyła prysznice, bez kabiny, na podłużnym żelaznym pręcie pod sufitem przymocowane były sitka, a na podłodze leżała drewniana kratka. Ale naprawdę wstrząsnął nią widok pomieszczenia bez drzwi, gdzie stały obok siebie muszle klozetowe. Przecież w pewnych sytuacjach nawet zwierzęta potrzebują odosobnienia.

Potem znowu był pusty pokój, i jeszcze jeden, z piętrowymi łóżkami. W kolejnym odnalazła Aleka. Leżał w łóżku, chyba spał, bo kiedy weszła, nie otworzył oczu. Pochyliła się nad nim, policzki i czoło miał rozpalone. Chciała mu poprawić poduszkę i wtedy dostrzegła, że trzyma pod nią buty, te krosowki, które razem kupowali.

Postanowiła zawołać kogoś, zażądać, aby wezwano lekarza. Ale jak to przekazać, przecież nikt jej nie zrozumie. To nic, weźmie taką babę za rękę i przyprowadzi tutaj. Na migi wytłumaczy jej, o co chodzi.

Wyszła na korytarz, już wiedziała, że są tu same sypialnie i nikogo o tej porze nie ma, w drugim skrzydle było to samo, tylko piętrowe łóżka. Znalazła schody prowadzące w dół. Mieściła się tam kuchnia, olbrzymia, kaflowa, zastawiona wielkimi garami, w których coś się gotowało, wydzielając zapach jakby zepsutego mięsa. Tutaj też nikogo nie było.

Elizabeth wróciła na górę z postanowieniem, że zabierze stąd chłopca. Bez względu na wszystko. Starała się go obudzić, ale jej się nie udało. Musiał mieć bardzo wysoką temperaturę. Zawinęła go w kołdrę i wzięła na ręce. Przemierzyła jeden korytarz, drugi i nie zatrzymywana przez nikogo, wyszła na zewnątrz. Podała taksówkarzowi adres.

W pokoju na górce położyła chłopca w swoim łóżku i zeszła na dół. Pani Sanicka była w kuchni. Rozchodziły się tu inne zapachy niż w tamtej zatęchłej piwnicy, przyjazne, domowe. Elizabeth nie wiedziała, jak jej powiedzieć, że przywiozła chore dziecko. A właściwie, że je porwała.

– Zaraz będzie obiad – zawiadomiła ją gospodyni.

Z całej jej postaci emanowała pogoda ducha i spokój. Siwa pani, nieco korpulentna, w fartuchu z szelkami skrzyżowanymi na plecach i wyszytym na piersi czerwonym jabłuszkiem, wzruszała ją za każdym razem, kiedy Elizabeth na nią patrzyła. Jakże inna była od jej matki, od rana do wieczora zajętej pielęgnowaniem własnego ciała; ilekroć Elizabeth do niej przychodziła, zastawała ją albo z maseczką na twarzy, albo malującą paznokcie u nóg, albo wychodzącą właśnie na masaż.

Starsza pani zrobiła zaniepokojoną minę.

– Źle się pani czuje?

– Nie, nie ja. Na górze jest chore dziecko... bardzo chore.

Pani Sanicka patrzyła na nią, mrugając powiekami.

– Dziecko... chore – powtórzyła.

– Czy można wezwać lekarza?

– Tak, mieszka tu obok, ale to nie jest lekarz... dzieci...

– Proszę go wezwać. Błagam.

Starsza pani zdjęła fartuch, starannie złożyła go i powiesiła na oparciu krzesła. Przygładziła włosy, a potem ruszyła do przedpokoju. Włożyła płaszcz. Kiedy drzwi się za nią zamknęły, Elizabeth pobiegła na górę. Alek nie otwierał oczu, miał spieczone usta i silnie zaczerwienione policzki. Dotknąwszy jego czoła, przestraszyła się, czoło chłopca parzyło... Nie miała żadnych doświadczeń z dziećmi, a tym bardziej z dziećmi chorymi. Przypomniała sobie film, w którym chorej dziewczynce obniżano gorączkę, wkładając ją do wanny z zimną wodą. Nie odważyła się jednak tego zrobić, obłożyła tylko chłopca mokrymi ręcznikami. Chyba pomogło, bo przestał być taki rozpalony.

Rozległy się kroki na schodach i do pokoju weszła pani Sanicka w towarzystwie niewysokiego mężczyzny z siwą przystrzyżoną bródką. Wyjął stetoskop i zaczął osłuchiwać dziecko, zadawał potem pytania, które matka Andrew tłumaczyła na francuski, a na które Elizabeth nie umiała odpowiedzieć. Nie wiedziała, kiedy zaczęła się choroba, nie wiedziała też, jakie choroby przeszedł w swoim krótkim życiu Alek. W końcu doktor postawił diagnozę, wypisał recepty. Zgodził się przyjąć wynagrodzenie w dolarach. Elizabeth niestety nie dowiedziała się, co to za choroba, bo pani Sanicka nie znała jej nazwy po francusku. Wskazywała ręką na klatkę piersiową, ale nie wiadomo, czy chodziło o zapalenie płuc czy oskrzeli. Wyjaśnił jej to dopiero

Andrew, którego wezwała przez komórkę. To były na szczęście oskrzela. Alek dostał antybiotyk.

– Porwałaś dziecko – powiedział Andrew po powrocie z apteki. – Możemy mieć poważne kłopoty.

– Nie mogłam go tam zostawić.

– Ale on musi tam wrócić!

– Dopiero jak wyzdrowieje – odrzekła kategorycznym tonem. – Gdybyś widział to, co ja widziałam, zrozumiałbyś, że nie było innego wyjścia.

– Kierownictwo domu dziecka mogło już zawiadomić milicję... trzeba tam pojechać.

Długo go nie było i Elizabeth bardzo się niepokoiła. Przyszło jej nawet do głowy, żeby się zabarykadować w pokoju, zastawić drzwi szafą, w razie gdyby policja się tu zjawiła i chciała odebrać dziecko. Nie zniosłaby myśli, że chłopiec wrócił w takim stanie do tamtych warunków.

Andrew pojawił się po kilku godzinach. Okazało się, iż w domu dziecka nikt nie zauważył nieobecności Aleka. Kierowniczki nie było, a wychowawczyni dopiero przed chwilą przyszła na dyżur. Opiekunka z poprzedniej zmiany nie miała żadnych uwag, nie przekazała, że jedno z dzieci jest chore.

– To skandal – wybuchnęła Elizabeth – to się nadaje dla prokuratora.

Sanicki westchnął.

– Prokurator ma inne sprawy na głowie niż zajmowanie się nieprawidłowościami w placówce, która funkcjonuje na zasadzie cudu. Fundusze, jakie im przyznają, wystarczają na miesięczne utrzymanie dwadzieściorga dzieci, a jest ich ponad siedemdziesięcioro. A gdzie ubrania, książki do szkoły, remonty...

– Więc jak sobie radzą?

– Żebrzą. Piekarnia daje im chleb za darmo, sklep mięsny jakieś ochłapy...

Pewnie dlatego tak śmierdziało w kuchni – pomyślała ze zgrozą.

– Alek będzie mógł zostać, załatwiłeś to? – spytała szybko.

– Załatwiłem, podałem się za jego wujka – roześmiał się Sanicki.

– Przecież jego wujek jest sparaliżowany!

– A kogo to obchodzi, jestem wujkiem i już. I to hojnym, zabawiłem się w sponsora. Im jest na rękę pozbycie się chłopca, chore dziecko to kłopot.

Elizabeth nie mogła wyjść ze zdumienia, że tak łatwo to poszło. Przygotowywała się na ciężkie zmagania, na walkę o dziecko.

– Zwrócę ci pieniądze – powiedziała. – Ile to kosztowało?

Andrew pokręcił głową.

– To już moja tajemnica.

– Andrew... – zaczęła – mieszkam u twojej mamy, ona mnie karmi i nie chce za to grosza, ty wydajesz pieniądze w mojej sprawie... coraz gorzej się z tym czuję.

– Wydaję pieniądze w swojej sprawie, Elizabeth – powiedział dobitnie. – Ten koszmarny przybytek znajduje się w moim mieście i w moim kraju, a nie w twoim.

Tej nocy Elizabeth prawie nie spała, Alek rzucał się na łóżku, majaczył. Chciało mu się pić, ale kiedy podawała mu herbatę na łyżeczce, odtrącał ją. Ciągle miał wysoką temperaturę. Okładała go zimnymi ręcznikami i wtedy się uspokajał. Raz otworzył oczy i powiedział coś do niej po ukraińsku. Zrozumiała tylko jedno słowo: mama.

Nad ranem zajrzała pani Sanicka i zaproponowała, aby Elizabeth zeszła na dół i zdrzemnęła się na kanapie, a ona posiedzi przy dziecku.

– Dziękuję, ale zostanę tutaj. Jak Alek się obudzi, może się przestraszyć, widząc obcą osobę.

– Dałabym sobie radę, jak dawałam radę ze swoimi dziećmi – odrzekła starsza pani.

– Myślałam, że Andrew jest pani jedynym synem...

– Jest jedynym, który mi pozostał.

Nie powiedziała nic więcej na ten temat, a Elizabeth nie ośmieliła się jej wypytywać.

– Syn opowiedział mi o tym chłopczyku... – odezwała się po chwili pani Sanicka – cóż to za tragiczna historia. Czy w tym kraju ludzie już nigdy nie będą mogli żyć w spokoju...

Potem zeszła na dół, a Elizabeth zdrzemnęła się w fotelu, który przysunęła bliżej łóżka. Ocknęła się, gdy było już widno, i natychmiast ogarnęło ją przerażenie, że zaspała i coś niedobrego mogło stać się z chłopcem. Ale kiedy spojrzała w jego stronę, zobaczyła, że na nią patrzy. Dotknęła jego czoła, było spocone i chłodne.

– Gdzie ja jestem? – spytał.

– U mnie, tu, gdzie teraz mieszkam.

Zmarszczył czoło.

– Ale jak się tu znalazłem?

– Przywiozłam cię taksówką.

Wychylił się i zajrzał pod łóżko.

– A gdzie moje buty?

– Zostały w domu dziecka.

– To już po nich.

– Kupimy nowe – odrzekła uspokajająco.

Elizabeth szukała jakiegoś wyjścia, żeby Alek nie musiał wracać do domu dziecka, w którym warunki były poniżej wszelkich norm. Należało natychmiast przysłać komisję, która by się zajęła w pierwszym rzędzie sprawami higieny, przecież tam mogły się wylęgać wszystkie możliwe choroby zakaźne, z żółtaczką na czele. Może dałoby się przenieść chłopca do jakiegoś innego ośrodka opieki nad dziećmi – myślała. Andrew uświadomił jej jednak, że w innym ośrodku mogło być tylko gorzej, tutaj przynajmniej dach nie przeciekał i na ścianach nie było grzyba. A babka chłopca? Może wzięłaby go do siebie, gdyby zaoferować jej pieniądze. Andrew był bardzo sceptyczny, ale Elizabeth uczepiła się tej myśli. Któregoś dnia zostawiła chłopca pod opieką pani Sanickiej i pojechała taksówką pod adres, który Andrew zapisał jej na kartce.

Babka Aleka mieszkała w biednej dzielnicy, co się od razu rzucało w oczy. Zaniedbane domy, góry śmieci na posesjach. Klatka schodowa też była cuchnąca i zaśmiecona, ale mieszkanie, w którym się znalazła, wyglądało schludnie. Panował tu idealny porządek, w pokoju, do którego kobieta ją zaprosiła, stał regał, stół przykryty koronkową serwetą, a na nim wazon ze sztucznymi kwiatami, pod ścianą pluszowa kanapa. W rogu pokoju przed zawieszoną pod sufitem ikoną paliła się wieczna lampka, a na małym stoliczku, niczym na ołtarzyku, stały świece i sztuczne bukiety.

Nie od razu mogła tam wejść, gdyż z początku babka Aleka była nieufna, trzymała ją długo na korytarzu, nie potrafiły się porozumieć. Elizabeth bała się, że tamta się zniechęci i zatrzaśnie jej drzwi przed nosem. W końcu ją jednak wpuściła.

Wyciągnęła kartkę, na której spisała fonetycznie ułożoną przemowę. Biedziły się nad tym z panią Sanicką przez cały poprzedni dzień. Powiedziała o strasznych warunkach panujących w domu dziecka, o chorobie wnuka, o tym, że nie powinien tam wracać, i wreszcie o pieniądzach. Kobieta słuchała, ale jej twarz nie wyrażała żadnych uczuć, Elizabeth zaczęła się obawiać, że tamta jej nie rozumie. Postanowiła przeczytać wszystko jeszcze raz, wolniej.

– Ja rozumiem – odezwała się babka Aleka, powiedziała coś jeszcze, ale Elizabeth nie zrozumiała.

Podała kobiecie rozmówki, w których tamtej udało się wyszukać potrzebne zwroty. Wynikało z tego, że ona by bardzo chciała wziąć wnuka, ale mąż się na to nigdy nie zgodzi. Elizabeth było przykro na nią patrzeć, odnajdowała duże podobieństwo fizyczne z Oksaną i z Alekiem. Tak samo uformowane brwi, oczy, ten sam kształt nosa, nawet kolor włosów podobny. Babka chłopca wyglądała młodo, nie miała zmarszczek na twarzy, ani śladu siwizny.

– Nie żal pani wnuka? – spytała Elizabeth na odchodnym.

– Żal – odpowiedziała kobieta i łzy zakręciły jej się w oczach.

Elizabeth była już na schodach, kiedy tamta dogoniła ją i wręczyła słoik miodu.

– Dla Aleka – powiedziała, kładąc rękę na piersi.

Pozostawało więc tylko jedno rozwiązanie: wyciągnięcie Oksany z aresztu. Ale to niestety okazywało się niemożliwe.

– Trzeba przekupić prokuratora, musi mieć swoją cenę – nalegała na Sanickiego, on jednak kręcił głową.

– Za głośno się zrobiło wokół tej sprawy, będzie się bał.

– Może ją wypuścić legalnie, za kaucją – nie ustępowała.

– Rzecz w tym, że nie może – tłumaczył Andrew. – Dostał odpowiednie polecenia z góry.

Alek po dziesięciu dniach wrócił do domu dziecka, nie mógł dłużej opuszczać szkoły. Elizabeth kupiła mu nowe ubranie, kurtkę i buty, tym razem porządne, zimowe.

– Chłopak wygląda teraz jak z telewizyjnej reklamy – powiedział Andrew. – Zobaczysz, że go tam zadziobią.

– A co miałam zrobić? – tłumaczyła się Elizabeth. – Zabrałam go w piżamie...


Elizabeth mogła teraz ponownie zająć się poszukiwaniem męża. Powoli dojrzewała w niej myśl, aby udać się na Kaukaz, do Czeczenii, o której mówił na „taśmach" prezydent. Jeszcze nie wiedziała, jak tego dokonać, Andrew uświadomił jej, że tam ciągle toczy się wojna. Niebezpieczeństwo było więc duże, ale niemałe też były szanse odnalezienia Jeffa. To wszystko brzmiało logicznie: pozbyć się przeciwników politycznych i winę zwalić na kogo innego... Tymczasem mijały tygodnie, a nikt nie zgłaszał się po okup. Ale może to był jakiś układ pomiędzy władzami Ukrainy a Czeczenami. My wam przetrzymamy niewygodnych ludzi, a wy nam dostarczycie broń. Strona rosyjska raczej nie wchodziła w grę.

Miała już zakomunikować o swojej decyzji Sanickiemu, kiedy nastąpił zasadniczy zwrot w tej sprawie. W małej miejscowości pod Kijowem odnaleziono zwłoki mężczyzny. Były pozbawione głowy i oblane specjalną substancją chemiczną przyśpieszającą proces rozkładu, tak jakby komuś zależało na uniemożliwieniu identyfikacji. Ale jednocześnie przy mężczyźnie znaleziono bransoletę i pierścień, należące do Gongadzego.

A jeżeli to Jeff... jeżeli to było jego ciało... Starała się nie dopuścić do siebie takiej myśli, która wypowiedziana głośno mogła stać się rzeczywistością. Powinna wierzyć, że jej mąż żyje, a te biedne zwłoki należą do kogoś innego...

Leżała w ciemnościach z otwartymi oczami. W całym domu było cicho, tej ciszy nie przerywały znajome odgłosy, skrzypienie starej szafy, szum wiatru za oknem. Zupełnie jakby świat wstrzymał oddech...

A jeżeli to jednak on... jeżeli to Jeff... W powieści rosyjskiego pisarza, której fragmenty mąż czytał jej wieczorami, też odcięto komuś głowę. Działo się to w Moskwie nawiedzonej przez Szatana. A teraz wydarzyło się naprawdę... Czy można przewidzieć własną śmierć? Czy Jeff ją przewidział... czytał tę prozę tak osobiście... Przypomniała sobie nagle nazwisko autora i tytuł powieści. Bułhakow, *Mistrz i Małgorzata*... Przecież ta książka jest w rzeczach Jeffa, które jej zwrócono, Jeff woził ją ze sobą, śmiejąc się, że to jego

Biblia. Zapaliła światło i otworzyła neseser, powieść leżała na wierzchu. Ręce jej drżały, gdy przewracała kartki.

„...ale niepokoi mnie następujące zagadnienie: skoro nie ma Boga, to kto kieruje życiem człowieka i w ogóle wszystkim, co się dzieje na świecie?

– O tym wszystkim decyduje człowiek – Berlioz pospieszył z gniewną odpowiedzią na to, trzeba przyznać, niezupełnie jasne pytanie.

– Przepraszam – łagodnie powiedział nieznajomy – po to, żeby czymś kierować, trzeba bądź co bądź mieć dokładny plan, obejmujący jakiś możliwie przyzwoity okres czasu. Pozwoli więc pan, że go zapytam, jak człowiek może czymkolwiek kierować, skoro pozbawiony jest nie tylko możliwości planowania na choćby śmiesznie krótki czas, no, powiedzmy, na tysiąc lat, ale nie może ponadto ręczyć za to, co się z nim samym stanie następnego dnia?"

Niemal usłyszała głos Jeffa i swoją reakcję.

– Tysiąc lat! Bagatelka... – wykrzyknęła.

– Nie zapominaj, że mówi to Szatan, który, bagatelka, jadł śniadanie z Kantem!

– Według twojego pisarza!

– Według mojego pisarza.

– A ja mam wątpliwości, czy Szatan w ogóle istnieje – odpowiedziała wtedy.

Teraz te wątpliwości były o wiele mniejsze.


Do miejscowości, w której znaleziono ciało mężczyzny, dotarli dziennikarze „Ukraińskiej Prawdy" i ustalili z pracownikami kostnicy, że przewiozą zwłoki do Kijowa. Ale zwłoki zniknęły. Po kilku dniach odnalazły się w Kijowie, pod strażą służb specjalnych. Elizabeth chciała tam pojechać. Upierała się, mimo perswazji Sanickiego. Nic mu nie mówiła o swoich przypuszczeniach, to on wypowiedział głośno to, czego tak się obawiała. Jako jej pełnomocnik wystąpił o pobranie próbek celem dokonania identyfikacji.

Tak też się stało, próbki zostały pobrane i dostarczone do niemieckiego laboratorium genetyczno-molekularnego w Monachium. Pobrano próbki krwi od obu matek, Gongadzego i Jeffa.

W międzyczasie w parlamencie ukraińskim opozycja oficjalnie wysunęła przeciw prezydentowi zarzut o uprowadzenie i być może zamordowanie dziennikarza Georgija Gongadze i współpracującego z nim amerykańskiego naukowca Jeffreya Connery. Podchwyciły to media na całym świecie. A więc sprawa męża Elizabeth wydostała się na światło dzienne, Jeff nie był już turystą, który nie wiadomo gdzie się zagubił, nie był też „tym drugim", jak go nazwał w nagranej na taśmie poufnej rozmowie prezydent Ukrainy. Wystąpienie lidera opozycyjnej partii w parlamencie stwarzało też szansę na uwolnienie Oksany. Sanicki wystosował w tej sprawie pismo do prokuratury. Ale nie otrzymał jeszcze odpowiedzi. Nadeszła natomiast odpowiedź z Monachium: zwłoki znalezione pod Kijowem nie są zwłokami ani ukraińskiego dziennikarza, ani amerykańskiego naukowca. O co więc chodziło? Kto podrzucił rzeczy należące do Gongadzego? Po co ta mistyfikacja?

– Pewnie po to, aby zagmatwać całą sprawę – powiedział Andrew – zmylić opinię publiczną. Czas gra na korzyść morderców...

– Oni muszą być w Czeczenii – stwierdziła Elizabeth.

Przed wyjazdem postanowiła odwiedzić panią Klonowską i dostać się raz jeszcze do Oksany. Andrew nic nie wiedział o tych planach. Ani o tym najważniejszym: o podróży na Kaukaz. Miała zamiar przekazywać mu je w małych dawkach.

Kupiła w księgarni album o Kaukazie, w anglojęzycznej wersji. Przeczytała tam, że Kaukaz to obszar górski w Azji, położony między morzami Czarnym, Azowskim i Kaspijskim, najwyższe pasma wznosiły się do pięciu i pół tysiąca metrów nad poziom morza. Wysoko... Tam, w tych górach, ukrywali się bojownicy czeczeńscy, z którymi Rosjanie prowadzili ciągnącą się od lat wojnę. ,,Ta wojna nie będzie miała końca – powiedział Andrew – bo góry są niezwyciężone, Rosjanie przekonali się o tym w Afganistanie". Patrząc na mapę nieznanego jej miejsca, już nawet nie w Europie, a w Azji, Elizabeth poczuła chłód na plecach. Zaznaczone pasma górskie, jeziora, obco brzmiące nazwy. A jeżeli stamtąd nie wróci? Nikt nie może wymagać od niej takiego poświęcenia... nikt, poza nią samą. Postanowiła i już się nie wycofa. Oczywiście ten wyjazd wymaga przygotowań i zdobycia aprobaty Sanickiego, co z pewnością nie będzie łatwe. Spodziewała się, że uzna to za szaleństwo. Był przeciwny jej podróży do ,,strefy", a ta podróż była o wiele dalsza i o wiele bardziej niebezpieczna. Ale gdyby miała odnaleźć tam Jeffa... Przecież ci bojownicy potrzebują broni do prowadzenia wojny, a broń kosztuje, więc pieniądze są dla nich ważne. Tylko ile zażądają? W grę mogą wchodzić grube tysiące dolarów, a może miliony... Niech tylko podadzą warunki. Przecież nie byli z Jeffem sami, istniał jeszcze ich kraj, prezydent, kongres, do których mogli się zwrócić...

Na rynku leżał śnieg i trochę inaczej wszystko tu wyglądało, miała więc trudności z odnalezieniem kamieniczki, w której mieszkała pani Anna. Pamiętała, że mieściła się w pobliżu studni z Neptunem. Rozpoznała ją w końcu po kutej, żelaznej bramie. Weszła po schodach na piętro niemal po omacku, ciągle nie było tu światła, i zadzwoniła do drzwi. Długo nikt nie otwierał, potem rozległy się ciężkie kroki i oczom Elizabeth ukazał się potężny sąsiad staruszki.

– Anna Klonowska – wypowiedziała wyraźnie, ale mężczyzna nie usunął się z drogi, mówił coś gniewnym głosem. – Klonowska – powtórzyła, a on zamachał rękami.

Widząc, że się nie dogadają, Elizabeth prześlizgnęła mu się pod pachą i otworzyła drzwi do mieszkania swojej znajomej. Wnętrze było puste, bez mebli, tylko na podłodze walały się stare gazety i kilka fotografii. Schyliła się i podniosła jedną z nich, przedstawiała dziewczynkę z dużą kokardą we włosach. Wycofała się, a mężczyzna z hukiem zamknął za nią drzwi wejściowe. Co się mogło stać? Albo pani Anna przeniosła się dokądś, albo umarła. Bardzo chciała się tego dowie-

dzieć, więc następnego dnia przyszła tu z.Alekiem,
w roli tłumacza. Szczęście im dopisało, bo drzwi otworzyła kobieta, która była nieco uprzejmiejsza od swojego męża, chyba męża, nie wyglądała na osobę młodą.
Powiedziała, że pani Klonowska zmarła kilka tygodni
temu. Została pochowana w grobie rodzinnym na cmentarzu Łyczakowskim. Dokładniejszych informacji
udzielić nie mogła. Elizabeth wybrała się tam nazajutrz
w nadziei, że uda jej się odnaleźć to miejsce. Grobu nie
odnalazła, ale wizyta tam okazała się wielkim przeży-
ciem. To był świat bardzo jej bliski. Pośród bezlist-
nych, starych drzew zobaczyła zbiór rzeźb, z których
niemal każda wyszła spod dłuta artysty niepośledniej
miary. Przy niektórych grobowcach spędziła długie
chwile, oglądając szczegół po szczególe nagrobne
pomniki i rzeźby. Zachwycił ją zwłaszcza jeden z nich,
bardzo już zniszczony, ale dający pojęcie o geniuszu
twórcy. Przedstawiał Kleopatrę i jej służkę, podającą
swojej pani śmiercionośny koszyk, z którego wychy-
lała się głowa żmii. Twarz greckiej królowej była tak
pełna bólu, a zarazem zrozumienia, uległości wobec
losu, zgody na śmierć. A twarz jej oddanej służącej...
Jak można odtworzyć tak skomplikowane uczucia
w kamieniu, wiedział tylko artysta. Elizabeth odczytała jego imię i nazwisko: Antoni Schimser. Postanowiła
je zapamiętać, może jeszcze kiedyś przyjedzie tutaj,
zbierze dokumentację, to miejsce było naprawdę god-
ne uwagi, było dziełem sztuki. Niektóre daty budziły
respekt, nekropolia musiała być starsza od paryskiego
Père-Lachaise i, co tu mówić, przewyższała tamten
cmentarz rangą artystyczną.

Taksówka czekała na nią nieopodal bramy, ale Elizabeth zauważyła też inny samochód, jakby czający się za drzewami po drugiej stronie ulicy. Była niemal pewna, że jest śledzona, zawsze jakiś pojazd podążał za jej taksówką, zwalniał, gdy ona zwalniała, i utrzymując stały dystans, towarzyszył jej dalej. Początkowo nie chciała dopuścić tego do świadomości, ale za którymś razem, kiedy taksówka ruszyła, zapamiętała numery ruszającego w tym samym czasie samochodu. Pojawiał się potem na jej drodze kilkakrotnie. Nie wiadomo tylko, czy śledzono ją tak nieudolnie, czy komuś zależało na tym, aby ten fakt odkryła. Opowiedziała o tym wieczorem Sanickiemu.

– Właśnie miałem zamiar z tobą na ten temat porozmawiać. Oni wiedzą, że tu jesteś. Znają każdy twój krok. Prokurator mi to zakomunikował.

– Wiedzą od dawna?

Andrew zapalił papierosa, odsunął firankę i przysiadł na parapecie okiennym.

– Chyba od początku.

– Ale przedtem za mną nie jeździli, jestem o tym przekonana.

– Może przedtem nie zwracałaś na to uwagi.

– I co zamierzają? Chcą mnie deportować? – spytała, nadrabiając miną. Andrew nie powinien poznać, że jest zaniepokojona.

– Raczej nie, liczą, że będziesz się zachowywała rozsądnie.

– Co to znaczy rozsądnie? – zdenerwowała się na dobre.

– Bez rozgłosu – usłyszała.

To byłoby nawet ekscytujące, gdyby nie chodziło o ludzkie życie. Zabawa w kotka i myszkę. Wiemy, gdzie jesteś, ale jeszcze cię nie złapiemy, przyjrzymy ci się. Zawsze mamy na to czas... Ale jaki miała wybór? Występowanie o wizę byłoby bardzo ryzykowne, bo gdyby odmówili, musiałaby natychmiast opuścić Ukrainę.

– Myślisz, że obserwują w nocy dom? – spytała.

– Nie sądzę – odparł Andrew. – Obserwacja twojej osoby jest raczej luźna. Chcą wiedzieć, gdzie jesteś. Z kim się spotykasz...

– Właśnie chciałam się spotkać z Oksaną – powiedziała ponuro.

Andrew wyglądał na zaskoczonego.

– Jak to sobie wyobrażasz? Ona nie mieszka w pensjonacie.

– Wiem o tym. Spotkam się z nią jak poprzednio, za pieniądze.

Sanicki nie miał uszczęśliwionej miny.

– To nie będzie teraz takie proste, przecież ciebie tutaj oficjalnie nie ma.

– Poprzednio też nie spotkałam się z nią oficjalnie.

– No tak, ale mój człowiek może się bać.

– A skąd będzie wiedział, że nie mam wizy? – spytała zaczepnie. – Ty mu powiesz?

Andrew roześmiał się.

– Zabawna jesteś, to jeden z tych, którzy cię śledzą.

– No więc dobrze, teraz będzie to drożej kosztowało! – powiedziała z przekorą.

– Ale po co ci to? Już się z nią widziałaś, a cała sprawa jest ryzykowna. – Andrew patrzył na nią surowo. – Możesz nie wyjść stamtąd, gdzie chcesz złożyć wizytę.

– Muszę się z nią zobaczyć, muszę skonsultować to, czego się dowiedzieliśmy, co wyszło na jaw... ona była blisko mojego męża – zakończyła, zdając sobie sprawę, że mogło to zabrzmieć dwuznacznie.


Tak jak poprzednio strażnik wprowadził Elizabeth do pomieszczenia bez okna i tam ją pozostawił. Był to starszy już mężczyzna o pobrużdżonej twarzy i oczach głęboko ukrytych pod siwymi, krzaczastymi brwiami. Nie zamienili ze sobą jednego słowa, zupełnie jakby oboje występowali w niemym filmie. Po kilku minutach weszła Oksana. Wydała się Elizabeth jeszcze drobniejsza, może dlatego, że miała na sobie zbyt obszerny więzienny drelich. W nagłym odruchu przytuliły się do siebie, Oksana oderwała się pierwsza. Zajęła miejsce przy stole.

– Pewnie cuchnę – powiedziała – nie mam się tu gdzie porządnie umyć...

– Daj spokój.

Patrzyły na siebie. Obie miały łzy w oczach.

– Przyszłaś mi powiedzieć, że wywieziesz stąd mojego syna?

– To jest twój syn. I musi być z tobą – odpowiedziała.

Po twarzy Oksany przesunął się cień.

– To po co przyszłaś? – spytała niemal wrogo. – Nie jestem w towarzyskim nastroju.

– Twoja sytuacja się zmieniła, masz szansę na wyjście stąd – powiedziała z przejęciem Elizabeth.

– Sprawa uprowadzenia Gongadzego i Jeffa została ujawniona, mówiono o niej w waszym parlamencie, cały świat już wie...

Dziewczyna skrzywiła się.

– Nawet jeśli stąd wyjdę, jakiś samochód przypadkiem przejedzie mnie na pasach. Oni mnie zabiją, jak zabili Georgija!

– A mnie się wydaje, że on i Jeff żyją i są w Czeczenii. Chcę tam pojechać!

Jej rozmówczyni patrzyła na nią z niedowierzaniem.

– Pojadę tam, i to wkrótce – dodała.

– Tam ich nie ma – powiedziała wolno Oksana. – Tam ich nie ma na pewno. Te taśmy to świeca dymna.

– Stwierdzono ich autentyczność – przerwała jej – i zrobili to zachodni eksperci.

Oksana oparła się na łokciu na blacie stołu, schyliła głowę, Elizabeth nie widziała jej oczu.

– To jakiś obłęd – usłyszała. – Ten oprych prezydent coś tam mota, żeby odwrócić uwagę, zmęczyć ludzi... Nie wierzę w te taśmy i w tę Czeczenię. Georgij już dawno jest w ziemi...

– A Jeff? – spytała z przestrachem.

– Jeffa gdzieś trzymają, ale nie w żadnej Czeczenii, tylko tutaj. Być może puszczą go, jak wszystko ucichnie.

– Ja jednak muszę to sprawdzić – odrzekła z uporem.

Oksana wstała, więc Elizabeth też się podniosła, patrzyły na siebie długą chwilę w milczeniu.

– Oddaję ci mojego syna – powiedziała wolno tamta – wywieź go stąd. Nie chcę, żeby żył w kraju, gdzie na czele państwa stoi morderca, a obywatele mu klaszczą.

– Ale to też jego ojczyzna.

– Ojciec Aleka jest Amerykaninem...

Elizabeth przeraziła się tego wyznania, w pierwszym odruchu chciała zatkać Oksanie usta, aby nie mówiła nic więcej, ale zaraz potem zapragnęła dowiedzieć się całej prawdy, Oksana jednak milczała.

– Jak się nazywa jego ojciec? – spytała, przełykając nerwowo ślinę.

Oksana uśmiechnęła się lekko.

– O tym w następnym odcinku, jeżeli serialu nie zdejmą z anteny.

– Nie wiem, czy uda mi się jeszcze do ciebie przyjść, to bardzo skomplikowane.

Dziewczyna znowu się uśmiechnęła.

– Jak się zdecydujesz go wywieźć, dowiesz się, kim jest jego ojciec.

– Czy to Jeff?

Patrzyły sobie prosto w oczy.

– To Amerykanin, tylko tyle mogę ci teraz powiedzieć.

Strażnik o krzaczastych brwiach zajrzał do środka, dając znak, że koniec widzenia.

Oksana podniosła się wolno.


Spotkanie z Oksaną rozbiło Elizabeth psychicznie. Poszła do niej, chcąc ją podtrzymać na duchu, a może poszła tam dla siebie? Oksana zrobiła na niej wrażenie osoby mocnej, realnie oceniającej sytuację, czego zawsze Elizabeth brakowało. Poszła tam też, żeby wyjaśnić Oksanie, dlaczego nie może spełnić jej prośby. Ale rozmowa nie przebiegła tak, jak Elizabeth oczekiwała. Znowu obudziły się w niej wątpliwości na temat stosunku Jeffa do tej dziewczyny i jej dziecka. Po pewnych rozterkach wywołanych rozmowami z Alekiem i pojawiającą się w nich osobą jej męża doszła do wniosku, że to są tylko jej wyobrażenia, a nie fakty. I że jeżeli ktoś tu zawinił, to ona, tracąc zaufanie do mężczyzny, który do tej pory nigdy jej nie zawiódł. Gdyby Jeff chciał odejść lub związać się z kimś innym, powiedziałby jej o tym. Zbyt siebie szanowali, aby uciekać się do kłamstw i krętactw. Może to było dziecko Edgara? Kilka lat temu przeżywał jakiś romans i jego małżeństwo wisiało na włosku. Bzdura, dlaczego właśnie Edgar, ojcem Aleka mógł być ktokolwiek. Kto jej dał prawo do wtrącania się w życie tej dziewczyny? To było jej życie, mogła mieć dziecko, z kim chciała, a poza tym być może było to dziecko miłości...

Dwudziestego piątego grudnia, który na Ukrainie był zwykłym dniem, bo święta Bożego Narodzenia w prawosławiu obchodzi się według kalendarza juliańskiego, w kilka dni po Nowym Roku (Nowy Rok też wypadał później, czternastego stycznia), no więc w pierwszy dzień świąt Elizabeth obudziła się z wysoką temperaturą. Sanicki wezwał sąsiada lekarza, starszego pana z bródką, który stwierdził grypę i zapisał antybiotyk. Na wszelki wypadek, bo według niego wirus grypy ostatnio był bardzo złośliwy i atakował stawy i serce.

Pod wieczór zadzwoniła matka z życzeniami, ale Elizabeth tak bolało gardło, że ledwo mogła z nią rozmawiać. Matka jak zwykle nakłaniała ją do powrotu.

– I tak bym nie mogła wyjechać, bo jestem chora – tłumaczyła.

– I jesteś sama, wśród obcych – ubolewała matka.

– Czy jest tam ktoś, kto ci poda szklankę herbaty?

Elizabeth przypomniała sobie, jak kiedyś zapadła na grypę pod nieobecność Jeffa, a matka nie kwapiła się z przyjazdem, chociaż mieszkała tylko o kilka ulic od niej, i Elizabeth sama sobie musiała robić herbatę. Wielkodusznie postanowiła o tym nie wspominać.

– Mam tutaj przyjaciół, bądź spokojna.

Gorączka utrzymywała się jeszcze przez kilka dni, po czym spadła, widocznie antybiotyk pomógł, i Elizabeth, mimo że wciąż trochę słaba, czuła się już rekonwalescentką raczej niż osobą chorą. W ostatnim dniu roku zeszła na śniadanie. Chciała nawet wyjść na spacer, ale pani Sanicka jej odradziła, było zimno, bardzo wietrznie. Kiedy zostali sami, Andrew podał jej kopertę.

– Oksana Krywenko napisała do ciebie, ale nie chciałem cię niepokoić, bo byłaś chora.

Elizabeth z przestrachem popatrzyła na kopertę.

– Może to coś ważnego?

– W jej sprawie, jak dotąd, nie ma postępów, podejrzewam, że to jakieś osobiste wynurzenia.

– Przeczytam u siebie – powiedziała.

Idąc na górę, czuła, jak niespokojnie bije jej serce.

W kopercie były małe kartki w kratkę, wyrwane z notesu i gęsto zapisane drobnym pismem.

*Dear Elizabeth, wolałabym Ci to wszystko opowiedzieć, bo łatwiej jest mówić do kogoś, komu się patrzy w oczy. Nie mam takiej możliwości, proszę więc, żebyś mnie wysłuchała.*

*Czy chcesz tego, czy nie, nasze losy nierozerwalnie splotły się ze sobą, Twój, Jeffa, Aleka i mój. Mnie i Jeffa los już wyeliminował, pozostaliście Wy, Ty i Alek.*

*A zaczęło się to latem tysiąc dziewięćset dziewięćdziesiątego trzeciego roku. Skończyłam właśnie studia na Wydziale Anglistyki Uniwersytetu w Kijowie i udało mi się dostać na letni kurs doskonalenia języka w Nowym Jorku. Bardzo szybko zaprzyjaźniłam się z wykładowcami i jeden z nich zaprosił mnie podczas weekendu do swojego domu nad jeziorem. Atmosfera była wspaniała, rozmowy, barbecue, piwo. Najlepiej rozmawiało mi się z Jeffem, który również był tam zaproszony. On jeden wiedział, jak wygląda część świata, z której pochodzę. Był w Czechosłowacji, w Polsce, wybierał się też na Ukrainę, więc wiele rzeczy go interesowało. Kiedy się żegnaliśmy, powiedział, że koniecznie muszę poznać Ciebie, że na pewno się porozumiemy, bo mamy tę samą wrażliwość i podobny sposób widzenia świata. Zaprosił mnie do Was na kolację w następnym tygodniu. Kiedy się zjawiłam, był sam, Ty właśnie zadzwoniłaś z Rzymu, że nie zdążyłaś na samolot i przylecisz następnego dnia.*

*Było bardzo gorąco, parno, jak to zwykle latem w Nowym Jorku, zanim dotarłam do Was, sukienka przylepiła mi się do ciała. Spytałam Jeffa, czy mogę wziąć prysznic. Dał mi Twój szlafrok. Nie wiem, jak to się stało, że znaleźliśmy się w łóżku. Zupełnie jakby ktoś za nas postanowił, że tak musi się stać. Kochaliśmy się całą noc. Nie istniało nic, tylko ciało tego mężczyzny, tylko dotyk jego rąk, jego usta. On chyba czuł podobnie. Wiem, że Cię to bardzo zrani, ale chcę, żebyś wiedziała, czym była dla mnie ta jedna jedyna noc z Jeffem. On miał potem wyrzuty sumienia, bo nigdy przedtem Cię nie zdradził, i chciał Ci o wszystkim powiedzieć, ale ubłagałam go, aby tego nie robił. To, co przeżyliśmy, miało należeć tylko do nas, do niego i do mnie.*

*Sądziłam, że wkrótce wrócę na Ukrainę. Nie bardzo jeszcze wiedziałam, co ze sobą zrobić, ucieszyła mnie więc propozycja rocznego kontraktu w Uniwersytecie Yale w New Haven. Powstawał tam właśnie Wydział Filologii Słowiańskich. Nowa Przystań – myślałam – to dobry znak... A potem okazało się, że jestem w ciąży. Początkowo nie chciałam w to uwierzyć, ale niestety to był fakt. Alek urodził się siódmego marca dziewięćdziesiątego czwartego roku, a w kilka miesięcy później wróciliśmy na Ukrainę.*

*Było mi bardzo ciężko, nie miałam nic, pracy, mieszkania. Ojciec nie chciał mnie wpuścić do domu z dzieckiem, nazwał mnie amerykańską kurwą. Przemieszkiwałam więc u koleżanek, ciągle się gdzieś przenosiłam. Wiele razy chciałam napisać do Jeffa, ale zawsze w ostatniej chwili coś mnie powstrzymywało. Nie mogłam komplikować Wam życia, Jeff mówił, że jesteście ze sobą bardzo szczęśliwi. Dałam sobie jakoś radę, znalazłam pracę, wynajęłam pokój. A potem trafiła się szansa na własne mieszkanie. Pracowałam od rana do wieczora, na trzy etaty. Kiedy Alek miał cztery lata, sam się już ubierał, śniadanie zostawiałam mu na stole. Był ciągle sam, kiedy wracałam, zwykle już spał. Ubranie złożone w kostkę obok łóżka, naczynia pozmywane. On jest naprawdę bardzo samodzielny.*

*A potem przyszedł list od Jeffa. Pisał, że przyjeżdża na Ukrainę i chciałby, abym mu pomagała. Ja wtedy już pracowałam w gazecie internetowej z Gongadzem, byłam bardzo zajęta, ale odpisałam, że dla niego znajdę czas. Napisałam mu też, że mam syna, odmłodziłam jednak Aleka o rok. Jeff i Alek bardzo się zaprzyjaźnili i kiedy tak na nich patrzyłam, przychodziło mi do głowy, aby powiedzieć: „To jest twój ojciec..." Ale nigdy tego nie powiedziałam. Raz zdarzyła się taka sytuacja, że się zaplątałam, bo wyszło na jaw, iż Alek ma sześć lat. Wybrnęłam jednak z tego, mówiąc żartem: „Nigdy się nie wie, czy ma się sześć lat, czy skończyło się pięć". Prawdę znają tylko dwie osoby: ja i Ty.*

*Chcę, aby mój syn żył w kraju, w którym ceni się wolność i prawdę. Tutaj tak nie będzie, dopóki nie wymrze pokolenie pamiętające komunizm. Ci ludzie dalej chcą żyć w kłamstwie, im prawda nie jest potrzebna, boją się jej. Oduczyli się myśleć, godzą się na bezpieczną wegetację i tęsknią za czasem, gdy im rzucano marne ochłapy. Głosują na człowieka, który ma krew na rękach, bo się do tego przyzwyczaili. To już nie jest mój kraj. I nie jest to kraj mojego syna. Musisz go stąd wywieźć, on ma prawo być wolnym człowiekiem i żyć w ojczyźnie swojego ojca.*

*Oksana*

Kilka razy przeczytała list. W głowie czuła zamęt. Jak to, Jeff był ojcem jakiegoś dziecka, a ona o tym nie wiedziała... To niemożliwe, to się nie mieściło w ramach ich wspólnego życia. Żadne z nich nie było zdolne do prowadzenia gry... Tylko to nie była gra, o ile wierzyć tej dziewczynie, lecz przypadek, zbieg okoliczności, ona spóźniła się na samolot, a Oksana przyszła do ich domu. Przecież brała taką rzecz pod uwagę i po cichu się z tym godziła... Ale dziecko? To było coś znacznie poważniejszego niż jednorazowa przygoda, to zmieniało całe życie, nieodwracalnie. Nie mogła uwierzyć, że to prawda. Ta Ukrainka pisze o życiu w prawdzie, a sama zakłamała swoje życie, nie tylko swoje, ale także swojego dziecka. A może kłamała teraz, chcąc postawić na swoim i zmusić Elizabeth do wywiezienia jej syna z Ukrainy? Może Alek wcale nie jest synem Jeffa? Albo ona teraz odrzuca prawdę, bo nie chce jej przyjąć do wiadomości? Poczuła się nagle bardzo zmęczona. Jak Oksana to sobie wyobraża... dlaczego oddaje własne dziecko obcej kobiecie? A jeżeli Alek jest naprawdę synem Jeffa, co to dla niej oznacza? Gdyby pozostał ze swoją matką, dla Elizabeth byłaby to sprawa pomiędzy nią a jej mężem, sprawa wybaczenia lub niewybaczenia zdrady. Przyjęcia do wiadomości, że w wyniku tej zdrady ich losy się rozłączą. Ona pozostanie kobietą bezdzietną, a Jeff zawsze już będzie ojcem chłopca o imieniu Alek. Jednak w sytuacji, kiedy matka zrzekała się praw do dziecka, rola Elizabeth stawała się niejasna. Najdziwniejsze było to, że dla Elizabeth postać samego chłopca uległa jakby rozdwojeniu. Wiedziała, jak wygląda, jak mówi, co myśli, znała go i bardzo lubiła, ale gdyby miała go uznać za syna Jeffa, stawał się dla niej zagrożeniem, niemal przeciwnikiem. Tylko jak walczyć z małym, opuszczonym przez wszystkich dzieckiem? Jedyne możliwe rozwiązanie sytuacji to doprowadzenie do uwolnienia Oksany. Jej wyjście na wolność rozwikła wiele problemów. Oczywiście nie wszystkie, ale Elizabeth będzie miała swobodę wyboru. Teraz ta młoda kobieta chciała coś na niej wymusić i robiła to niezwykle konsekwentnie, nie licząc się z uczuciami Elizabeth. A jak ona by postąpiła na jej miejscu? Przecież Oksana walczyła o swoje dziecko, choć walczyła w osobliwy sposób, wyrzekając się macierzyństwa... Nie, tego przecież nie uczyniła. Ona chciała tylko, aby Elizabeth wywiozła stąd chłopca. Może sama też planowała wyjazd z Ukrainy, napisała, że nie chce tu żyć. Elizabeth miała jej tylko ułatwić sytuację... gdyby tak było, mogłaby to dla niej zrobić. Ale gdzieś w głębi czuła, że jest inaczej. Oksana zakładała, że nie wyjdzie na wolność. Że dostanie duży wyrok albo nawet spotka ją coś gorszego...

Ktoś zapukał do drzwi i Elizabeth w nagłym odruchu schowała kartki pod poduszkę. Wszedł Andrew.

– Przynieść ci tutaj obiad czy zejdziesz do nas?

– Wolałabym zjeść tutaj, gdyby to nie był kłopot.

Przyjrzał się jej uważnie.

– Coś złego było w tym liście?

Zawahała się, ale potem powiedziała:

– Musimy wyciągnąć Oksanę z aresztu. To za długo trwa. Może napiszę do prezydenta?

– Ukrainy czy Stanów Zjednoczonych?

– Ukrainy, oczywiście.

Andrew pokiwał głową.

– Świetny pomysł, tylko nie wspominaj, że się ukrywasz.

– Więc co mi radzisz?

– Czekać. Ja cały czas działam w tej sprawie, w końcu będą musieli postawić jej zarzuty, a one są bardzo wątłe.

– Oni nic nie muszą! – wybuchnęła. – Nie widzisz tego?

– List do prezydenta nic nie da, może tylko tyle, że cię tym razem deportują.

* * *

Elizabeth umyła głowę, suszyła właśnie włosy, kiedy rozległo się gwałtowne pukanie do drzwi łazienki. Zobaczyła Andrew, który miał tak zmienioną twarz, że się przeraziła. Chwilę patrzyli na siebie bez słowa.

– Znaleźli zwłoki Jeffa? – spytała wolno.

On ciągle milczał, jakby szukając odpowiednich słów.

– Ten mężczyzna spod Kijowa... to jednak Gongadze. Jeszcze raz porównano kod genetyczny matki Gongadzego i tego mężczyzny.

– Przecież laboratorium w Monachium to wykluczyło.

– Ale Holendrzy są innego zdania.

Znowu patrzyli na siebie.

– Może wtedy dali do badania wycinek innej osoby – powiedział Sanicki. – Do czegoś im to było potrzebne.

– I nie usunęli jego rzeczy osobistych, które zidentyfikowała rodzina?

– Tego się nie dowiemy, może chcieli podpuścić opozycję. Krzyczycie, że jesteśmy mordercami. A gdzie jest trup?

Elizabeth przysiadła na wannie, poczuła nagłą słabość w nogach.

– Skoro to zwłoki dziennikarza, gdzie jest mój mąż?

Sanicki milczał.

– Wiesz, myślałam o tym, żeby wynająć detektywa, potem moją uwagę pochłonęła Czeczenia... Teraz chciałabym do tego wrócić, czy możesz mi pomóc?

– Tak z rękawa nic nie wymyślę.

W ciągu następnych kilku dni dużo się działo wokół sprawy zaginięcia Georgija Gongadze. Natomiast w sprawie męża Elizabeth nadal panowało milczenie. Prokurator generalny Ukrainy wydał oficjalne oświadczenie, że zmasakrowane ciało spod Kijowa to na 99,6 procent zwłoki zaginionego dziennikarza. Ale administracja prezydenta odrzuciła wysuwane przeciwko niemu zarzuty, jakoby dziennikarz został porwany na jego polecenie. Lider socjalistów, który oskarżył prezydenta w parlamencie, otrzymał pozew do sądu, miał odpowiadać za oszczerstwo.

Niezależni dziennikarze uważali, że sprawa porwania i zabójstwa ich kolegi najprawdopodobniej nigdy nie zostanie wyjaśniona do końca, a zwolennicy Kuczmy nie zasypiali gruszek w popiele. Organizowano wiece jak za czasów komunizmu. Andrew powiedział, że w Charkowie ściągnięto kilkadziesiąt tysięcy ludzi z zakładów pracy i uczelni, aby wiwatowali na cześć prezydenta.

– A te cztery dziesiąte procent, Andrew – powiedziała Elizabeth – czy nie może oznaczać, że to ciało mojego męża?

– Możemy się zwrócić do laboratorium holenderskiego, aby zbadali próbki pod tym kątem, ale przecież Niemcy to wykluczyli.

– Wykluczyli też, że to ciało dziennikarza.

– Dobrze, wystąpię o to. Matka Jeffa powinna przesłać próbki swojej krwi.

– Zrobi to.

Nie mogła zasnąć, leżąc w ciemności z otwartymi oczyma, przebiegała myślami wszystko to, co się ostatnio wydarzyło. A jeżeli się okaże, że zwłoki mężczyzny znalezione pod Kijowem... że ten mężczyzna to Jeff... jak to przeżyć, jak się z tym pogodzić... Odcięta głowa... głowy do dziś nie odnaleziono...

Zamajaczył jej dialog z książki Rosjanina: ,,Annuszka już kupiła olej słonecznikowy, i nie dość, że kupiła, ale już go nawet rozlała. Tak więc zebranie się nie odbędzie...''

Tak więc ich dalsze życie, wspólne życie jej i Jeffa, się nie odbędzie... chyba żeby ubłagać Autora o zmianę zakończenia, ale przecież nie potrafiła z Nim rozmawiać...


Elizabeth dowiedziała się, że uczniowie na Ukrainie mają teraz ferie świąteczne i większość wychowanków domu dziecka rozjechała się do swoich rodzin. Prawdziwych sierot było w takich miejscach stosunkowo niewiele, rodzice niemający za co utrzymać kolejnego syna lub córki obarczali tym państwo, ale się ich nie wyrzekali. Odwiedzali je i zabierali często do domu. Wśród dzieci, które pozostały w placówce, był Alek. Andrew powiedział jej o tym mimochodem. Pewnie zauważył, że Elizabeth przestała odwiedzać chłopca, a nawet wspominać o nim. Był inteligentnym człowiekiem, domyślił się, że Oksana musiała coś na jego temat napisać w liście. Musiała wyjawić, kto jest jego ojcem.

– Mam propozycję – zaczął, kiedy siedzieli przy kolacji; pani Sanicka poszła już do siebie. – Wyjedźmy do mojego domku w górach. Teraz nic się nie będzie działo przez najbliższe dwa tygodnie, za chwilę wasz Nowy Rok, potem nasz, a pośrodku jeszcze nasze święta.

Zaskoczyła ją ta propozycja, nie wiedziała, co odpowiedzieć.

– Chorowałaś, taki wyjazd dobrze ci zrobi – nalegał Andrew.

– Ale ja żyję w takim napięciu... boję się, że z wypoczynku nic nie będzie. Muszę coś robić, a przynajmniej mieć poczucie, że coś robię dla Jeffa.

Żeby zapewnić Elizabeth to poczucie, Sanicki powiedział jej, że przemyślał sprawę wynajęcia kogoś do dalszych poszukiwań jej męża. Było kilka możliwości; za miedzą, w Polsce, prowadził agencję detektywistyczną bardzo obrotny człowiek, który zajmował się poszukiwaniem osób zaginionych i niejednokrotnie udawało mu się je odnaleźć; ostatnio trafił na ślad biznesmena uprowadzonego do Słowacji. Miał tutaj na Ukrainie swoich ludzi, zajmowali się oni jednak głównie losami skradzionych samochodów. Lepiej, żeby to był ktoś stąd. Znał takiego człowieka, ale zwrócenie się do niego uważał za ostateczność.

– Kto to jest? – spytała.

– Tak zwany były dyplomata, oczywiście wysyłano go za granicę w wiadomym celu. Potem już jawnie występował jako wysoki oficer służb specjalnych. Po zmianie systemu niby go odsunięto, ale wrócił do łask, i to bardzo szybko. Poza tym lubi pieniądze i z pewnością nie będzie tani.

– Chcę się z nim spotkać – odrzekła zdecydowanym tonem.

– To bardzo niebezpieczny człowiek.

Andrew wolał to wszystko jeszcze przedyskutować, przemyśleć, ale ona się uparła. Nie chciała słyszeć o żadnej zwłoce.

– Jeżeli on przyjmie zlecenie, może rzeczywiście pojadę z tobą w góry – powiedziała ugodowo.


Ponieważ Informator, tak go Elizabeth nazwała, gdyż miał zbyt skomplikowane nazwisko, zażyczył sobie, aby spotkali się bez świadków, i to ,,na powietrzu", jak się wyraził, umówiła się z nim na rynku obok studni z pomnikiem Diany.

Jeszcze chwila i bogini stanie się moją sekretarką – pomyślała z odrobiną humoru.

Była zdenerwowana, idąc na to spotkanie, chociaż nie chciała się do tego przed sobą przyznać. Po części z winy Andrew, który przestrzegał ją przed tym człowiekiem. Ale tacy ludzie, bezwzględni i cyniczni, bywają skuteczni. A o to przecież chodziło. Być może decyzja, którą podjęła, uratuje Jeffowi życie. Przecinając rynek, zobaczyła z daleka mężczyznę przy pomniku. Oparł zgiętą w kolanie nogę o kamienne obramowanie studni i palił papierosa. Był wysoki, postawny, miał jasną, lekko falistą czuprynę. Wydawało jej się, że to bardzo młody człowiek, ale przyjrzawszy się z bliska jego twarzy, oceniła, iż równie dobrze mógłby mieć czterdzieści, jak i pięćdziesiąt lat. Trochę ją zaskoczył jego wygląd, oczekiwała jakiegoś gruboskórnego typa, który patrzyłby na nią spode łba, a Informator był człowiekiem na pierwszy rzut oka ujmującym. Uśmiechnął się na jej widok i zmarszczki wokół oczu rozbiegły się promieniście. Ten „dobry uśmiech" uczynił jego twarz jeszcze bardziej przyjazną.

– Pani Elizabeth Connery? – spytał. – Nie mylę się?

– To ja – odpowiedziała.

Wyciągnął pierwszy rękę, miał silny, męski uścisk dłoni.

– Przejdziemy się? – spytał. – Muszę się pokazać z taką piękną kobietą, niech mi inni lwowianie zazdroszczą.

– Świetnie pan mówi po angielsku – powiedziała z uznaniem, choć ten rodzaj męskiej galanterii nie przypadł jej do gustu.

On znowu się roześmiał.

Ujął ją pod łokieć, co odebrała z pewną przykrością, ale nie miała odwagi się temu przeciwstawić. Minęli kilka ulic w milczeniu, czuła się coraz bardziej skrępowana, kiedy on wskazał ławkę w pobliżu starych drzew.

– Tutaj nikt nam nie będzie przeszkadzał – powiedział, puszczając jej łokieć.

Usiadła najdalej jak tylko mogła, niemal na końcu ławki. Po chwili zorientowała się, że to ten sam zaułek, w którym spotkała Annę Klonowską.

– Wiem, o co chodzi. Nic mi nie musi pani mówić – zaczął Informator. – Jest takie hebrajskie przysłowie: „Imię twoje cię wyprzedza", więc pani imię wyjaśniło mi wszystko.

Usłyszała to zdanie po raz drugi, ale w jakże odmiennych okolicznościach. Za pierwszym razem wypowiedział je wybitny historyk sztuki, na stałe mieszkający w Jerozolimie. Tymi słowami powitał Elizabeth, gdy mu się przedstawiła. Okazało się, że czytał jej prace naukowe i bardzo je sobie cenił.

– Skąd pan zna to przysłowie? – spytała.

Pokazał w uśmiechu rząd równych zębów.

– Obiło mi się o uszy – odrzekł. – Znam jeszcze inne przysłowia, na przykład angielskie: „Nie budźcie śpiącego psa". I tak będziemy działać, aby nie obudzić śpiącego psa. No i teraz rzecz najmniej przyjemna, i dla mnie, i dla pani. Fundusze. Muszę mieć odpowiednie fundusze, żeby ruszyć z miejsca. Mógłbym powiedzieć: dziesięć tysięcy dolarów... i nie kiwnąć palcem. Powiem: dwadzieścia. Wybór należy do pani.

Elizabeth uczuła, jak krew odpływa jej z głowy. Co powinna teraz zrobić, jak zareagować na jego propozycję. Nie wiedziała, czy to jest gra, którą powinna podjąć czy odrzucić. A jak ją podejmie, czy on nie podbije ceny? Skąd wziąć takie pieniądze? Znajdą się. Nie o to chodzi. Chodzi o to, żeby nie popełnić błędu, nie dać poznać temu człowiekowi, jak bardzo jest słaba i zagubiona. Jeżeli teraz popełni jakiś błąd, może to kosztować życie Jeffa.

– Suma nie jest mała – odrzekła ostrożnie.

– Stawka też nie – padła odpowiedź. – Ryzykujemy wszyscy, pani mąż, pani i ja.

– Sądzi pan, że mój mąż żyje?

Ich spojrzenia się skrzyżowały, w jego wzroku było coś tak bezwzględnego, że poczuła zimno na plecach. Zaraz to zatuszował, uciekając w swój przyjacielski uśmiech.

– Tego jeszcze nie wiem. Ale dowiem się, mam nadzieję, i to wkrótce – a potem, nie zmieniając wyrazu twarzy dobrotliwego wujka, spytał: – Widzi pani tego człowieka po drugiej stronie ulicy, który czeka na autobus?

– Widzę.

– Śledzi nas od samego rynku – odrzekł. – A tę kobietę z wózkiem?

Elizabeth skinęła potakująco.

– Podąża za nami od Wałów Hetmańskich.

Nie wiedziała, gdzie były te Wały Hetmańskie, ale uwierzyła mu na słowo.

– Dlatego wolałbym, abyśmy podjęli jakąś decyzję. Chce pani, abym zaczął działać?

– Tak – odrzekła. – Zgadzam się na zaproponowaną przez pana sumę. I mam nadzieję, że się panu uda.

– Nadzieja to za mało, mogę pani już teraz zagwarantować, że coś pani wkrótce usłyszy o swoim mężu.

Elizabeth łzy zakręciły się w oczach.

– Będę do pani wysyłał esemesy, bo wolę nie rozmawiać przez telefon, a tym bardziej komórkę. A pani podam numer, pod który będzie pani dzwoniła tylko w wyjątkowych okolicznościach. Zgłosi się automatyczna sekretarka, proszę zostawić wiadomość. Ale powtarzam, wyłącznie w pilnej sprawie.

Elizabeth posłusznie skinęła głową, była naprawdę przejęta. Omówili formę przekazania pieniędzy i mężczyzna wstał z ławki.

– Ruszamy – powiedział.

– Czy nie lepiej, żebyśmy się tu pożegnali? – spytała.

– A nie boi się pani obstawy?

– Przyzwyczaiłam się, ciągle ktoś za mną jeździ.

– Ale tym razem poczwary wyszły z ukrycia. O, widzi pani, autobus odjechał, a nasz przyjaciel sam został na przystanku, biedaczek.

Schodzili w dół. Informator trzymał rękę w kieszeni, szedł, lekko pogwizdując.

– Widziała pani *Waleczne serce*? – spytał.

– Jakie waleczne serce? – zdumiała się.

Mężczyzna roześmiał się.

– Film *Waleczne serce*, z Gibsonem, nakręcony parę lat temu.

– Nie, nie widziałam, rzadko chodzę do kina.

– Szkoda, to mój ulubiony film. Dostał mnóstwo Oscarów.

Tym razem Elizabeth się uśmiechnęła.

– To wystarczający powód, żeby nie iść do kina. Od lat trafiają kulą w płot. Mąż wyciągnął mnie na *Angielskiego pacjenta*, wyszliśmy w połowie.

Znaleźli się w pobliżu miejsca nazwanego przez Elizabeth Polami Elizejskimi. Panował tu duży ruch, samochody jechały jeden za drugim, ludzie spacerowali na deptaku, inni przechodzili przez jezdnię.

Informator wyciągnął do niej rękę.

– Tu się pożegnamy – powiedział. – A na *Waleczne serce* niech się pani wybierze, naprawdę warto.

Elizabeth złapała taksówkę. W swoim pokoju położyła się z mokrym kompresem na czole. Tak ją zastał Andrew.

– No i co, Elizabeth? Zdecydowałaś się na tego człowieka?

– Tak. Ale miałeś rację, to groźny osobnik. Jest bardzo inteligentny i... – szukała odpowiedniego słowa – nieliczący się z niczym. Ale to dobrze, to mi daje nadzieję.

– A ile ta nadzieja ma cię kosztować?

– Na początek dwadzieścia tysięcy.

Andrew gwizdnął.

– Chyba mu nie dasz takiej sumy?

– Dam mu, Andrew – odpowiedziała. – Życie Jeffa nie ma dla mnie ceny...


Wieczorem przed wyjazdem do domku w górach Andrew zaproponował niespodziewanie, aby zabrali ze sobą Aleka. Kiedy Elizabeth milczała, powiedział:

– Wydawało mi się, że lubisz tego chłopca.

– Tak, lubię, ale... na razie nie mogę się z nim spotkać. Powiem ci dlaczego, tylko nie teraz, daj mi czas...

Wyjechali wcześnie rano, z nartami załadowanymi na bagażnik samochodu. Andrew kupił Elizabeth narty.

– Słabo jeżdżę – tłumaczyła się. – Raczej jestem ze sportem na bakier.

– Tam, gdzie się udajemy, to nie są góry takie jak u was, ale górki, za to bardzo malownicze i dzikie.

– Więc pewnie malowniczo się będę przewracała.

– Nie bądź małostkowa.

Prowadzili takie lekkie rozmowy, aby ukryć cały bagaż ostatnich tygodni. Były bardzo ciężkie nie tylko dla Elizabeth. Nie ulegało wątpliwości, że Andrew zaangażował się w jej sprawę osobiście. Trochę ją to niepokoiło, bo nie do końca rozumiała jego stosunek do siebie. Kim dla niego była? Samotną kobietą potrzebującą pomocy czy tylko kobietą... Nic nie wiedziała o jego przeszłości, dlaczego jest sam. Nie wiedziała, czy jest mężczyzną zdolnym do uczuć.

Jechali przez zaśnieżony las, drzewa uginały się od ciężkich nawisów śniegu, który skrzył się w słońcu. Tak dawno nie była blisko natury, przemieszczała się głównie samolotami, widywała głównie lotniska i miasta, w których bywają całe zbiorowiska drzew w parkach, ale to jednak nie to samo.

Zrobili sobie mały postój, Andrew się oddalił, a Elizabeth podeszła do ściany starych świerków, wchłaniając mocny zapach żywicy i świerkowych szyszek.

Przyszło jej do głowy, że wymyślili z Jeffem swoje życie i wydawało im się, że ono takie właśnie jest... a naprawdę żyli w ułudzie, szczególnie ona... prawdy szukała w płótnach mistrzów, tamte namalowane oczy patrzyły na nią i tamte usta do niej przemawiały, podczas gdy żywi ludzie stawali się coraz bardziej niemi, aż w końcu przestała słyszeć ich głos...

– O czym się tak zamyśliłaś? – spytał Andrew; nie przypominał teraz ani ironicznego towarzysza jej podróży, ani zabieganego prawnika, ubrany po sportowemu, wyglądał dużo młodziej, miał też inny wyraz twarzy.

– Cieszę się, że się tu znalazłam.

Ponownie zatrzymali się w czymś w rodzaju przydrożnego zajazdu. Wewnątrz drewnianej chałupy, w której była brudna, zaniesiona podłoga, stały tylko dwa stoliki, oba okupowane przez mężczyzn pijących piwo. Panował niesamowity zaduch, prześladujący Elizabeth wszechobecny tutaj zapach gotowanej kapusty i przepoconych męskich ubrań. Miała odruch, aby od razu wyjść, ale przeważyła chęć napicia się czegoś gorącego, na dworze był duży mróz.

Zwolnił się jeden ze stolików, kobieta zza bufetu, niewysoka, o karykaturalnie dużym biuście, przetarła blat szmatą i powiedziała coś wesoło do Andrew, a on jej odpowiedział.

– O czym z nią rozmawiałeś? – spytała, gdy tamta odeszła.

– O niczym właściwie, taka życzliwa wymiana zdań. Może coś przekąsimy? Miałabyś ochotę?

– Jeżeli nas nie otrują – wyraziła wątpliwość Elizabeth.

– Zawsze się tutaj zatrzymuję, jadąc w góry – odpowiedział – więc nie ma obawy.

Zamówili nieznane Elizabeth z nazwy danie, które było ,,specjalnością" tej budy i na które trzeba było trochę poczekać. Na ich życzenie kobieta przyniosła od razu herbatę w szklankach, z cukrem i łyżeczką w środku. Elizabeth piła niemożliwie słodki, za to gorący płyn, niemal parząc sobie usta. Po całym jej ciele rozlało się przyjemne ciepło.

– Nie żałują u was gościom cukru – powiedziała z uśmiechem. – Czy ty też pijesz taki syrop?

– To specjalność rosyjska, ale ich wpływy przez ostatnie pół wieku zrobiły swoje.

– A co myślisz o Rosji?

– O Rosji dzisiejszej czy w ogóle? – spytał.

– Jedno i drugie.

– Trudno na to odpowiedzieć jednym zdaniem. Rosjanie od wieków nie mogą się zdecydować, czy są Europejczykami, czy Azjatami. Najbardziej by woleli być gdzieś pośrodku... z tym że elity są oczywiście prozachodnie, natomiast masy bardziej azjatyckie. Azjatą był stanowczo Jelcyn, dlatego miał takie poparcie w narodzie, wybaczano mu wszystkie gafy, jakie popełniał, jego nieuctwo, pijaństwo... To był po prostu swój człowiek. Putin cięży ku Zachodowi i wielu jego rodaków nie może mu tego wybaczyć, to się źle skończy...

– Dla kogo?

– Dla Putina, oczywiście – roześmiał się Andrew.

– Ale i my nie mielibyśmy się z czego cieszyć.

Piersiasta właścicielka zajazdu podała wreszcie to tajemnicze danie na wyszczerbionych talerzach, wręczyła im też aluminiowe sztućce, widelec Elizabeth był wygięty i brakowało mu jednego zęba. Spróbowała czegoś, co przypominało kokon przyrządzony chyba z ciasta i kartofli, wewnątrz którego znajdowało się mięsne nadzienie, ostro przyprawione, z przewagą czosnku. Po wierzchu kokon polany był masłem z przyrumienioną, drobno pokrojoną cebulą. Smakowało to wyśmienicie, Elizabeth po prostu pochłaniała zawartość swojego talerza.

– Pozwolisz, że zapłacę i wyjdę na papierosa, nie chcę ci tu kopcić – Andrew skinął na kobietę, która zaraz podeszła.

Cała ta uczta kosztowała kilkanaście hrywien, co w przeliczeniu wynosiło niecałe cztery dolary.

Kiedy Elizabeth została sama, przyjrzała się towarzystwu przy drugim stoliku. Było to czterech mężczyzn mniej więcej w średnim wieku, ubranych w kożuchy, dwu z nich dodatkowo w ciepłych czapkach z nausznikami, które śmiesznie odstawały na boki. Mieli wysmagane słońcem i wiatrem ogorzałe twarze, byli zarośnięci, i pili piwo w zupełnym milczeniu. Może to jej obecność powstrzymywała ich od rozmowy, a może mieli taki milczący sposób bycia. Elizabeth pomyślała, że chciałaby spotkać jakichś młodych ludzi, młodych Ukraińców, i z nimi porozmawiać. Co oni myśleli o przyszłości, czego chcieliby dokonać, co zmienić w swoim życiu. Jak dotąd jedyną młodą osobą, jaką tu poznała, była Oksana, ale jej z pewnością nie należało traktować jako kogoś z tłumu.

Wyszła przed chałupę, Andrew siedział na drewnianej ławce i palił papierosa, gdy szła w jego stronę, śnieg chrzęścił jej pod butami.

– Możemy ruszać – powiedziała.

– Ogrzałaś się? – spytał, odrzucając niedopałek.

Ogrzałam się przy tobie – pomyślała.


Domek stał na polanie, otoczony zewsząd świerkami, był drewniany, miał werandę, przez którą wchodziło się do środka. Wewnątrz było jedno pomieszczenie, z kuchenką i kominkiem w rogu, ale była też galeryjka, którą Elizabeth miała objąć w posiadanie. Stało tam łóżko, szafka i fotel przy oknie, zrobionym w spadzistym dachu.

– No, jak tam? – spytał Andrew, gdy się rozpakowywała.

– Wspaniale.

– Nie będzie ci ciasno?

– Nic a nic – odpowiedziała.


...Nic a nic... ma piętnaście lat, jest z grupą kolegów i koleżanek na biwaku. Elizabeth dzieli namiot ze swoją przyjaciółką Sue, właśnie się ułożyły w śpiworach do spania, a chłopak Sue woła do nich:

– Nie jest wam ciasno?

– Nic a nic! – odkrzyknęła Sue.

Tej nocy zwierzyła się Elizabeth, że żyje z Edem od kilku miesięcy. Tak właśnie się wyraziła, nie kocha się, nie sypia, ale żyje.

– To jest naprawdę wspaniałe, mówię ci – szeptała – tego się nie da z niczym porównać.

– Ale musi być do czegoś podobne – naciskała Elizabeth. – Czy to jest tak, jak dostajesz dobry stopień?

– Inaczej.

– Jak jesz lody?

– Inaczej.

– Jak słuchasz muzyki?

– Inaczej.

– Więc jak? – zniecierpliwiła się.

– To jest wszystko naraz – powiedziała Sue po zastanowieniu.

– Nie można mieć wszystkiego.

– Można, w t e d y można!

W tamtej chwili Elizabeth pomyślała, że uczucia nie mogą być niczym prawdziwym. Bo przecież rozmawiały o uczuciach, a nie o samym akcie seksualnym...

Ostatni dzień roku spędzili z Andrew na nartach. Elizabeth kilka razy upadła, ale potem nagle złapała rytm, zupełnie jakby ona i deski na jej nogach stanowili jedność. Czuła słońce i wiatr na twarzy, a także zapach iglastych drzew. To było wspaniałe, ten stan fizycznego upojenia...

Wieczorem siedzieli przy kominku, pijąc wino.

– Ciekawy rocznik – powiedziała Elizabeth, przyglądając się butelce. – To wino jest starsze ode mnie.

– Honorarium od człowieka, któremu uratowałem życie, dosłownie, bo groziła mu kara śmierci. Trzymałem je na specjalną okazję. No i trafiła się taka.

– Koniec stulecia – odpowiedziała. – Czy zdajesz sobie sprawę, że jesteśmy ludźmi z przełomu wieków?

Zapatrzyła się w ogień, strzelały polana i dookoła rozchodził się niezwykły smolny zapach.

– Gdyby jeszcze kilka miesięcy temu ktoś mi powiedział, że spędzę ostatni dzień roku na Ukrainie, w małym domku w górach... Jak się one nazywają?

– Bieszczady.

– To za trudne... to wasze ś... ć... doprowadza mnie do rozpaczy... więc gdyby mi ktoś powiedział...

– Wiem, wiem – przerwał jej Andrew – nie uwierzyłabyś.

– Nie uwierzyłabym z całą pewnością.

– Ale jesteś tutaj i bardzo się z tego powodu cieszę.

Andrew dolał jej wina, Elizabeth szumiało trochę w głowie, ale było to przyjemne uczucie. Odczuwała fizyczne zmęczenie po wielogodzinnej jeździe na nartach, ciepło idące od ognia rozleniwiało ją. Podciągnęła nogi na kanapę.

– Zawsze byłeś sam czy miałeś kogoś? – spytała.

– Była pewna kobieta, ale już jej nie ma.

– Żona?

– Powiedzmy.

– Długo byliście razem?

– Trudno powiedzieć, bo byliśmy ze sobą z przerwami... ona odchodziła, wracała... w końcu poszła sobie na dobre.

– Dlaczego? – Elizabeth czuła pewien dyskomfort, tak obcesowo wypytując Andrew, ale inaczej nic by z niego nie wyciągnęła. A była bardzo ciekawa.

– Widocznie mam trudny charakter – uśmiechnął się.

– Ale skoro wracała, musiało jej na tobie zależeć.

– Chyba tak.

– A tobie na niej?

– Już nie pamiętam... rozstaliśmy się na dobre, kiedy tutaj wróciłem.

Wypiła łyk wina.

– Jesteście formalnie rozwiedzeni?

– Owszem. Jej na tym zależało, kilka lat temu wyszła ponownie za mąż.

Oboje patrzyli w ogień, niektóre polana były wilgotne, drewno wydawało więc przeciągły syk, a płomień zabarwiał się na niebiesko.

– Nikt nie powinien być długo sam, bo to go zmienia wewnętrznie.

– Mnie nie zmieniło – odrzekł, dolewając jej wina.

– Bardziej sobą czuję się w pojedynkę.

– Bo może nie spotkałeś odpowiedniej kobiety – odrzekła, jednocześnie zdając sobie sprawę, że do niedawna myślała, iż naprawdę sobą potrafi być w samotności. Zupełnie jakby obecność Jeffa coś jej odbierała, ale też chętnie godziła się na to.

– A może takiej kobiety nie ma? – odpowiedział pytaniem.

– Może nie ma – powtórzyła i zrobiło jej się nagle przykro.

Długą chwilę milczeli.

– Dlaczego mnie tu zaprosiłeś?

Andrew nie odpowiedział od razu.

– Zaprosiłem cię, bo... chciałem, żebyś wypoczęła, oderwała się myślami od tych wszystkich problemów, z którymi się zmagasz.

– Tylko dlatego? – Czuła, że natychmiast powinna przerwać to wypytywanie, bo wytworzyło się między nimi pewne napięcie.

– Pewnie nie tylko...

Powstrzymała się od kolejnego pytania, choć wiele ją to kosztowało. Nie rozumiała, dlaczego tak bardzo pragnie się dowiedzieć, co Andrew o niej myśli. Prawie znalazła na to odpowiedź, bo kiedy ich spojrzenia się spotkały, w oczach Andrew odnalazła niezwykłe ciepło, nikt do tej pory tak na nią nie patrzył. Nikt, nawet Jeff.

– Mój związek z Jeffem – powiedziała nieoczekiwanie – to nie był związek... – szukała odpowiedniego słowa – ...fizyczny. Byliśmy bardzo młodzi, jak się pobieraliśmy, niewiele wiedzieliśmy o życiu, o miłości, o seksie... A potem staliśmy się za wygodni, aby szukać gdzie indziej namiętnych uczuć.

Andrew spojrzał na nią, miał zagadkową minę; nie potrafiła odkryć, co myśli o jej wyznaniu.

– To dlaczego zdecydowałaś się na coś, co można porównać do mitycznej wędrówki Orfeusza?

– Andrew, jak się przeżyło z kimś osiemnaście lat, jest się częścią tej osoby... Nie zastanawiasz się, czy masz zrobić coś dla swojej nogi albo ręki, po prostu musisz, bo będzie cię bolało.

Odruchowo spojrzała na zegarek i wykrzyknęła:

– Za minutę północ!

On sięgnął po szampana, korek wyskoczył z hukiem. Stuknęli się kieliszkami.

– Życzę ci, abyś odnalazła swojego męża, bo to najważniejsze, a poza tym, abyś była szczęśliwa, Elizabeth, zasługujesz na to jak nikt – zakończył Andrew.

A może ja już jestem szczęśliwa – odpowiedziała mu w myślach.

\* \* \*

W Nowy Rok zadzwoniła matka Andrew z wiadomością, że nieznany człowiek przyniósł dla Elizabeth przesyłkę. Powiedział, że jest tylko posłańcem. Andrew nakazał jej, aby pod żadnym pozorem nie otwierała paczki. Mogłoby to być niebezpieczne. Jego matka obruszyła się na to i stwierdziła, że nie ma zwyczaju otwierać przesyłek nieadresowanych do niej. Syn przeprosił ją, ale ostrzegł, że może to być materiał wybuchowy i należy obchodzić się z paczką bardzo ostrożnie. Powiedział też, że zaraz wyruszają w drogę powrotną.

– Kto to mógł przysłać? – zastanawiała się głośno Elizabeth. – I kto wiedział, że mieszkam u twojej mamy?

– Oni.

– To znaczy kto?

– Służby specjalne.

– Myślisz o moim Informatorze?

– Raczej nie – odpowiedział. – On przecież pracuje dla ciebie. To może być odpowiedź na to, że go wynajęłaś. Chcą cię zastraszyć.

Elizabeth potarła nerwowo czoło.

– Jeżeli to jest bomba, to chcieli mnie zabić, a nie zastraszyć!

– Nie ma co się teraz zastanawiać, wszystko się wyjaśni na miejscu.

Długi czas jechali w milczeniu. Elizabeth już się tak nie zachwycała widokami za oknem, chociaż wysokie, majestatyczne świerki po obu stronach drogi nic nie straciły ze swojej urody.

– Wiesz... – zaczęła – miałam zamiar ci to powiedzieć w spokojniejszej chwili, ale chcę, żebyś wiedział, że... Alek jest prawdopodobnie synem mojego męża.

– Domyślałem się tego – odpowiedział Andrew, patrząc przez szybę na drogę przed nimi.

– Jak to, domyślałeś się? Ja bym się nie domyśliła, Oksana mi o tym napisała i też nie do końca w to wierzę...

– Alek jest bardzo podobny do twojego męża, na tej fotografii, którą mi pokazywałaś.

Elizabeth poczuła nagłe wzburzenie, na policzki wystąpiły jej rumieńce.

– Jest podobny do niej! – niemal wykrzyknęła.

– Ona ma prosty nos, a Alek lekko zadarty, jak twój mąż.

– Mówisz tak, żeby mi sprawić ból?

Andrew spojrzał na nią.

– Mówię to po to, żebyś przyjęła ten fakt do wiadomości. Nie marnuj energii na roztrząsanie, czy to jest syn twojego męża, czy nie jest.

– Ale to wszystko zmienia, nie rozumiesz tego?

– Co zmienia, Elizabeth?

– Nie wiem – przyznała zakłopotana. – Ale... nie potrafię tego ogarnąć, zupełnie jakbym wsiadła do karuzeli, która za długo i za szybko się kręci... Chcę z niej wysiąść, Andrew, i nie mogę.

Objął ją ramieniem, prowadząc samochód jedną ręką.

– Pomogę ci, kochanie...

– Niepotrzebnie tutaj przyjeżdżałam – powiedziała z goryczą. – Babcia Jeffa mi to odradzała. Wiesz, jego dziadka po wojnie aresztowali komuniści. Przesiedział pięć lat w więzieniu, za nic. Za to, że lekkomyślnie przekroczył żelazną kurtynę... ta kurtyna istnieje do dziś.

– Jasne! – wykrzyknął Andrew. – To był Peter Connery, architekt. Zgadza się?

– Tak – odrzekła zaskoczona.

– Przyjechał do Polski – ciągnął – bo chciał pomóc Polakom w odbudowaniu stolicy, którą Niemcy zrównali z ziemią. A komuniści go zamknęli. Wtedy dla nich każdy Amerykanin, który przyjeżdżał do nich dobrowolnie, był szpiegiem.

Zatrzymał samochód.

– Chodź, przejdziemy się, świeże powietrze dobrze nam zrobi.

Zeszli z głównej drogi, zapadając się w śnieg po kolana. Elizabeth przysiadła na zwalonym drzewie; przymknąwszy oczy, wystawiła twarz do porannego słońca, które delikatnie ogrzewało jej skórę.

– Chciałabym zostać w tym lesie na zawsze – powiedziała.

Andrew zaraz po przyjeździe wyniósł paczkę do ogrodowej altany. Zapakowana była w gruby szary papier i przewiązana sznurkiem. Czekali na jego znajomego, który obiecał rozbroić przesyłkę, ale mógł to zrobić dopiero nazajutrz po południu. Pani Sanicka nie potrafiła dokładnie opisać mężczyzny, który przyniósł paczkę. Raz wydawało się jej, że był wysoki, za chwilę, że średniego wzrostu, a nawet niski.

– Był ode mnie niższy, na pewno – zawyrokowała wreszcie.

– To Ukrainiec? Mówił po ukraińsku? – wypytywał Andrew.

– Ukrainiec – odpowiedziała starsza pani. – Stąd, ze Lwowa.

– Skąd mama wie, że stąd?

– Bo mi powiedział.

– A czy mówił coś jeszcze?

– Nie, tylko że polecono mu to przekazać pani Connery.

Wreszcie znajomy Andrew sprawdził paczkę i z całą stanowczością stwierdził, że jest „czysta". W środku znaleźli tekturową teczkę, a w niej dokumentację, którą Jeff zbierał do swojej pracy o zabytkach na Ukrainie. Na marginesach były odręczne notatki. Elizabeth rozpoznała jego charakter pisma.

Zastanawiali się, kto był nadawcą przesyłki i co chciał przez to dać do zrozumienia. To mogło zarówno oznaczać, że Jeff żyje, albo odwrotnie, że nie ma go już wśród żywych, a w posiadaniu oprawców znalazły się przedmioty do niego należące.

– Trzeba zapytać Oksanę Krywenko – powiedział Andrew – gdzie ostatnio znajdowała się teczka. Wygląda na to, że twój mąż nie zapakował jej z innymi rzeczami, nie było jej w neseserze.

– Może była, a oni ją usunęli – odrzekła Elizabeth.

– To też prawdopodobne. Może w tej teczce twój mąż chciał wywieźć materiały od Gongadzego i dlatego zabrał ją ze sobą na spotkanie...

– Z którego już nie wrócił – dopowiedziała.

Andrew zgodził się z nią.

– A może... – bała się głośno wyrazić swoją myśl – może to Jeff ją przysyła... może się ukrywa i nie chce się zdradzić, a w ten sposób daje znać o sobie...

– Ale skąd by wiedział, że tu jesteś, gazety o tym nie pisały.

Elizabeth była coraz bardziej przekonana, że to jest znak od męża.

– Nie wiemy, kto mu pomaga. Może jest jakiś łącznik pomiędzy nim a Oksaną. Ona wydaje się być pewna, że Jeff żyje. Bała się podsłuchu, dlatego nie powiedziała wprost, że ma o nim informacje.

Twarz Andrew wyrażała zwątpienie.

– Przecież ona nie wie, gdzie mieszkasz. Powiedziałaś jej?

– Nic jej nie mówiłam, ale być może śledził mnie także ktoś od nich.

– Od jakich „nich"? – zdenerwował się Andrew.

– Oni nie mieli żadnej siatki, to byli amatorzy, dziennikarz, jego pomocnica i naukowiec z Nowego Jorku.

– Andrew! My nic nie wiemy. Nie wiemy, jak to wyglądało, skąd Gongadze czerpał wiadomości do swojej gazety. Przecież oskarżając prezydenta, musiał się na czymś opierać.

– O wyczynach naszej głowy państwa ćwierkają wróble na dachu. Zdolny dziennikarz potrafi czytać między wierszami.

– A jednak musiał dotrzeć do jakichś materiałów, skoro zdecydowano się go usunąć. Nie zabija się nikogo za zbieranie zwykłych informacji dziennikarskich.

Andrew uśmiechnął się ironicznie.

– Tutaj jest to absolutnie możliwe. Pamiętaj, że ci ludzie wyszli ze starej, dobrej szkoły KGB. Według niej podejrzany jest każdy.

Elizabeth nie dała się jednak przekonać, dla niej przesyłka była znakiem od Jeffa. Pierwszym znakiem. Niedługo otrzyma kolejną wiadomość, a potem się spotkają...


Andrew pojechał do kancelarii, żeby przejrzeć jakieś papiery, a Elizabeth wybrała się do parku Stryjskiego, zapamiętała już jego nazwę. To był ten sam park, w którym spotkała się po raz pierwszy z Alekiem.

Dzień był pochmurny, ale bezwietrzny, wszędzie leżał śnieg, alejami można się jednak było swobodnie poruszać. I ludzi było sporo, całe rodziny z dziećmi. Mijając altanę na wzgórzu, poczuła ucisk obok serca. Z tą sprawą też należało coś zrobić. Powinna spotkać się z Alekiem, pewnie nie mógł zrozumieć powodu jej milczenia. Co prawda mówiła mu, że chce wyjechać, i chłopiec zapewne myślał, że wyjechała. Więc może tak to zostawić, nie odzywać się... To jest syn Jeffa i jeżeli Jeff się dowie, że pozostawiła jego dziecko samo sobie, nigdy jej tego nie wybaczy. Tylko że to ona miała mu coś do wybaczenia, a nie on jej! Jednak sytuacja, w jakiej wszyscy się znaleźli, wymagała zupełnie innych zachowań niż normalnie. Co innego, gdyby chłopiec mieszkał z matką, tymczasem on przebywał w domu dziecka, w tragicznych zaiste warunkach, musiała to przyznać. Ale co mogła zrobić? Sama korzystała z gościnności obcych ludzi, nie mogła od nich wymagać, aby zgodzili się przyjąć jeszcze dziecko. Zresztą gdyby się nawet zgodzili, Elizabeth nie umiałaby się znaleźć w roli zastępczej matki... Wytłumaczy to Jeffowi, kiedy się zobaczą.

– Elizabeth – powiedział Andrew, wychodząc – to jest myślenie życzeniowe, złudne i niebezpieczne. Nawet jeśli ta teczka stanowi jakiś sygnał, do spotkania z twoim mężem jest jeszcze bardzo daleko...

Andrew troszczył się o nią, zależało mu na niej. To, że go spotkała, uważała za wielki dar losu. Chwilami łapała się na myśli, że gdyby Jeff się odnalazł, musiałaby wybierać, z którym z tych dwóch mężczyzn chciałaby zostać. Nie zastanawiała się nad swoimi uczuciami, co innego pochłaniało jej uwagę, ale to, co czuła do Andrew, należałoby chyba nazwać miłością. To były inne uczucia niż te, które znała, którymi obdarzała swojego męża. Miały inną barwę, były bardziej emocjonalne, dużą rolę odgrywała w nich fizyczna bliskość. Elizabeth wyszła ze swojego dzieciństwa okaleczona uczuciowo, zdawała sobie z tego sprawę. Nauczono ją bycia z bliskimi osobami na odległość. „Kocham cię, moja córeczko, ale nie zbliżaj się, bo mi pobrudzisz lodami sukienkę". To matka. Albo „Nie siadaj mi na kolanach, bo jest za gorąco. Spocimy się". To ojciec. Potem już nie trzeba jej było tego powtarzać, unikała zbytniej bliskości drugiego człowieka. Nawet gdy chodziło o Jeffa. Nie sypiali razem w jednym łóżku. Kiedy się kochali, Elizabeth wracała zawsze potem do siebie, albo Jeff wracał, jeżeli to było jej łóżko. Dopiero teraz odkrywała dotyk... ilekroć spotykały się ręce jej i Andrew, odczuwała niemal wzruszenie, wszystkie jego gesty zostawały gdzieś głęboko w niej odnotowane. Muśnięcie ustami policzka, objęcie ramieniem... to były objawienia, których Elizabeth doznawała jako dojrzała kobieta, a które ominęły ją w młodości.

Usłyszała charakterystyczny dźwięk telefonu, który oznaczał, że ktoś przesłał wiadomość. Z bijącym sercem wyjęła z kieszeni komórkę i odczytała na ekranie komunikat: „Pierwszy krok zrobiony".


Andrew wrócił do domu wcześniej od niej. Od razu wyczuła, że jest zdenerwowany.

– Masz jakieś wiadomości? – spytała ostrożnie.

– Byłem u Oksany, to znaczy chciałem się do niej dostać. Nie wpuścili mnie, bo rozpoczęła głodówkę.

– Takie chuchro – przeraziła się – przecież ona tego nie wytrzyma. Ale to może jest sposób, może ją wreszcie wypuszczą.

– Nie sądzę, oni są bardziej odporni, niż myślisz.

– Jednak głodówka to straszna broń.

– W cywilizowanym świecie – odparł. – A tutaj masz do czynienia z państwem postkomunistycznym. Dużo wody upłynie, zanim życie jednego człowieka zacznie się z powrotem liczyć. Komuniści zdążyli przez te pół wieku poprzestawiać ludziom w głowach, zniszczyli większość wartości, na których opiera się cywilizacja, szacunek dla ludzkiego życia, szacunek dla pracy...

Andrew zapalił papierosa i zaczął spacerować po pokoju.

– Komunizm pozbawił ludzi instynktu samozachowawczego. Może to porównanie cię urazi, ale to tak jak z dzikimi zwierzętami. W swoim środowisku będą walczyły o pożywienie, będą je zdobywały, żeby przetrwać. Ale kiedy je oswoisz, zaczniesz dawać im jeść, a potem wypuścisz na wolność, zdechną raczej z głodu, niż poszukają czegoś do jedzenia.

– To straszne, co mówisz.

– Ale oddaje prawdę. Wróciłem tutaj, bo mi się wydawało, że będę mógł zrobić coś pożytecznego dla swojego kraju, ale ogarnia mnie coraz większe zniechęcenie... Nie wiem, czy po śmierci matki nie wrócę do Kanady.

– A dlaczego stąd wyjechałeś?

Andrew uśmiechnął się.

– Pamiętasz historię Vita Corleone? Moja jest podobna. Matka mnie wysłała jako dziecko do wuja

168

w Kanadzie i dzięki temu przetrwałem. A mój ojciec i dwaj bracia podzielili los inteligencji w tym kraju, zostali zlikwidowani...

– To się działo za Stalina, teraz inteligencja powinna się odrodzić.

Andrew wzruszył ramionami.

– Czytałem gdzieś, że wasi uczeni zrobili badania nad wymarłą klasą, zanim taka klasa się odrodzi, potrzeba stu lat. Więc dziękuję, nie będę czekał.

Ta rozmowa bardzo Elizabeth przygnębiła, poszła na górę i zamknęła się w swoim pokoju. Nawet nie wspomniała Andrew o otrzymanej wiadomości. Czy dokumentacja Jeffa to miał być ten pierwszy krok? Ale jeżeli krył się za tym Informator, co jej chciał w ten sposób przekazać? Że dotarł do ludzi, którzy uwięzili jej męża? Czy też spotkał się z samym Jeffem? Sytuacja wydawała się na tyle poważna, że Elizabeth postanowiła od razu skontaktować się z Informatorem. Kiedy wybrała numer, odezwała się sekretarka w języku ukraińskim, a potem angielskim. Nagrała wiadomość: ,,Proszę pilnie o spotkanie". Po kwadransie przyszła odpowiedź: ,,Jutro, trzynasta, przy studni".

Nie wiedziała, jak powiedzieć o tym Sanickiemu. Poza tym, że się przyjaźnili, był także jej pełnomocnikiem i nie powinna wykonywać samodzielnie żadnych ruchów. Co prawda nie spodziewała się, że sprawy nabiorą takiego przyspieszenia. Sądziła, iż minie kilka dni, zanim Informator się do niej odezwie. I co teraz. Musiała się przygotować na to spotkanie. To był niebezpieczny przeciwnik, który tylko pozornie opowiadał się po jej stronie. Strasznie wszystko się skomplikowało, bo do tych niewiadomych doszły jeszcze sprawy uczuciowe, które rozpychały się w świadomości Elizabeth, a ona nie miała dość siły, by się od nich wyzwolić. A może nie chciała... Ich dzisiejsza rozmowa stanowiła wyraźny przełom: Andrew zaczął mówić o sobie. Chyba oboje byli poruszeni decyzją Oksany o podjęciu głodówki, bo była to decyzja człowieka u kresu rozpaczy. Jeszcze dzisiejszego ranka myślała o tej dziewczynie całkiem inaczej, jak o kimś, przez kogo oboje z Jeffem mają kłopoty. Teraz była kruchą istotą podejmującą heroiczną walkę o swoje prawa, kimś godnym najwyższego podziwu i szacunku.

Po kolacji powiedziała Andrew, że ma mu coś ważnego do zakomunikowania.

– Czemu jesteś taka oficjalna? – spytał. – Czyżbyś coś przede mną ukrywała?

– No tak – odrzekła, nie patrząc mu w oczy – bo wiesz, chyba palnęłam głupstwo... Przyszła wiadomość od Informatora, a ja mu zaraz odpowiedziałam. Mamy się spotkać jutro.

– Pewnie chce od ciebie wyciągnąć kolejne pieniądze.

– To ja poprosiłam o spotkanie.

– On by się i tak zgłosił, bądź spokojna. Co to była za wiadomość?

Elizabeth wyciągnęła telefon.

– „Pierwszy krok zrobiony" – przeczytał głośno Andrew.

– Myślisz, że chodzi mu o teczkę Jeffa?

– Bardzo możliwe.

– W jakim celu by ją przesyłał? – myślała głośno.

– Chociażby po to, abyś chciała się z nim spotkać.

– To byłoby za proste.

– To jest proste, Elizabeth. Mam teraz prawie pewność, że ta przesyłka to jego zagranie. Chwyt psychologiczny. Pamiętaj, że w KGB służyli najlepsi psychologowie na świecie.

– No tak, a rosyjskie zegarki są z kolei najszybsze! – zadrwiła.

– Radzieckie, nie rosyjskie. Położyłaś dowcip.

– Wszystko mi jedno – powiedziała niespeszona.

– Chciałabym tylko wiedzieć, jak mam jutro rozmawiać z tym człowiekiem.

– Wysłuchaj go po prostu i pamiętaj, nie ma mowy o żadnych dalszych pieniądzach!

Było zimno, Elizabeth przyszła pod pomnik Diany w wyszywanym kożuszku, a Informator, który już na nią czekał, ubrany był w płaszcz z futrzanym kołnierzem. Na głowie miał czapkę.

– Otrzymałam przesyłkę, czy panu coś o tym wiadomo? – spytała na wstępie, zapominając o instrukcji Andrew, że to on ma jej złożyć relację ze swoich działań.

Zrobił zdziwioną minę.

– Przesyłkę? Jaką przesyłkę?

– Jeżeli pan nic o niej nie wie, to niepotrzebnie się spotykaliśmy. – Zrobiła ruch, jakby chciała odejść, ale przytrzymał ją za łokieć.

– Spokojnie, pani Connery, po co tak nerwowo.

– Więc wie pan coś o tym?

– Może wiem – zawiesił głos.

– Co miała oznaczać? Kontakt z moim mężem?

Mężczyzna uśmiechnął się.

– Gdyby to było takie proste, nie byłbym pani potrzebny. Napisałem, że to dopiero pierwszy krok, ale będą następne...

– Jakie?

– Nie może pani ode mnie wymagać, abym zdradzał swoje metody. Albo mi pani ufa, albo nie. Nie mamy pewności, czy nas ktoś nie podsłuchuje, technika poszła naprzód.

– Ale skąd ta teczka? – upierała się Elizabeth.

– Jeden z moich ludzi dotarł do miejsca, gdzie pani mąż był przetrzymywany zaraz po porwaniu. Ukrył teczkę, licząc, że ktoś ją znajdzie. I nie przeliczył się. Obszukaliśmy pomieszczenie i proszę.

Elizabeth patrzyła na niego w napięciu.

– Gdzie to było? Gdzie trzymali Jeffa... mojego męża? – spytała gorączkowo.

– Mam pani podać adres? – odrzekł sucho.

– Chociaż jakieś szczegóły... to dla mnie ważne. Czy to była piwnica?

– Nie, zwykłe mieszkanie.

– Mieszkanie – powtórzyła z ulgą w głosie. – Długo był tam przetrzymywany?

Mężczyzna poprawił czapkę, naciągając ją bardziej na uszy.

– Tego nie wiemy. Potem go przeniesiono w inne miejsce.

– Więc... więc... – zająknęła się – jest nadzieja, że on żyje?

– Myślę, że tak. Czy pani wszystko dokładnie przejrzała? Nie ma tam jakiejś zaszyfrowanej wiadomości, chociażby w tych notatkach na marginesach?

Elizabeth poczuła się nagle bezradna.

– Nie wiem... te notatki dotyczą materiałów, które Jeff... mój mąż zbierał, ale może posłużył się jakąś grą słów, tylko ja jej nie odczytałam...

– Sprawdzaliśmy na różne sposoby, nic nie wychodzi. Liczyłem, że może mieliście państwo jakieś swoje ulubione powiedzonka, tajemny szyfr...

– Nie, nic takiego nie mieliśmy – przyznała, czując się niemal winna z tego powodu.

– Trudno, będziemy pracowali dalej.

Tym razem Elizabeth pierwsza wyciągnęła rękę na pożegnanie. On skwapliwie ją przyjął i nie wypuszczając z dłoni, powiedział:

– I jeszcze jedno. Fundusze mi się kończą, będę potrzebował pięć tysięcy w tym tygodniu i pięć w następnym.

Elizabeth zeszła na dół na śniadanie, tym razem pani Sanicka towarzyszyła jej przy stole. Nie robiła tego dotąd i Elizabeth była nieco skrępowana. Czuła się w obowiązku podtrzymywać rozmowę, opowiadała więc o wrażeniach z pobytu w górach i swojej nieudolnej jeździe na nartach.

– Za to pani syn opanował tę sztukę wspaniale.

– Tak, Andrew jest bardzo zdolny – zgodziła się pani Sanicka. – Z podziwem patrzę, jak sobie tutaj radzi po powrocie. Zaczynał od zera, a teraz ma wysoką pozycję w swoim zawodzie, przez jego kancelarię przechodzą najpoważniejsze zagraniczne kontrakty, naprawdę wielkie inwestycje.

Chwilę siedziały w milczeniu.

– Wiem, że mój syn panią kocha – odezwała się nieoczekiwanie matka Andrew. – Nie wiem tylko, co to oznacza dla pani...

Elizabeth zmieszała się, nie była przygotowana na tak osobiste pytanie.

– To dla mnie znaczy bardzo dużo – wydusiła z siebie wreszcie.

Pani Sanicka w milczeniu wygładzała na stole załamania na serwecie. Elizabeth patrzyła na jej ręce, były pomarszczone i pokryte brązowymi plamkami, ale wąskie dłonie o długich palcach nie zatraciły nic ze swojej szlachetności. Zebrała się na odwagę i zadała matce Andrew pytanie, które chciała jej zadać już dawno, ale nie miała ku temu okazji:

– Dlaczego wysłała pani syna za granicę? Był wtedy, jak wiem, małym dzieckiem. To musiała być trudna decyzja?

Po twarzy starej kobiety przesunął się cień.

– Miałam trzech synów – odpowiedziała – Andrew był najmłodszy... Trudno to wytłumaczyć komuś, kto nie jest stąd... w dodatku w obcym języku...

– Mówi pani znacznie lepiej po francusku niż na początku – zachęciła ją Elizabeth.

– Przypomniałam sobie ten język dzięki pani, kiedyś radziłam sobie całkiem nieźle, ale to było w młodości, tak dawno... mam już osiemdziesiąt dwa lata.

– Nigdy bym nie powiedziała – odrzekła zaskoczona Elizabeth.

– A jednak tak... – smutno pokiwała głową pani Sanicka. – Jestem już stara i gdyby nie powrót syna, uważałabym, że moje życie jest przegrane... A dlaczego wysłałam Andrew do Kanady? Miałam trzech synów, jak pani powiedziałam, gdyby on nie wyjechał, mogłabym nie mieć żadnego...

Być Ukraińcem oznaczało przede wszystkim walczyć o wolność, nie zważając na nic. I mężczyzn od dziecka przygotowywano do tego, że może będą musieli zginąć za swoją ojczyznę.

– Istnieje takie określenie jak ukraiński nacjonalizm – ciągnęła pani Sanicka. – Mój mąż i dwaj starsi synowie należeli po wcieleniu nas do Związku Sowieckiego do tajnej organizacji wojskowej, która nosiła nazwę Wolna Ukraina... przyjmowano do niej także dzieci, starszy syn miał siedemnaście, młodszy szesnaście lat, Andrew był na szczęście za mały... To był pięćdziesiąty szósty rok, w Sowietach zaczynała się odwilż, a mimo to wyroki okazały się surowe. Wydał je sędzia, który był Rosjaninem, a sądził Ukraińców na ich ojczystej ziemi. Wszyscy trzej dostali karę śmierci. Została wykonana...

Elizabeth patrzyła na nią wstrząśnięta.

– Zaraz po przyjeździe spotkałam tutaj Polkę, która mi coś podobnego opowiadała o Polakach. Po pierwszej wojnie światowej, w osiemnastym roku, dzieci walczyły o wolność Lwowa.

– No tak, ale oni walczyli przeciw nam – uśmiechnęła się gorzko starsza pani. – To był nasz wielki błąd, traktowaliśmy Polaków jak okupantów, woleliśmy zbliżyć się do Rosji, a ona dopiero narzuciła nam jarzmo.

Po śmierci męża i dwóch starszych synów pani Sanicka zdecydowała się na wysłanie najmłodszego dziecka do swojego brata w Kanadzie, który wyjechał w latach dwudziestych – był dużo starszy od niej

– i zapuścił tam korzenie. Ożenił się z Kanadyjką, przejął po teściu praktykę adwokacką, którą z kolei przekazał swoim synom. Jeden z nich zajął się polityką, osiągnął wysoką pozycję w tym kraju, pełnił nawet funkcję ministra w kanadyjskim rządzie. Kiedy w tysiąc dziewięćset dziewięćdziesiątym pierwszym roku Ukraina odzyskała niepodległość, jako pierwsza uznała ją Polska, a w pięć godzin później Kanada. Obaj bratankowie pani Sanickiej mieli w tym swój niemały udział.

– Ale nie wrócili do ojczyzny, jak Andrew – wtrąciła Elizabeth.

– Oni są już bardziej Kanadyjczykami niż Ukraińcami, ale pamiętają o swoich korzeniach.

– Czy Andrew, który miał wtedy sześć lat, nie bał się takiej dalekiej podróży? Pani mu przecież nie towarzyszyła?

Pani Sanicka popatrzyła na nią ze smutkiem.

– Ja wtedy siedziałam w więzieniu, za to, że nie doniosłam na swoją rodzinę... Przyjaciele zorganizowali przerzut syna przez zieloną granicę, do Monachium w Niemczech, a stamtąd do Kanady. Bardzo pomógł nam ojciec Marii, tej, co ma restaurację na wzgórzu. Andrew mówił mi, że tam byliście.

– Tak, bardzo mi się podobała jej willa.

– Pomogliśmy ją Marii odzyskać, to znaczy mój syn jej pomógł, bo komuniści zarekwirowali ją, jak tylko objęli władzę.

Elizabeth musiała to jakoś sobie poukładać, ta tragiczna historia tak nie przystawała do obecnej życiowej sytuacji tych dwojga. Starsza, ujmująca pani zajęta była głównie ogrodem, a jej syn, człowiek pełen talentów, wiedzy, z ogromną swobodą poruszał się w tym skomplikowanym dzisiejszym świecie. Za ich plecami zaś kryła się ponura zbrodnia, skazano na śmierć troje ludzi, tylko dlatego, że chcieli być wolni...

– Czy Andrew ma zamiar wyjechać? – spytała ostrożnie pani Sanicka.

– Wyjechać? – zdziwiła się. – Dokąd?

– No... do Ameryki.

Nagle Elizabeth zrozumiała, dlaczego matka Andrew zdecydowała się na tę rozmowę. Bała się po prostu, że syn po raz drugi ją opuści.

– Nie, nie wyjedzie – pośpieszyła z odpowiedzią.

– Nie wyjedzie na pewno.


Nie powtórzyła Andrew tej rozmowy. Czuła, że jego matka by tego sobie nie życzyła, chociaż nie wspomniała słowem na ten temat, a poza tym skoro on sam o tym nie mówił, widocznie nie chciał wracać do tych bolesnych spraw.

Leżąc już w łóżku przy zgaszonym świetle, od początku przeżywała to wszystko. Wyobraziła sobie małego chłopca na statku, był sam pośród obcych... Co takiego kryje w sobie Europa Wschodnia, że wychodzi się z niej okaleczonym? Dziadek Jeffa spędził w polskim więzieniu pięć lat, jego wnuk postawił stopę na ziemi ukraińskiej i zaginął... A historia rodziny Andrew, teraz Oksany i jej syna... Mijają lata i nic się nie zmienia, matka tkwi w więzieniu i pragnie wysłać swoje dziecko do wolnego świata. A przecież Ukraina uzyskała wolność, dlaczego więc nie umie z niej korzystać, dlaczego jej obywatele wciąż muszą tracić życie albo tak strasznie cierpieć?

W środku nocy zadzwonił telefon, Elizabeth rozpoznała głos matki. Była czymś wyraźnie poruszona.

– Nie wiem, która jest tam u ciebie teraz godzina – tłumaczyła się – ale poszłam do twojego mieszkania odebrać korespondencję i znalazłam list z Rosji, adresowany do ciebie.

– Z Rosji? – spytała zaskoczona Elizabeth. – Od kogo?

– Nie wiem, nie ma nadawcy.

– To otwórz ten list...

Usłyszała, jak matka rozrywa kopertę. I cisza.

– Mamo, jesteś tam? Halo!

– Elizabeth – usłyszała zmieniony głos matki – to list od Jeffa...

– Co? Co ty mówisz? – spytała na wpół przytomnie.

– To list od Jeffa – powtórzyła matka.

– Ale skąd, skąd wysłany?

– Tu jest zatarte... i pisane, wiesz, tym prawosławnym pismem... Wysłano list dziesięć dni temu.

– Mamo, przeczytaj mi... albo nie, podam ci numer faksu do kancelarii mojego przyjaciela, wyślij list faksem, błagam!

– Dobrze, zaraz to zrobię. – Matka była tak samo przejęta.

Elizabeth rozłączyła się z nią i natychmiast zadzwoniła do Andrew. Nie mogła czekać do rana. Uprzedziła go, że przyjdzie faks z Nowego Jorku i że ona niedługo przyjedzie taksówką do kancelarii.

– Może ci go przywiozę – zaproponował zaspanym głosem.

– Nie, ja już jadę. Wiesz, Jeff jest w Rosji, napisał do mnie...

*Kochana Elizabeth, trudno mi się skupić, gdyż to praktycznie ostatni mój dzień na Ukrainie, jutro wracam do domu. Nie muszę więc pisać, ale boję się, że kiedy stąd wyjadę, nie potrafię oddać tego, czym tutaj żyłem przez prawie pół roku. Zmieniłem się, Elizabeth, nie jestem już tym samym człowiekiem, którego znałaś.*

*Może to sprawy osobiste tak na mnie wpłynęły, a może spotkanie z pewnym starym człowiekiem. Jeździłem po Ukrainie, robiąc dokumentację do swojej pracy. Aż dotarłem do małej wioski ukrytej w lesie, tylko kilka wrastających w ziemię drewnianych chałup. Wiedziałem, że gdzieś tutaj w latach dwudziestych została zniszczona przez bolszewików zabytkowa piętnastowieczna cerkiew, chciałem odszukać jej fundamenty. Przed jednym z drewnianych domów siedział na ławeczce staruszek z brodą do pasa, białą jak mleko. Miał na sobie rubaszkę, czyli koszulę ze stójką, i spodnie z czerwonymi lampasami, taki strój nosili Kozacy. Obok niego na ławeczce siedział kot, a pod płotem kwitły malwy. Pamiętam, pomyślałem wtedy, że gdybyś Ty zobaczyła ten obraz, zachwyciłby Cię. Bo to był obraz przeniesiony żywcem z przeszłości. A ja się zdziwiłem, bo wydawało mi się, że Kozaków na Ukrainie dawno już nie ma. Najpierw wysiedlił ich stąd Piotr Wielki, z zemsty, że opowiedzieli się w czasie wojen po stronie Szwedów, a jego dzieła dokończyła Katarzyna II, przepędzając resztę kozactwa nad Don. Ale jakieś niedobitki zostały, jak widać. Początkowo staru-*

szek nie chciał rozmawiać ze mną po rosyjsku, stwierdził, że tutaj Ukraina, a nie Rosja, ale kiedy mu się przedstawiłem, wyjaśniając jednocześnie, że nie znam jego języka, przystał na to. Rozmawialiśmy o spalonej cerkwi. W pewnej chwili powiedział: ,,Cerkiew płonęła i milczała, ale dzwony krzyczały". Okazało się, że obok świątyni stała dzwonnica, na której zawieszono trzy dzwony odlane z brązu. Ten największy ufundował najbogatszy gospodarz we wsi, kiedy mu się urodził syn. I jego, i jego syna rozkułaczyli, co oznaczało wysiedlenie Bóg wie gdzie albo śmierć. Bolszewicy kazali mieszkańcom wejść na dzwonnicę i zrzucić dzwony na ziemię. Nikt ze wsi nie chciał tego zrobić, więc zastrzelili jednego człowieka, drugiego. Trzeci wszedł na dzwonnicę, poprzecinał powrozy. Najpierw spadł dzwon najmniejszy, wbił się w ziemię, potem ten średni. A największy nie chciał się odczepić od powroza, chłop na dzwonnicy się z nim szarpał, bolszewicy posłali mu drugiego do pomocy, też nie dawali rady. Uwiesili się obaj na sznurze i wtedy dzwon się odezwał. To był krzyk! I na oczach ludzi pękło serce dzwonu... Wszyscy to widzieli, dzwon zamilkł, zrzucili go na dół, rozłupał się o kamień, ale i tak już był pęknięty. Taka to była historia, Elizabeth. A potem rozmawialiśmy o wielkim głodzie w latach trzydziestych. Mój rozmówca był wtedy dziesięcioletnim chłopcem, miał kilkoro rodzeństwa, w tym najmłodszą siostrę Anisję. Bardzo ją wszyscy kochali za jej dobre serce dla ludzi i dla zwierząt. Cały dzień chodziła i śpiewała. Ona pierwsza umarła, bo głód zabierał najpierw najsłabszych, czyli małe dzieci. Żeby przetrwać, ojciec i matka *włożyli dziewczynkę do dziury w ziemi, gdzie było zimno, i rodzina zjadała ją po kawałku...*

*Najbardziej wstrząsająca była dla mnie jego pokora wobec strasznego losu. Umieć pogodzić się z życiem to chyba największa sztuka, którą posiedli nieliczni. Z pewnością posiadł ją ów staruszek.*

*Pojechałem dalej, ale to już nie był dla mnie tylko teren moich badań, lecz ziemia, której głos zaczynałem rozumieć. Nie wiem, czy jesteś w stanie to pojąć, Elizabeth, ale ja przestałem być tutaj cudzoziemcem, mimo że jestem z pochodzenia Irlandczykiem. Znałem z książek przeszłość tego kraju i wszystkie jego cierpienia, przemówiło do mnie dopiero żywe słowo. Pomyślałem, że ten kraj zasłużył na wolność, której tak długo mu odmawiano. Na razie ta wolność jest bardzo gorzka. Musi upłynąć trochę czasu, zanim ludzie przestaną się bać i zrozumieją, że naprawdę mogą sami o sobie decydować. Uświadomiło mi to moje drugie spotkanie, tym razem z młodym człowiekiem. To dziennikarz, człowiek odważny i szlachetny. Widzisz, władza pozostała w rękach ludzi niegodnych. Telewizja i prasa na Ukrainie są pod kontrolą, o wszystkim decyduje prezydent, jego ludzie i związani z prezydentem oligarchowie. Ci ostatni to bogacze, którzy zdobyli majątki nielegalną drogą. W czasie kampanii prezydenckiej za Kuczmą agitowały wszystkie bez wyjątku stacje telewizyjne. Sporządzono czarną listę polityków, których twarzy nie wolno było pokazywać. Więc czy to takie dziwne, że ten człowiek, lansowany przez media, wygrał wybory?*

*Wszystko tu jest ze sobą ściśle powiązane. Prowadzenie interesów na Ukrainie w sposób uczciwy jest niemożliwe. Osiągnęłoby się wtedy 0,3 procent zysku, resztę zabrałby urząd finansowy. Większość biznesmenów ucieka więc do szarej strefy. Na niemal każdego z nich można coś znaleźć. Wiesz, jak to jest, ten pierwszy milion rzadko zarobiony jest w sposób legalny. Prezydent ma do dyspozycji cały aparat: milicję, służby bezpieczeństwa, policję podatkową. Za ich pośrednictwem może kontrolować świat wielkiego biznesu. Więc czuje się bezkarny. A jego kraj okradany przez niewielką grupę obywateli, którzy mają niewyobrażalne bogactwa, biednieje z dnia na dzień, warunki życia są coraz gorsze. Ludzie cierpią nędzę.*

*Wszystko to przypomina upiorny spektakl: kurtyna idzie w górę, prezydent kłania się, uśmiecha, a za kulisami morduje się jego przeciwników politycznych. To trzeba przerwać. Ukraina ma prawo wejść do narodów świata jako godny partner. Prawo musi zapanować nad bezprawiem. Na szczęście znalazła się garstka patriotów, którzy gotowi są o to walczyć. Mam nadzieję, że uda im się obudzić naród. I ja będę miał w tym swój skromny udział. Czuję się dumny z tego powodu i wyróżniony.*

*Pozostała jeszcze sprawa osobista, o której Ci wspomniałem na początku.*

*Jesteś moją żoną, Elizabeth, jesteś moją życiową partnerką, zawsze o tym pamiętam. Ale raz jeden zapomniałem. To było siedem lat temu. Spotkałem na przyjęciu dziewczynę. Przedtem spotykałem setki do niej podobnych i przechodziłem obojętnie, ale ta miała w sobie coś takiego, co mnie do niej przyciągnęło. Nie mogłem o niej zapomnieć, pod powiekami wciąż majaczyła mi jej twarz. Chciałem to jakoś okiełznać, odpędzić, więc zaprosiłem ją do nas na kolację. Sądziłem, że w ten sposób oswoję swoje uczucia do niej, że stanie się naszą wspólną znajomą, kimś zwyczajnym. Ale los to wszystko poplątał, spóźniłaś się na samolot i nie dotarłaś do domu w ten sobotni wieczór. A ona przyszła. Tego wieczoru widziałem tylko ją. Potem wyjechała i jej twarz zaczęła mi się zacierać w pamięci. Ty byłaś znowu najważniejsza, kochałem Cię i tęskniłem za tobą.*

*Ta dziewczyna to Oksana. Spotkałem ją po siedmiu latach na Ukrainie i na szczęście nie odżyły dawne emocje. Przedstawiła mi swojego syna, którego od razu polubiłem. Ja mu też chyba przypadłem do gustu. Minęło kilka miesięcy, często się spotykaliśmy. Któregoś dnia Alek, tak ma chłopiec na imię, grał z kolegami w piłkę na trawie. Przyglądałem się temu, siedząc na ławce. I nagle, patrząc, jak ten mały biegnie za piłką, zrozumiałem, że to mój syn. Nie musiałem tego potwierdzać. Ja wiedziałem. Dlaczego ona mi o tym nie powiedziała, nie wiem. Może nie chciała komplikować nam życia. Ale to jest fakt, którego już nie da się pominąć. Co dalej z tego wyniknie, o tym chcę porozmawiać najpierw z tobą. To, żeby Oksana oddała mi chłopca, nie jest możliwe. Oni, matka i syn, są ze sobą bardzo związani. Na pewno zechcę go uznać za swojego syna i dać mu nazwisko. Poczuwam się do tego, żeby zabezpieczyć go finansowo i zapewnić mu jakąś przyszłość. Ale nie chciałbym rozstawać się z Tobą. Nie mogę przewidzieć, mimo że tak dobrze cię znam, jak Ty na to spojrzysz, Elizabeth. Jesteś jedyną kobietą, którą kocham i będę kochał zawsze, ale targają mną różne uczucia, przede wszystkim niepewność. Nie wiem*

*nawet tego, czy zdecyduję się wysłać do Ciebie ten list.*
*Może Ci to po prostu wszystko opowiem.*

*Twój na zawsze Jeff*

List Jeffa wywołał w niej wielką zmianę. Nie czuła już bólu z powodu zdrady męża. Głęboko poruszyła ją jego odwaga i szlachetność. Minęła udręka, w jaką wprawiała ją konieczność podjęcia decyzji dotyczącej losów Aleka. To Jeff podjął decyzję w sprawie swojego syna. Chce go uznać i Elizabeth nie musi już potajemnie chłopca stąd wywozić. Nie zdawała sobie sprawy, do jakiego stopnia to ją obciążało, nagle uczuła niewyobrażalną ulgę.

Ale co z Jeffem? Czy to on wysłał list napisany kilka tygodni temu? Czy ktoś inny? To były znowu pytania bez odpowiedzi. W Elizabeth odżyło przekonanie, że jej mąż został wywieziony do Czeczenii, kopertę mógł zgubić celowo. Andrew opowiadał jej o takich przypadkach, kiedy to ludzie wywożeni do łagrów wyrzucali kartki przez okno. Może tak było i teraz, ktoś uczciwy znalazł list i wrzucił do skrzynki.

Czuła to, wiedziała, że Jeffa od dawna nie ma na Ukrainie. Jej wyjazd pozostawał już kwestią czasu, musiała jeszcze tylko zobaczyć się z Oksaną...

– Nie dostaniesz się do niej – przekonywał Andrew. – Jest pilnowana w dzień i w nocy, karmią ją sondą. Mój pośrednik odpada, już to zapowiedział.

– Dostanę się do niej – odpowiadała z uporem.

Nie wtajemniczając Sanickiego w swoje działania, zostawiła Informatorowi wiadomość i oczekiwała odzewu. Skontaktował się z nią tego samego dnia. Umówili się na spotkanie nazajutrz, jak zawsze przy pomniku Diany.

– Przyniosła pani fundusze? – spytał domyślnie.

– Nie przyniosłam – odrzekła twardo. – Idzie pan w złym kierunku. Mojego męża od dawna nie ma na Ukrainie.

Patrzył na nią lekko skonsternowany. Niby to się uśmiechał, ale wyraźnie stracił rezon.

– Tego nie możemy wiedzieć.

– Ja to wiem – odrzekła. – Przewieziono go do Czeczenii i mam zamiar tam się dostać.

Na twarzy Informatora pojawiło się zdumienie.

– Pani chce się tam dostać? Sama?

– Jak pan słyszy. Ale przedtem muszę się zobaczyć z zatrzymaną Oksaną Krywenko. Liczę na pana pomoc w tej sprawie.

– To niewykonalne, ona zaczęła głodówkę. Wie pani o tym?

– Tak, wiem.

– Tylko lekarz i pielęgniarka mogą się do niej dostać, w czasie sztucznego karmienia... – głośno myślał – ale to nie wchodzi w grę, aby zastąpiła pani tę kobietę... to niemożliwe.

Elizabeth spojrzała na niego surowo.

– Dlaczego niemożliwe? Wszystko jest możliwe, jak się dobrze zapłaci. Trzeba przekupić ją, lekarza, ewentualnie strażnika. No i pan otrzyma dodatkowe wynagrodzenie.

Mężczyzna intensywnie się nad czymś zastanawiał.

– Teraz pani nie odpowiem. Proszę czekać na wiadomość.

Taksówka zatrzymała się przy krawężniku, ale Elizabeth nie wysiadła. Był taki moment, kiedy chciała odjechać stąd jak najdalej, mimo to przemogła się w końcu, zapłaciła taksówkarzowi, prosząc go jednak, aby chwilę zaczekał.

Na schodach szkoły pojawili się pierwsi uczniowie. Alek wyszedł jako jeden z ostatnich, już myślała, że nie było go na lekcjach.

Ruszył w jej stronę, ale zatrzymał się w pewnej odległości. Patrzyli na siebie.

– Długo mnie nie było – przerwała milczenie Elizabeth.

Próbowała się uśmiechnąć, choć nie bardzo jej to wychodziło. On dalej milczał.

– Mogę cię odprowadzić? – spytała. – Zwolnię taksówkę.

– Dzisiaj jest pani Ania, jak chcesz, to możemy pojechać do parku.

– Chcę, pewnie, że chcę – ucieszyła się.

Szli zaśnieżoną aleją.

– Lubisz zimę?

– Lubiłbym – odpowiedział – ale nawet nie pozwalają ulepić bałwana.

– Dlaczego nie pozwalają?

– Bo się potem topi i jest bałagan, a poza tym marznę. O, popatrz – zawołał – nasza altana!

– Zajrzymy tam?

Alek spojrzał na nią ze zdziwieniem.

– A ślady? Zrobimy ślady... Zaraz zobaczą.

– To się będziemy martwić.

Zeszli w dość głęboki śnieg, ale na szczycie wzgórza prześwitywała zeszłoroczna trawa. Usiedli swoim zwyczajem na podłodze, chociaż deski były wilgotne.

– Wiesz, musimy poważnie porozmawiać – zaczęła.

Spojrzały na nią dziecięce, bardzo smutne oczy.

– Znowu wyjeżdżasz?

– Wyjeżdżam, ale nie o tym chcę mówić. Chcę ci opowiedzieć o twoim ojcu.

– To ja mam ojca? – spytał z powątpiewaniem.

– Masz ojca i nawet go znasz.

Alek patrzył na nią bez słowa.

– To Jeff.

Znowu długi czas milczenie.

– To dlaczego oni mi nie powiedzieli? Mama i Jeff...

– Bo to było trudne.

– A teraz Jeffa nie ma, więc znowu nie mam ojca. I mamy też nie mam. Jestem sam, bez nikogo – usłyszała jego rozgoryczony głos.

– Oni będą, Alek. Obiecuję ci – powiedziała.

– A teraz ja jestem, ja też jestem twoją rodziną...

W jego oczach pojawiło się coś cieplejszego.

– Bo jesteś żoną Jeffa i moją drugą mamą?

– N... no tak, zawsze lepiej jest mieć dwie mamy niż żadnej – zażartowała.

– Ela, a gdzie ty wyjeżdżasz?

– Daleko, na Kaukaz, bo tam mogę odnaleźć Jeffa.

– A jak nie wrócisz? – spytał zrezygnowanym głosem.

Wzięła go za podbródek i powiedziała wolno:

– Wrócę na pewno, sama albo z twoim ojcem. Wierzysz mi?

* * *

Odczytała wiadomość: „O piątej, przy studni". Dochodziła czwarta, nie pozostało więc dużo czasu, Andrew był w sądzie, a więc dla niej nieosiągalny. Nie omówiła z nim kwestii pieniędzy, bo nie chciała go na razie wtajemniczać w tę sprawę. Z pewnością by jej odradzał pośrednictwo Informatora, a przecież nie znała nikogo innego. Mimo wszystko spróbowała zadzwonić do Sanickiego na komórkę. Zgłosił się natychmiast, na szczęście sprawa jego klienta się właśnie skończyła. Umówili się w kancelarii, z której pod pomnik Diany Elizabeth mogła przejść piechotą.

Zamówiła taksówkę.

Andrew wysłuchał jej bez słowa.

– Czy ty wiesz, w co się wplątujesz, Elizabeth? – spytał, gdy skończyła mówić. – Jako prawnik ci to odradzam, a jako... jako człowiek, któremu leży na sercu twój los, zabraniam.

Patrzyli na siebie.

– Andrew, pomóż mi – rzekła, jakby nie słysząc tego, co powiedział przed chwilą – bez ciebie nie zdobędę szybko pieniędzy.

– A jaka to suma tym razem?

– Nie wiem, ale on mi zaraz powie – głos jej drżał i nie mogła tego opanować.

– Elizabeth, boję się, że zaczynasz tracić kontrolę nad sobą.

– Przeciwnie, widzę teraz wszystko bardzo jasno. Wiem, co powinnam zrobić. Nie powstrzymuj mnie, proszę, bo to tylko utrudnia to, co i tak nastąpi.

Andrew spacerował po gabinecie, a ona oczekiwała jego odpowiedzi, od której zależało powodzenie całej sprawy. Pomyślała, że jeżeli Andrew jej teraz odmówi, uzna, że się nie potrafią porozumieć.

– Wplątujesz się w aferę nie tylko polityczną, ale i kryminalną. Jesteś tu przecież nielegalnie. Jeżeli zechcą, to zamkną cię na kilka lat i nie pomoże ani ambasador, ani prezydent Bush. A poza tym finansujesz tych drani.

– Nie mam innego wyjścia – odpowiedziała. – Czego ty dokonałeś drogą oficjalną? Na razie działasz bez sukcesu, więc mnie nie krytykuj.

– Ja cię nie krytykuję – odrzekł już innym tonem – ja się po prostu bardzo o ciebie boję.

– Ja też się boję, Andrew, ale się nie cofnę – patrzyła mu prosto w oczy, to on pierwszy uciekł wzrokiem.

– Idź na to spotkanie i wróć tutaj. Zobaczymy, ile ta hiena teraz chce – usłyszała.


Czy kiedykolwiek jeszcze pomnik Diany będzie mi się kojarzył z mitologią? – pomyślała. Kamienna figura łowczyni oznaczała teraz dla niej wielką niewiadomą i niebezpieczeństwo. Informatora tym razem przy studni nie było, Elizabeth czekała ponad pół godziny. Zaczęła się już obawiać, że mężczyzna się wycofał, kiedy zobaczyła go, jak szybkim krokiem przecina rynek.

– Dobrze, że pani czekała – powiedział lekko zdyszany. – Prowadziłem z tym konowałem do końca twarde negocjacje, stanęło na tym, że on chce pięć tysięcy, pielęgniarka tysiąc...

– A pan?

– Pani mi już zapłaciła – odrzekł.

Elizabeth poczuła się zaskoczona, wyglądało na to, że nawet ludzie takiego pokroju mają przebłyski sumienia.

– Kiedy to będzie?

– Dzisiaj wieczorem, o siódmej.

– A pieniądze?

– Przyjadę po panią, zaparkuję za rogiem. Im trzeba płacić w ostatniej chwili.

A ja przedtem płaciłam akonto – pomyślała. On oczywiście lepiej od niej orientował się w kwestii przekazywania łapówek.

Wróciła do kancelarii Sanickiego i... zasłabła. Zaczęło jej nagle brakować powietrza, a potem wszystko oddaliło się i ucichło. Zobaczyła nad sobą przerażoną twarz Andrew i stwierdziła, że leży w jego gabinecie na kanapie.

– To emocje – powiedziała – nic mi nie jest...

On jednak był innego zdania, chciał wezwać lekarza.

– Andrew, już jest w porządku, naprawdę – protestowała. – Mój organizm tak reaguje na napięcie... Wiesz, kiedy miał być ten pierwszy raz, też mi się coś takiego przydarzyło. Leżałam naga na prześcieradle, mój partner poszedł na chwilę do łazienki, a kiedy wrócił, zastał mnie nieprzytomną. Nie muszę ci mówić, że tak się przeraził, iż do niczego nie doszło...

Andrew uśmiechnął się.

– Nie dziwię mu się – powiedział. – A ile miałaś wtedy lat?

– Dziewiętnaście.

– Tak długo czekałaś? – udał zaskoczenie, a może było ono prawdziwe. – Myślałem, że to reguła, iż amerykańskie dziewczyny tracą cnotę po balu maturalnym, w jakimś klubie czy innym lokalu, gdzie odprowadzają je troskliwi ojcowie. Zwykle jest to tylne siedzenie chevy... Byłaś na takim balu?

– Oczywiście, w klubie golfowym na Long Island – roześmiała się. – Tatuś kupił mi sukienkę u Bergdorfa. Ale nie wylądowałam na tylnym siedzeniu chevy.

– To już wiemy.

Rozmawiali tak niby beztrosko, ale za tymi słowami ukrywało się ogromne napięcie. Andrew odwiózł ją do domu, a sam pojechał do banku po pieniądze. O umówionej godzinie Elizabeth wyszła za róg i zobaczyła, że stoi tam zaparkowany czarny samochód. Kiedy podeszła bliżej, rozpoznała Informatora za kierownicą.

– Czy pan też tam będzie? – spytała.

– Nie, przekażę panią konowałowi. On nie zna angielskiego, niestety. Ale nie musicie prowadzić konwersacji.

– To nawet lepiej, nie będzie rozumiał, o czym rozmawiam z panią Krywenko.

– Dużo pani nie porozmawia, słyszałem, że coś kiepsko z nią.

Po tych słowach Elizabeth poczuła w środku lodowaty chłód. Wręczyła mu pieniądze, samochód ruszył.

Kiedy potem o tym myślała, nie wszystko była w stanie dokładnie odtworzyć. Pewne fragmenty jazdy w kierunku aresztu jej umykały, tak samo jak moment wejścia do budynku, szybkie przebieranie się w fartuch i droga po schodach. Pamięta charakterystyczny więzienny zapach, starego potu i kurzu. Szła za lekarzem, potężnym mężczyzną o karykaturalnie dużej głowie. Kazano jej nieść torbę, była bardzo ciężka. A potem wąska cela, z okienkiem osłoniętym blendą i drewnianą pryczą pod ścianą, na której leżała Oksana. W ostrym świetle żarówki jej twarz wyglądała jak płaska papierowa wycinanka, w której zrobiono zbyt duże otwory na oczy.

Elizabeth pochyliła się nad nią.

– To ja, Elizabeth, poznajesz mnie? – zaszeptała.

Oksana dała znak oczami. Z bliska zobaczyła jej usta, były sine. Przebiegła jej przez głowę myśl, że dziewczyna jest bliska śmierci.

– Musisz przerwać głodówkę – szeptała. – Musisz stąd wyjść dla swojego synka. Jeff przysłał list... On wie, że Alek jest jego synem, domyślił się. On go uzna. Twój syn jest bezpieczny... czeka tylko na ciebie...

W oczach Oksany pojawiły się łzy, jedna z nich spłynęła po twarzy. Elizabeth delikatnie otarła ją wierzchem dłoni.

– Obiecaj, że przerwiesz głodówkę... Po to tu przyszłam, aby to usłyszeć.

Patrzyły na siebie, a potem Oksana przymknęła na chwilę powieki na znak, że się zgadza.

Lekarz odsunął Elizabeth i zaczęło się przymusowe karmienie. Jego ruchy były brutalne, Oksana nie broniła się, ale widocznie nie była w stanie tak szybko przełykać, bo część płynnej papki wylewała się kącikiem ust. Elizabeth wyjęła z lekarskiej torby zwitek ligniny i chciała to zetrzeć, ale lekarz ją odepchnął. Wtedy ona naparła na niego całym ciałem, pochyliła się nad dziewczyną i wytarła jej brodę i szyję, gęsta ciecz spływała aż na prześcieradło.

Informator czekał w samochodzie, co ją zdziwiło.

– Pod areszt śledczy nie podjeżdżają raczej taksówki – powiedział.

Jakiś czas jechali w milczeniu.

– Wybiera się pani do Czeczenii? Nie zmieniła pani planów?

– Nie, nie zmieniłam.

– To coś pani podrzucę. Po stronie Czeczenów działa pewna Ukrainka, Julia Okraszko, myśmy mieli na nią oko. Wymknęła się nam... Obsługuje tam radiostację. Może uda się pani nawiązać z nią kontakt.

– To cenna wiadomość.

– Bezpłatna – roześmiał się, ale Elizabeth bardzo źle to odebrała.

Kiedy wysiadała z samochodu, zadała mu pytanie:

– Czy mój mąż może być w Czeczenii?

– Nie wykluczyłbym tego.


Codziennie rozmawiała teraz z matką przez telefon. Ton ich rozmów zmienił się jednak zasadniczo, mimo że matka nie przeczytała listu od Jeffa. Elizabeth nie zezwoliła na to, chodziło o Aleka. To by było dla starszej pani za dużo. Starsza pani... pewnie matka by się obruszyła na takie określenie, ale przecież przekroczyła już sześćdziesiątkę. W każdym razie teraz nie przynaglała Elizabeth do powrotu, jakby wreszcie dotarło do niej, że jej zięć znalazł się w niebezpieczeństwie. Stało się to dla niej namacalne, rzeczywiste, nadszedł list z Rosji...

– Dowiedziałam się trochę o tej Czeczenii – powiedziała. – Wright przysłał mi materiały. Ci ludzie są muzułmanami, to zupełnie inna kultura... trochę jak talibowie, którzy niszczą zabytki, strzelają do posągów Buddy...

– Czeczeni walczą o wolność i szukają sojuszników na Zachodzie. Nie będą strzelali do Amerykanki.

– Obyś miała rację. Kiedy zamierzasz tam jechać?

– Za trzy dni opuszczam Ukrainę – odpowiedziała.

Ale nie wyjechała w zaplanowanym terminie, bo wydarzyło się coś, co ją niemal zdruzgotało. Dostała wysokiej gorączki, bardzo bolała ją głowa. Wezwany lekarz podejrzewał zapalenie opon mózgowych i nalegał na pobranie płynu z kręgosłupa, bo tylko w ten sposób można to było wykluczyć. Badanie jednak trzeba było przeprowadzić w warunkach szpitalnych, co stwarzało dodatkowe problemy. Na szczęście po kilku godzinach temperatura spadła i ustąpiła bez śladu charakterystyczna sztywność karku. Tak organizm Elizabeth zareagował na stres.

Andrew został oficjalnie poinformowany przez prokuratora, że Oksana Krywenko zmarła. Jak to określono, podczas przymusowego karmienia doszło do śmiertelnego zachłyśnięcia się przez podejrzaną.

– To nieprawda! – krzyczała Elizabeth. – Zabili ją, bo przerwała głodówkę! To mordercy! Mordercy!

Mimo że gorączka spadła, Elizabeth przez tydzień nie mogła wstać z łóżka. Na przemian płakała i zapadała w sen. Szpikowano ją środkami uspokajającymi. Któregoś dnia otworzyła oczy i przytomnie powiedziała do Andrew:

– Trzeba się zastanowić nad przyszłością Aleka.

194

Wolą matki chłopca było, aby Alek żył w kraju swojego ojca. Elizabeth postanowiła spełnić jej wolę. Musiał gdzieś istnieć jego akt urodzenia, w którym odnotowane zostało, że urodził się w Ameryce. Dawało mu to prawo wjazdu do tego kraju w każdym czasie, nawet za pięćdziesiąt lat. Potrzebny był jednak ten dokument. Należałoby przeszukać mieszkanie Oksany, lecz niestety było opieczętowane. Elizabeth chciała po raz kolejny wynająć Informatora, ale Andrew stwierdził, że prościej będzie ściągnąć metrykę Aleka z New Haven. Jego kancelaria natychmiast się tym zajmie. Elizabeth z ulgą na to przystała, bo nie miała ochoty na spotkanie z człowiekiem, który odegrał już swoją rolę i powinien odejść w zapomnienie.

– Wrócę tutaj z Czeczenii – powiedziała do Andrew – bez względu na to, czy odnajdę Jeffa.

Przed nią była jeszcze rozmowa z Alekiem. Andrew uczestniczył w pogrzebie jego matki. Ciała nie wydano rodzinie, przywieziono je wprost na cmentarz w zaplombowanej trumnie. Za trumną oprócz Andrew szła matka Oksany i jej syn.

Elizabeth czekała na niego pod szkołą, Andrew uprzedził telefonicznie kierowniczkę domu dziecka, że Alek wróci później.

Bała się tego spotkania, bała się przenikliwego spojrzenia chłopca i jego pytań. Ale on o nic nie pytał, zajął miejsce obok niej w taksówce. Pojechali do miasta. Usiedli przy stoliku w McDonaldzie.

– Twoja mama życzyła sobie, abym zabrała cię tam, gdzie się urodziłeś, do Ameryki – zaczęła niepewnie.

Nie wiedziała, jak z nim rozmawiać. Czy mówić mu o wszystkim, czy omijać śmierć matki. Jakie to szczęście, że rozmowę o Jeffie mieli już za sobą. To by było dla niego za dużo.

– A czego chce mój tata?

Elizabeth nie wiedziała, co odpowiedzieć. Chwilę patrzyli na siebie w milczeniu.

– Myślę, że chciałby tego samego... A co ty o tym myślisz?

Alek spuścił głowę.

– Nie chcę być w domu dziecka.

– Nie będziesz w domu dziecka! – odpowiedziała z mocą. – Muszę jeszcze tylko coś załatwić, dostać się do Czeczenii. Wtedy będę wiedziała, że uczyniłam wszystko, by odnaleźć Jeffa. W międzyczasie mój prawnik zacznie starania o twój paszport. To może jednak trochę potrwać.

Patrzyły na nią uważne oczy.

– Wiem, że ci jest źle bez mamy...

– Mówiła, kiedy zostawałem sam w domu, że mi nie wolno płakać, bo jestem mężczyzną.

Elizabeth pokręciła głową.

– Jesteś dzieckiem, a dzieciom wolno płakać – powiedziała ciepło. – I nie będziesz już sam, ja będę z tobą i nigdy cię nie opuszczę.

I wtedy stało się coś nieoczekiwanego, po policzkach chłopca popłynęły łzy. Elizabeth przytuliła go do siebie, czując, jak całym jego ciałem wstrząsa gwałtowny szloch.

Kiedy rano wyjrzała przez okno, zobaczyła bezchmurne niebo, ogród zalany był słońcem. Po śniadaniu wyszła na taras i usiadła w fotelu. Po chwili zjawiła się matka Andrew z pledem, przykryła Elizabeth nogi, mówiąc:

– Niedawno pani chorowała, nie może się pani przed taką drogą znowu zaziębić.

– Miałabym prośbę – odezwała się Elizabeth. – Czy mogłaby pani mówić mi po imieniu?

Pani Sanicka uśmiechnęła się na to.

– Mogłabym, dziecko, oczywiście, że bym mogła, mój wiek daje mi to prawo.

– Jest pani młoda, naprawdę.

– Nie jestem już młoda i obie o tym wiemy. Ale muszę żyć dla syna... mamy tylko siebie.

Stała w drzwiach werandy, Elizabeth też więc się podniosła.

– Proszę siedzieć – zaprotestowała starsza pani – ja może też na chwilkę przysiądę, tylko wezmę coś ciepłego na plecy.

Wróciła po chwili i usiadła w drugim fotelu. Słońce oświetliło jej twarz, wydobywając z niej niezliczoną ilość zmarszczek.

– Nie doczekałam się wnuków – powiedziała smutno. – Andrew miał żonę, wie pani... Wiesz o tym?

– Mówił mi.

– Bardzo chciał mieć dzieci, ale ona nie chciała. Uważała, że dziecko by ją ograniczało.

Ja też tak do niedawna uważałam – pomyślała Elizabeth.

– Ona była Kanadyjką? – spytała.

– Tak – odrzekła pani Sanicka – i zupełnie nie dla mojego syna, zimna, wyniosła. A Andrew potrzebuje uczuć...

Długo dyskutowali z Andrew na temat sposobu opuszczenia przez Elizabeth Ukrainy. Elizabeth chciała lecieć samolotem do Moskwy, bo tak byłoby najprościej, on uważał, że bezpieczniej jest się przedostać do Rosji na przejściu granicznym, gdzie istniał ruch bezwizowy.

– Skoro władze i tak wiedzą, że tu jestem, odczują raczej ulgę, że się wynoszę, nie będą mnie zatrzymywać.

– No, nie jestem pewien, czy to ich uszczęśliwi, że wybierasz się do Moskwy. – Andrew patrzył na nią z powagą. – Mogą cię aresztować w ostatniej chwili, zanim wsiądziesz do samolotu. Mają pretekst. Tak właśnie aresztowali dziadka twojego męża.

– Nie zrobią tego – odrzekła – to im się nie będzie opłacało.

– Tego nie możemy wiedzieć.

Niepokój Andrew udzielił się Elizabeth, postanowiła więc jeszcze raz skorzystać z pomocy Informatora. Umówili się, jak zwykle, na rynku.

– Wiem, że Oksana Krywenko została zamordowana – powiedziała na wstępie.

Informator uśmiechnął się kwaśno.

– Mógł to być też wypadek przy pracy, areszt to nie szpital, nikt tu się z nikim nie cacka.

– Ona mi obiecała, że przerwie głodówkę. Dlatego ją zabili, chcieli się jej pozbyć.

– Skoro pani tak uważa, mogę tylko złożyć wyrazy ubolewania...

Po co mu to wszystko mówię – przebiegło jej przez głowę.

– Chciałam się pana poradzić – zaczęła już innym tonem. – Wyjeżdżam, jak pan wie, z Ukrainy. Postanowiłam polecieć samolotem do Moskwy, czy to dobry pomysł? Nie aresztują mnie na lotnisku?

– O ile wiem, to, że chce pani szukać swojego męża poza terenem Ukrainy, jest tu pewnym osobom na rękę. A że w dodatku będzie go pani szukać w Rosji, to tym lepiej...

Elizabeth patrzyła na niego w napięciu, nie wiedziała, jak dalece może mu ufać i czy w ogóle można ufać takiemu człowiekowi jak on. Możliwe, że grał na dwie strony. A teraz właśnie wystawiał ją tej drugiej. On, jakby czytając w jej myślach, dodał:

– Mam swój honor. Pani była moją klientką, postaram się to sprawdzić i dam pani znać.

Jeszcze tego samego dnia otrzymała wiadomość: ,,Droga wolna".

A więc postanowione, poleci samolotem. Teraz należało, bagatela, rozwiązać problem wizy rosyjskiej. Na szczęście w tej sprawie Andrew był optymistą. Konsulat rosyjski mieścił się niedaleko jego kancelarii, Andrew znał dobrze konsula, umówił się z nim na obiad, a wieczorem wręczył Elizabeth paszport z wstemplowaną wizą.

Elizabeth zarezerwowała bilet na samolot do Moskwy, a potem go wykupiła. Przedstawiciel ukraińskich linii lotniczych długo wprawdzie przeglądał jej paszport, ale zwrócił go bez słowa.

Andrew zaprosił Elizabeth na pożegnalną kolację do siebie. Mieszkał w śródmieściu, w starej, ale pięknie odrestaurowanej kamienicy. Przed wejściem pod ciężarem okazałego portalu uginali się dwaj mocno zbudowani atlanci. Przestronna klatka schodowa wyłożona była marmurem, z którym kontrastowały ciemne dębowe poręcze zabytkowych schodów.

Mieszkanie było trochę mroczne, nastrojem przypominało wnętrza, które Elizabeth widziała w północnych Włoszech. Przedpokój zakończony półokrągłym holem wyłożony był dwukolorową dębową mozaiką. Na wprost stało wysokie lustro z konsolą z marmurowym blatem, naprawdę rzadkiej urody. Szerokie dwuskrzydłowe drzwi prowadziły do salonu zastawionego starymi szlachetnymi meblami. Jej uwagę zwrócił złocony żyrandol, którego ramiona ozdobione były zabawnymi kurkami, Andrew wyjaśnił jej, że kiedyś służyły do regulacji płomienia gazowego.

Sprawiał wrażenie zakłopotanego, jakby prywatne wizyty w jego mieszkaniu należały do rzadkości. Sam zabawił się w kucharza, przyrządzając solę w sosie koperkowym, która tak Elizabeth smakowała w restauracji nieopodal opery i, ku jej zaskoczeniu, w smaku dorównywała tamtej. Do tego podał białe wino Chardonnay z dobrego rocznika.

– Jesteś znawcą win? – spytała.

– Czy ja wiem... Lubię po prostu dobre wino. Ale tak naprawdę nie przywiązuję wagi do luksusu, mógłbym żyć o wiele skromniej, nawet w spartańskich warunkach.

– Ale masz przepięknie urządzone mieszkanie, zajmujące połowę piętra – uśmiechnęła się.

– To mieszkanie rodziców, z którego ich kiedyś wyrzucono, a które odzyskałem, wykwaterowując po kolei lokatorów. Jeszcze parę lat temu ta kamienica była w opłakanym stanie, ale teraz bogaci ludzie ją wykupili i przywrócili jej dawny blask.

– Widzisz – Elizabeth uniosła wskazujący palec do góry – jednak coś się zmienia na lepsze.

Andrew jakoś tak dziwnie na nią popatrzył.

– W takim mieście jak Lwów za pieniądze możesz mieć wszystko, ale spróbuj coś kupić na prowincji. Zastaniesz puste półki, jak za czasów komunizmu, ocet, zapałki i tania, niejadalna kiełbasa.

– To też się zmieni.

– Najpierw musi się coś zmienić w ludziach, a to długi proces.

Dolał jej wina, Elizabeth stuknęła się z nim kieliszkiem.

– Wypijmy za Ukrainę twoich marzeń.

– Są inne, ważniejsze toasty – powiedział.

– Nie ma – odrzekła z przekonaniem – nie może być nic ważniejszego niż własna ojczyzna. Bez niej jesteśmy nikim.

– To dlaczego nie mamy wypić za twój kraj, za Stany Zjednoczone? – spytał przekornie.

– Stany Zjednoczone sobie poradzą bez nas, a tutaj potrzeba dużo zaangażowania, dużo pracy, i więcej takich ludzi jak ty. Masz tu coś do zrobienia.

– A ty? Zostałabyś ze mną? – spytał nieoczekiwanie.

Elizabeth od dawna spodziewała się tego pytania, a teraz czuła, że zadane zostało z całą powagą.

– Chciałabym, Andrew...

Chciałaby bardzo, ale było to niemożliwe. W najbliższym czasie czekała ją podróż w nieznane, która nie wiadomo jak się zakończy. Mogła to być podróż w jedną stronę, co Elizabeth bardzo poważnie brała pod uwagę. Jeżeli jej się uda, jeżeli powróci, czeka ją kolejne zadanie, wywiezienie z Ukrainy małego chłopca.

Ale nawet bez tych trudnych przedsięwzięć, niemal ponad ludzkie siły, na przeszkodzie stała ich osobista sytuacja, Andrew mieszkał we Lwowie, a ona w Nowym Jorku i żadne z nich nie mogło z tego zrezygnować, z wielu powodów... więc to nie miało sensu, powinni stłumić swoje uczucia, zapomnieć o sobie dla własnego dobra... Tak myślała, znajdując się w dziwnym stanie, jakby rozdwojenia. Wydawało jej się, że obserwuje siebie z zewnątrz i widzi kogoś, kto nie potrafi zapanować nad swoim ciałem, nie potrafi zapanować nawet nad swoją twarzą, w której drżał każdy mięsień... ten ktoś równie dobrze mógł wybuchnąć płaczem, jak zanieść się głośnym śmiechem. Chyba się upiłam – przemknęło jej przez głowę. Ale to nie było to, uczucia, jakich doznawała, wymykały się spod jej kontroli, nie doświadczyła tego nigdy przedtem. Oto pragnęła ponad wszystko, aby mężczyzna, który był obok, przytulił ją. Pragnęła jego i swojej nagości, pragnęła jego dotyku, ale nie potrafiła mu tego powiedzieć ani przekazać w żaden inny sposób.

Wyciągnę do niego rękę... wtedy zrozumie, przecież pragnie mnie tak samo jak ja jego... odważyć się na ten jeden zwykły gest, dotknąć jego dłoni... potem już wszystko będzie proste. Ale nie potrafiła wyjść naprzeciw swoim uczuciom. Zaraz mu powie, że czuje się zmęczona, i poprosi, aby odwiózł ją do domu swojej matki. Podniosła głowę i napotkała spojrzenie jego ciemnych oczu. On zrozumiał, on wszystko o niej wiedział...

Tego wieczoru nie padły już między nimi żadne słowa. Byli ze sobą, tak blisko, jak blisko siebie mogą się znaleźć kobieta i mężczyzna. Elizabeth została do rana. Spała z głową na jego ramieniu i obudziła się z uczuciem, że spotkało ją coś, co się już nigdy nic powtórzy.

Piętnastego lutego dwa tysiące pierwszego roku Andrew odwiózł Elizabeth na lotnisko. Był bardzo zdenerwowany, chociaż starał się to ukryć.

– Od razu zadzwoń po wylądowaniu, gdybym nie miał do wieczora wiadomości od ciebie, zacznę działać. Może powinnaś zostawić mi numer telefonu swojej matki.

– Wszystko będzie dobrze – powiedziała uspokajająco. – Wiesz, nigdy nie wierzyłam w żadne wróżby i przeczucia, ale gdzieś w głębi jestem przekonana, że wrócę cało z tej podróży... wrócimy razem z Jeffem.

– Życzę wam tego z całego serca – odrzekł zmienionym głosem.

Elizabeth w nagłym odruchu przytuliła się do niego.

Zapowiedziano odlot samolotu do Moskwy, wzywając spóźnialskich pasażerów. Nie oglądając się za siebie, odeszła za barierkę.

Prawie nie mogła uwierzyć, że siedzi w samolocie, a ten samolot unosi się w powietrzu. Więc Informator jej nie oszukał, droga była wolna. Nikt jej nie zatrzymał na lotnisku, nikt jej nie aresztował. Mogła udać się w swoją dalszą wędrówkę, tak jak to sobie zaplanowała. Tylko ten upór, to przekonanie, że Jeff przebywa w Czeczenii i że tam go odnajdzie... na czym się opierało? Na kilku słowach szaleńca utrwalonych na taśmie... przecież mógł je rzucić ot tak sobie. Poza tym rozmówca prezydenta przyznał się, że „coś im nie wyszło"... może właśnie nie wyszła ta Czeczenia, uprowadzeni mężczyźni pozostali na Ukrainie, z tym że jeden z nich na 99,6 procent w ziemi... Ale do jej obowiązku, do obowiązku żony należało to sprawdzić. Nie było to już jednak takie oczywiste, że Elizabeth poszukiwała Jeffa jako jego żona... wiele się zmieniło od czasu, kiedy wsiadała do samolotu w Nowym Jorku. Wtedy Jeff był jej jedyną bliską osobą, teraz pozostawiła kogoś, od kogo nie mogła oderwać się myślami ani na chwilę. To uzależnienie niepokoiło ją, odbierało wolność, do której była tak bardzo przywiązana. Wydawało jej się do tej pory, że sobą może być tylko w izolacji od innych, nawet od Jeffa. Potrzebowała pustej przestrzeni, strefy ochronnej. Teraz ta strefa zniknęła. Nie było jej na lotnisku, kiedy przytulała się do Andrew, ani teraz, kiedy z szybkością sześciuset kilometrów na godzinę oddalała się od niego... Więc dlaczego nie odwołała tej podróży, dlaczego nie uznała, że w sprawie Jeffa zrobione zostało wszystko, co się dało zrobić, a wyjazd do Czeczenii to tylko fanaberia, wymysł zrozpaczonej kobiety? Bo on jednak mógł tam być. Uwierzyła, że w Czeczenii spotkają się z Jeffem.

Pragnęła tego ponad wszystko. Bo chciała, żeby Jeff żył, chciała mu też powiedzieć, że odchodzi do innego mężczyzny...

Pojawił się komunikat świetlny: zapiąć pasy.

Idąc w grupie pasażerów do odprawy paszportowej, zastanawiała się nad dalszymi krokami. Co powinna zrobić, do kogo się udać, aby ułatwił jej dalszą podróż. Nie istniało żadne czeczeńskie przedstawicielstwo, bo oficjalnie Czeczenia była częścią Rosji. Ale toczyła się wojna, wątpliwe więc, żeby można się tam było dostać normalną drogą, jakimś rejsowym samolotem czy pociągiem. Postanowiła najpierw porozumieć się ze swoją ambasadą. Niech oni coś pomogą, a gdyby nie byli zbyt chętni, poprosi, aby matka uruchomiła prywatne kontakty.

Urzędnik imigracyjny był niezwykle uprzejmy. Oddając jej paszport, uśmiechnął się. Mając w pamięci kwaśne miny jego ukraińskich kolegów, była tym mile zaskoczona. Po stronie oczekujących zauważyła tłum ludzi; wyglądali na dziennikarzy, wyposażeni w sprzęt, kamery, mikrofony. Widocznie miał przylecieć ktoś ważny, jakiś polityk albo biznesmen. Głowy państwa raczej nie lądowały na tym lotnisku. Trzeba się będzie jakoś przecisnąć bokiem – pomyślała. Wyszła za barierkę i nagle zewsząd otoczyli ją ludzie, widziała ich uśmiechnięte, pełne życzliwości twarze. Padły pierwsze pytania:

– Pani Connery, co pani czuje, znalazłszy się tutaj, w Moskwie?

– Kiedy ma pani zamiar wyruszyć do Czeczenii?

– Czy pani i pani mąż bardzo się kochacie?

Oszołomiona, milczała. Przecisnął się do niej konsul amerykański, co przyjęła z ulgą. Poprosiła go, aby ją stąd bezpiecznie wyprowadził.

– Nie złoży pani żadnego oświadczenia? – spytał.

– Są tu korespondenci największych stacji telewizyjnych i dzienników na świecie. Wczoraj w nocy CNN nadało wiadomość o pani przylocie do Moskwy, przedstawiło też sylwetkę pani i pani męża. Dzisiaj te informacje powtarzają wszystkie media.

Elizabeth patrzyła na niego z przerażeniem.

– Ale skąd? Skąd się dowiedzieli?

Konsul bezradnie rozłożył ręce.

– Powinna pani powiedzieć chociaż parę słów.

Po chwili zastanowienia Elizabeth zdecydowała się na rozmowę z dziennikarzami, mimo że Andrew by jej to z pewnością odradzał. Uważał, że wszelki rozgłos może jedynie zaszkodzić sprawie, i jeżeli Ukraińcy zdecydują się wypuścić Jeffa, to tylko po cichu. Ale Jeffa nie było na Ukrainie, a poza tym to już się stało i nie da się tego cofnąć. Więc może lepiej, aby prawdy dowiedziano się od niej, a nie spekulowano na ten temat.

– Spędziłam na Ukrainie prawie pięć miesięcy i uważam, że ten kraj pozostawiony sam sobie zginie... – zaczęła, ale przerwano jej, że mówi za cicho. – Ukraina potrzebuje pomocy! – powiedziała głośniej i bardziej pewnie. – Byłam tam odpowiednio długo, aby się przekonać, że prezydent i jego ludzie sterroryzowali naród, że łamie się prawa człowieka, że się zwykłych obywateli upokarza, skazując ich na nędzę i niegodne warunki życia, podczas gdy elity rządzące niewiarygodnie się bogacą. Chciałabym też zwrócić uwagę na to, że jeżeli Ukraina nie utrzyma się jako samodzielne, demokratyczne państwo, zmieni się bardzo niekorzystnie układ sił na świecie. Ukrainie trzeba pomóc w naszym wspólnym interesie...

– Ale w jaki sposób? – padło pytanie. – Przecież wybory były demokratyczne?

– Prezydent kontroluje media, telewizję i prasę, politykom opozycyjnym zafundowano śmierć cywilną, nie wolno pokazywać ich twarzy. Lider opozycyjnego ugrupowania ujawnił też, że istnieją na Ukrainie szwadrony śmierci, likwidujące przeciwników politycznych dyktatora. To są fakty. Tym państwem rządzi człowiek, który ma krew na rękach. Nie wiem, co się stało z moim mężem, czy jeszcze żyje i czy go odnajdę, ale oskarżam prezydenta Ukrainy o wydanie polecenia zamordowania dziennikarza opozycyjnego Georgija Gongadze, a także jego współpracownicy Oksany Krywenko. W wydanym oświadczeniu stwierdza się, że śmierć nastąpiła w czasie przymusowego karmienia. A ja byłam u niej i wiem, że przerwała głodówkę.

– Kim była Oksana Krywenko? – spytał przedstawiciel Agencji Reutera.

– Była wspaniałym człowiekiem, chciała coś zrobić dla swojego kraju i przypłaciła to życiem. Aresztowano ją i miesiącami bezprawnie przetrzymywano.

– A jak pani się do niej dostała? – spytała korespondentka rosyjskiej gazety.

– Miałam swoje sposoby – odrzekła. – Byłam u niej kilkakrotnie, ostatnio na dwa dni przed jej śmiercią.

– A kim ona była dla pani? – zadano pytanie gdzieś z tyłu.

Elizabeth milczała przez chwilę.

– Bardzo bliską osobą – powiedziała.

Jechała z konsulem na spotkanie z wysokim urzędnikiem Ministerstwa Obrony Rosji, podobno jakimś generałem, który zaofiarował się pomóc Elizabeth w dostaniu się do Czeczenii. Za oknem przesuwały się moskiewskie ulice, szare, z brudnymi zwałami śniegu przy krawężnikach. Przeważało koszmarne, stalinowskie budownictwo, pozbawione stylu wysokie domy, przysadziste pałace z iglicami, na tym tle dziwnie wyglądały bulwiaste kopuły cerkwi i cerkiewek.

– Nie wiem, czy to dobry pomysł, żeby Rosjanie mnie transportowali do Czeczenii, partyzanci mogą nie chcieć ze mną rozmawiać.

– Inaczej trudno by się pani było tam dostać – odpowiedział konsul. – Ale to nie jest najgorsze. Wiele rosyjskich rodzin się tam udaje w poszukiwaniu swoich bliskich, którzy zginęli w walkach. I partyzanci im pomagają.

– Co jest w takim razie najgorsze? – spytała.

Konsul był łysiejącym mężczyzną w okularach, Elizabeth przewyższała go o głowę i sprawiało jej to pewien dyskomfort.

– Pani wypowiedź na lotnisku... wie pani... polityka to bardzo skomplikowana sprawa, jeżeli się nie zna jej mechanizmów, można, chcąc pomóc, zaszkodzić.

– Nawet jeśli się mówi prawdę?

Mężczyzna uśmiechnął się nieznacznie.

– W polityce liczy się przede wszystkim skuteczność.

– Aha, już wiem, to brudna sprawa, nie dla delikatnych panienek – powiedziała urażonym tonem. – Ale ja już nie jestem taką delikatną panienką, za dużo ostatnio widziałam.

– Tak, tak – zgodził się z nią – tylko że to, co pani mówiła, było bardzo na rękę Rosji. Dlatego tak panią pokochali. Oni tylko czekają, żeby połknąć Ukrainę.

– Jeżeli nic się nie zmieni, połkną ją na pewno. Żaden szanujący się polityk nie powinien podać ręki Kuczmie, a jest przyjmowany, płaszczą się przed nim. Widziałam polskiego prezydenta w telewizji, jak się z nim obejmował, doszło nawet do całowania...

Konsul znowu się uśmiechnął.

– To jest właśnie polityka, proszę pani.


Podsekretarz stanu w Ministerstwie Obrony, generał Sieriebriakow, okazał się całkiem młodym mężczyzną dobrze mówiącym po angielsku. Konsul jej potem wyjaśnił, że prezydent Putin poobsadzał kluczowe stanowiska ludźmi z KGB, czyli najzdolniejszymi w tym kraju. Był bardzo szarmancki wobec Elizabeth, wstał na jej powitanie zza rozległego biurka, co po ukraińskich doświadczeniach, chociażby z prokuratorem, też ją zaskoczyło. Usiedli na miękkich skórzanych fotelach przy niskim stoliku. Sekretarka przyniosła kawę, gospodarz zaproponował koniak, ale Elizabeth podziękowała.

– No tak, pora jest dość wczesna – sumitował się generał.

– Ja raczej nie piję alkoholu – odpowiedziała, starając się też być uprzejma.

Potem zaczęli omawiać szczegóły jej wyjazdu do Czeczenii. Okazało się, że na osobiste polecenie prezydenta Putina miał ją tam dowieźć wojskowy samolot. Podróż była bezpieczna tylko drogą powietrzną, gdyż obszar ten kontrolowali Rosjanie. Na ziemi bywało różnie, bo chociaż partyzanci ukrywali się wysoko w górach, zdarzały się zasadzki.

– Ja oczywiście polecę z panią – powiedział generał.
– Musimy być pewni, że wszystko jest w porządku.

Nic nie jest w porządku – pomyślała gorzko, a głośno zaprotestowała przeciw traktowaniu jej jak gwiazdy filmowej, którą nie była.

– Chronić należało Marilyn Monroe przed natarczywością wojskowych, gdy im śpiewała w Korei – powiedziała przekornie. – Ja nie rzucam się w oczy.

Generał zrobił oburzoną minę.

– Jak pani może porównywać swoją subtelną urodę z taką tlenioną pięknością!

– Jeżeli to komplement, to dziękuję. Nie chciałabym zabierać cennego czasu panu generałowi.

– Cała przyjemność po mojej stronie – odrzekł.

Odlot zaplanowano na dzień następny. O szóstej rano miał przyjechać po nią do hotelu samochód i dowieźć ją na lotnisko.

– Jeszcze jedno – powiedział generał. – Czy pani ma ciepłe buty, czapkę i rękawiczki? W górach może być bardzo zimno.

Pokój hotelowy przypominał salon, mierzył chyba z pięćdziesiąt metrów i zastawiony był przeraźliwie kiczowatymi meblami. Wszystko tu było w złym guście, włącznie z klamkami i kranami w łazience. Ale mogła bez przeszkód wziąć prysznic, była nawet gorąca woda i starczyło jej na umycie włosów, co po ukraińskich doświadczeniach Elizabeth uważała za luksus. A jednak wolała tamten cuchnący starością hotel i tamto nieszczęśliwe miasto, jak je nazywał Andrew.

Wczorajszego wieczoru długo rozmawiali przez telefon i Elizabeth cały czas miała uczucie, że zatelefonowała do domu. We Lwowie pozostawiła dwie bliskie osoby. Tą drugą był Alek. Jej stosunek do chłopca przechodził różne etapy, od uczucia przyjaźni po niechęć i w końcu tkliwą miłość. Elizabeth pokochała to dziecko w sposób bezwarunkowy. Była tym bardzo zaskoczona, bo oto okazywało się, że nie znała siebie do końca. Nie zdecydowała się na własne dziecko z obawy, że nie potrafi dać mu takiej miłości, jakiej będzie potrzebowało, a ofiarowała tę miłość dziecku cudzemu. I wcale nie dlatego, że Alek był synem Jeffa, lecz dlatego, że był synem Oksany. Oksanę też pokochała. Wtedy, gdy do niej przyszła ostatnim razem, gotowa była oddać wszystko, aby ją uratować. Uczucia chodzą swoimi drogami i nie ma sensu z nimi walczyć. Elizabeth zresztą nie chciała z nimi walczyć, bo to, czego doświadczała teraz, było jednym wielkim przebudzeniem.

Zadzwonił telefon.

– Jutro lecisz do Czeczenii i nie odezwałaś się do mnie? – spytała matka z urazą w głosie.

– Bo nie chcę, żeby mówiło o tym CNN.

– Zrobiłam to dla twojego dobra. Wright też był zdania, że sprawę trzeba nagłośnić – tłumaczyła się.

– Przestałaś być anonimowa, więc trudniej będzie cię skrzywdzić.

– Mamo – wybuchnęła – skrzywdzono mnie już tak, że gorzej nie można. A jeszcze bardziej skrzywdzono osoby, które pokochałam.

– O jakich osobach mówisz?

Elizabeth milczała.

– Halo – powiedziała matka.

– Jestem, mamo. Chciałabym się z tobą czymś podzielić, ale musisz mi obiecać, że tej sprawy nie sprzedasz mediom.

– Ciebie też nie sprzedałam mediom – odrzekła urażona. – Ja cię ochroniłam, mam nadzieję, że to zrozumiesz.

– Może zrozumiem, ale sprawia mi to teraz kłopot. Mamo, na Ukrainie pozostał sześcioletni chłopiec, po którego muszę wrócić.

Cisza w słuchawce.

– Czyje to dziecko? – spytała wreszcie matka.

– Jeffa.

I znowu cisza.

– A jak Jeffa nie odnajdziesz?

– Będzie ze mną. W Ameryce.

– A co na to jego matka?

– Jego matkę zamordowano...

Elizabeth usłyszała szloch w słuchawce.

– Ja już nie rozumiem tego świata.

– Kocham cię, mamo. – Uświadomiła sobie nagle, że powiedziała to swojej matce pierwszy raz w życiu.

* * *

Samolot wylądował w Groznym na lotnisku wojskowym, Elizabeth wraz z osobami towarzyszącymi, czyli generałem Sieriebriakowem i dwoma oficerami, jechała opancerzonym samochodem do sztabu wojskowego, który mieścił się za miastem. Miasto przypominało właściwie jedną kupę gruzów przysypaną śniegiem. Sądziła, że jak w strefie Czernobyla, nikt tu nie zamieszkuje, okazało się, że mieszkańcy koczowali po piwnicach, nie chcąc opuścić miejsca, do którego byli przywiązani. Nie bardzo też mieli dokąd pójść.

Wjechali na tereny wojskowe, które otaczały druty kolczaste, na zewnątrz drutów dla bezpieczeństwa spory obszar zaminowano. Wewnątrz chronionej strefy stały metalowe baraki wkopane w ziemię. Wyglądało to dość obskurnie, ale Elizabeth zaprowadzono do baraku gościnnego, gdzie były całkiem znośne warunki. Okazało się nawet, że jest łazienka z ciepłą wodą. Rozpakowała się i wraz z generałem poszła na rozmowę z dowódcą sztabu. Tym razem nie było żadnych niespodzianek, mężczyzna wyglądał jak wszyscy rosyjscy wojskowi wysokiej rangi. Był niemłody, niedźwiedziowaty, o grubo ciosanej, ospowatej twarzy. Miał na sobie plamisty polowy mundur. Brakowało mu tylko medali na piersi, pewnie były zbyt ciężkie, żeby nosić je na co dzień. Spytał, za pośrednictwem Sieriebriakowa, odgrywającego rolę tłumacza, czego Elizabeth od niego oczekuje. Starał się być uprzejmy, choć nie potrafił ukryć niechęci.

Odpowiedziała mu, że tylko jednego. Chce nawiązać kontakt z czeczeńską radiostacją, którą obsługuje Ukrainka Julia Okraszko.

Generał miał taki wyraz twarzy, jakby zamierzał jej odmówić, ale Sieriebriakow surowo na niego patrzył, padły też jakieś między nimi słowa, których nie przetłumaczył Elizabeth. Powiedział natomiast, że jej życzenie zostanie spełnione. Udało się połączyć z radiostacją dopiero wieczorem. Radiotelegrafista, młody chłopak o wesołych oczach, długo o czymś rozmawiał z Ukrainką po rosyjsku, a potem przekazał słuchawki Elizabeth.

– Tutaj Elizabeth Connery – powiedziała przejęta.
– Pani zna angielski?

– Tyle żeby się dogadać, ale dużo rozumiem, bo spisuję nasłuchy.

Elizabeth nie wiedziała, co to są nasłuchy.

– Niech pani powtórzy nazwisko – odezwała się poprzez szumy i jakieś metaliczne dźwięki Ukrainka. – Słabo słychać.

– Connery – powtórzyła.

– Pani Connery! – wykrzyknęła tamta. – To już wszystko wiem, ten dureń mi tu nawijał, że jakaś Amerykanka chce z nami kontakt, a przyleciała z Sieriebriakowem! Witamy w Czeczenii i pozdrawiamy panią. Czego pani od nas oczekuje?

– Chciałabym dotrzeć do partyzantów. Mam ze sobą zdjęcie męża, może ktoś go rozpozna.

Połączenie zostało przerwane, udało się nawiązać łączność dopiero po dwu godzinach. Okraszko powiedziała:

– Nie ma tu naszego dowódcy, on podejmie decyzję. Niech połączą panią z nami rano.

Elizabeth spędziła noc w blaszanym kontenerze, długo nie mogła zasnąć. Zza okna dochodziły obce dźwięki, szum wiatru, świsty, metaliczne brzęczenie drutów, a nawet jakby wycie wilków. Kiedy powiedziała o tym rano przy śniadaniu Sieriebriakowowi, który wrócił właśnie z inspekcji stacjonujących tu wojsk, wcale się nie zdziwił.

– Tutaj są wilki – odrzekł.

– Wilk kaukaski jest godłem Czeczenów – wtrącił gburowaty szef sztabu, kiedy Sieriebriakow przetłumaczył mu słowa Elizabeth. – Noszą go na sztandarze.

Elizabeth omal nie wypaliła, że skoro Czeczeni mają swoje godło, są odrębnym narodem.

Po śniadaniu generał pożegnał się z Elizabeth, ponieważ odlatywał do Moskwy, a ona udała się do baraku, w którym była radiostacja. Od razu połączono ją z Julią.

– Wszystko się dobrze składa – powiedziała do Elizabeth – niech panią dowiozą do pierwszej dużej przełęczy za Machaczkałą... to jest w Dagestanie, ale od nas to rzut beretem. Tam będą czekały dwie Rosjanki, które szukają swoich synów. Zabierzemy was razem. Ruscy muszą oczywiście przedtem się wycofać.

– Czto ty tam gawarisz i gawarisz, czeczenskaja bladź – zdenerwował się radiotelegrafista.

Julia roześmiała się, coś mu odpowiadając, ale Elizabeth nic z tego nie zrozumiała. Po odjeździe Sieriebriakowa poczuła się nieswojo, nikt w sztabie nie mówił po angielsku, więc trudno jej było porozumieć się z kimkolwiek. Z ulgą wsiadała do samochodu, który miał ją dowieźć do przełęczy. Towarzyszyli jej oprócz kierowcy młody oficer i uzbrojony w karabin żołnierz eskorty. Wszyscy trzej milczeli, a Elizabeth także nie czuła się w obowiązku rozpocząć konwersacji.

Zdecydowanym ruchem uchyliła okno, ponieważ wnętrze przesycone było intensywnym zapachem potu i taniej wody kolońskiej, co tworzyło konglomerat nie do wytrzymania. Wyboista droga wiodła początkowo doliną wśród przysypanych śniegiem pól, potem zaczęła wspinać się zboczem góry, tuż obok kamienistego koryta rzeki. Kiedy znowu wyjechali na płaską przestrzeń, oczom Elizabeth ukazał się olbrzymi masyw górski.

Oficer skrzywił nieogoloną twarz w uśmiechu i wskazując na górę, powiedział:

– Tebułosmta...

Tak przynajmniej Elizabeth zrozumiała. Znowu zjechali w dół, a kiedy wspięli się na kolejną przełęcz, zobaczyła położone w kotlinie rozległe miasto.

Wskazała na nie ręką.

– Machaczkała?

– *Da, prawilno* – odpowiedział oficer.

Droga, bardzo wąska i kręta, biegła teraz zboczem głębokiego wąwozu zasypanego śniegiem. Elizabeth miała nadzieję, że hamulce nie odmówią posłuszeństwa, a kierowca poradzi sobie z zakrętami. Odetchnęła, dopiero kiedy znowu znaleźli się na dole. Zanim okrążyli miasto, dwa razy sprawdzano im dokumenty. Mijały ich teraz ciężarówki, tak oblepione zamarzniętym błotem, że sprawiało ono wrażenie pancerza. A potem znowu pojawiła się ta olbrzymia góra, przytłaczająca cały krajobraz. Po godzinie kolejnej wspinaczki znaleźli się na następnej przełęczy. Elizabeth zobaczyła z daleka dwie ciemniejące na śniegu postacie, kiedy podjechali bliżej, okazało się, że to grubo ubrane kobiety zakutane w chusty.

Oficer otworzył Elizabeth drzwi samochodu, potem zasalutował i wsiadł z powrotem. Gazik zaczął zjeżdżać w dół, kiedy zniknął jej z oczu, jedna z kobiet podeszła do Elizabeth.

– Ja Swieta Koryżkina, a to – wskazała na tę drugą – Natalia Worcowa.

– Elizabeth Connery.

Obie kobiety uśmiechnęły się szeroko, błyskając srebrnymi zębami.

Minęło jakieś pół godziny, a nikt nie nadchodził, aby je stąd odebrać. Starsza z kobiet, a przynajmniej wyglądająca na starszą, wysupłała z tobołka, który miała ze sobą, kiełbasę zawiniętą w pergaminowy papier. Ułamała kawałek i podała Elizabeth, potem wyjęła grubo krojony chleb. Kiełbasa była mocno naczosnkowana i Elizabeth przez chwilę nie mogła złapać powietrza, ugryzła spory kęs chleba, który złagodził pieczenie w gardle. Była głodna, więc mimo dziwacznego smaku pochłonęła cały poczęstunek. Rosjanki były lepiej przygotowane na tę wyprawę niż ona. Buty, które Elizabeth kupiła, okazały się za cienkie, marzły jej nogi. Nie chronił też od zimna jej wyszywany, krótki kożuszek. Pomyślała, że miała i tak szczęście, bo było tylko kilkanaście stopni mrozu, a mogło być kilkadziesiąt. Jedna z Rosjanek wyjęła termos i nalawszy do zakrętki gorącego płynu, podała jej. Była to niemożliwie słodka herbata, ale Elizabeth wypiła łapczywie, czując rozchodzące się po całym ciele ciepło.

W tej samej niemal chwili pomiędzy głazami na zboczu przełęczy pojawiły się jakieś postaci, z bliska Elizabeth zobaczyła, że to kobieta i dwóch mężczyzn. Wszyscy mieli na sobie wojskowe panterki i futrzane czapki z nausznikami, mężczyźni dźwigali pasy pełne naboi i przewieszone przez ramię karabiny. Kobieta podeszła od razu do Elizabeth.

– Pani Connery? – spytała.

– Elizabeth.

– Julia – powiedziała Ukrainka z uśmiechem.

Wyższy z mężczyzn o siwym zaroście wskazał ręką kierunek i powiedział coś w nieznanym języku. Ruszyli za nim. Marsz był długi i forsowny, kilka razy musieli robić postoje, bo Elizabeth nie miała siły iść dalej, zdając sobie sprawę, iż opóźnia wspinaczkę. Nic nie mogła na to poradzić, raz nawet wyglądało to dramatycznie, bo nogi jej się obsunęły na śliskim załomie skały i zaczęła zjeżdżać w dół z dużą szybkością. Obaj Czeczeni rzucili się jej na pomoc, udało im się w końcu ją zatrzymać, ale miała zdartą do krwi skórę w nadgarstkach, których nie chroniły rękawiczki. Młodszy z nich odpiął szeroki pas, miał nim przepasaną kurtkę, i ująwszy jeden koniec, drugi podał Elizabeth. Szła teraz uczepiona tego pasa i było już znacznie lepiej, prawdę powiedziawszy, młody mężczyzna prawie wciągał ją na górę. Świetnie dawały sobie radę pozostałe kobiety; Ukrainka wspinała się jak doświadczona traperka, a obie Rosjanki przypominały niedźwiadki pełzające po oblodzonej skale, poruszały się niemal na czworakach. W pewnej chwili wszyscy przystanęli i nie było to tym razem z jej powodu. Okazało się, że się rozdzielają, Rosjanki wraz ze starszym bojownikiem skręciły w bok, a oni, we trójkę już, ruszyli dalej pod górę. Elizabeth trudno było teraz oddychać, widocznie zaczynało brakować tlenu. Miała już dość wdrapywania się na te skały. Czuła się nieludzko zmęczona, bolały ją poranione ręce, po plecach spływały strużki potu, a stopy miała tak przemarznięte, że prawie ich nie czuła. Ukrainka spoglądała na nią ze współczuciem, ale się nie odzywała.

Wreszcie przybyli do obozu, który tworzyły sąsiadujące ze sobą jaskinie, połączone wykutymi w skale tunelami. Wyglądało to wprost niesamowicie, jak rzeczywistość wzięta z powieści Tolkiena, którymi Jeff się zaczytywał. Dokonanie tego musiało być nie lada wyczynem, nie było tu przecież żadnych specjalistycznych narzędzi ani maszyn. Te tunele zrobili ludzie, niemal gołymi rękami. Potem Julia jej powiedziała, że pracowali przy nich jeńcy rosyjscy.

– Chyba zasłużyli po czymś takim na wolność? – zadała pytanie Elizabeth. Ukrainka nie odpowiedziała.

W jednej z jaskiń mieściła się radiostacja Julii, tam zakwaterowano Elizabeth. Weszła pod przykrycie ze zwierzęcych skór i nareszcie było jej ciepło, nie miała siły ani ochoty nic zjeść, ale mimo zmęczenia, przegadała z Ukrainką pół nocy. Julia, kiedy zdjęła czapkę-uszankę i grube wojskowe ubranie, okazała się całkiem ładną dziewczyną. Była naturalną blondynką, miała długie włosy i pociągłą twarz o lekko skośnych oczach. Elizabeth zauważyła też jej figurę, z powodzeniem mogłaby zostać modelką, a siedziała tutaj, w miejscu zapomnianym przez Boga i ludzi.

Julia powiedziała jej, że pracowała kiedyś w szkole jako nauczycielka. Jej rodzice należeli do sześćdziesiątników, tak w byłym bloku komunistycznym

nazywano intelektualistów, którzy w latach sześćdzie-
siątych chcieli naprawiać komunizm. To miał być
„socjalizm z ludzką twarzą". Oczywiście dostali się na
czarną listę KGB, ojciec został wylany z uniwersytetu,
matka też straciła pracę. Julia pamięta, że w domu była
straszna bieda, miała dwoje rodzeństwa i musiała im
wszystkim wystarczyć jedna para butów. Ona była naj-
młodsza, więc buty spadały jej z nóg, wypychała palce
gazetami.

– A jak jedno nosiło buty, co z innymi? – spytała
Elizabeth.

– Nic, nie mogli wychodzić. Ale na szczęście
lekcje mieliśmy o innych porach.

W ich domu mówiło się po ukraińsku.

– Myślałam, że na Ukrainie wszyscy mówią po
ukraińsku – zdziwiła się.

Dziewczyna pokręciła głową.

– To surżyk, mieszanka ukraińskiego z rosyjskim.
Ale ojciec pilnował, abyśmy mówili czystym językiem.

Małżeństwo rodziców Julii nie było zbyt udane.
Matka pochodziła z Ukrainy zachodniej, ojciec ze
wschodniej, ich ślub został bardzo źle odebrany przez
obie rodziny. „Wydziedziczono" ich, byli więc zdani
sami na siebie.

– Ale co to miało za znaczenie? – nie potrafiła
zrozumieć Elizabeth.

– To miało znaczenie olbrzymie! Wschodniacy dla
zachodniaków byli dzikimi Sowietami, pogardzano
nimi....

– Przecież twój ojciec był profesorem!

– To nie odgrywało żadnej roli, był po prostu gorszy.

Rodzice Julii rozstali się, ona też nie potrafiła ułożyć sobie życia osobistego. Zaangażowała się w politykę, stanęła po stronie opozycji, no i zaczęto jej deptać po piętach. Musiała wyjechać i trafiła aż tutaj.

– Ale jak ty sobie dajesz radę w takich warunkach, sama wśród tych wszystkich brodatych facetów.

Julia roześmiała się.

– Czasami potrafią być bardziej delikatni od nie wiem jakich dżentelmenów.

– Dopóki się nie upiją.

– Oni są muzułmanami, alkohol jest zabroniony, nawet wino.

Pamiętając swoje doświadczenia z Ukrainy, gdzie wszyscy bez wyjątku pili, nie wyłączając kobiet, Elizabeth była naprawdę zdziwiona.

– Słyszałam, że my, kobiety, dla nich jesteśmy kimś podrzędnym, trochę wyżej od domowego psa – nie dawała za wygraną. – Kobiecie nie wolno wyjść na ulicę z odsłoniętą twarzą, a ciebie tolerują?

– Ja dla nich nie jestem kobietą, ale towarzyszem broni – wyjaśniła Ukrainka.

Odezwała się radiostacja, Julia z kimś konferowała, potem pobiegła do dowódcy, aby przekazać treść rozmowy. Weszła po cichu, sądząc, że Elizabeth śpi. Wsunęła się obok niej pod przykrycie.

– Znałaś może Oksanę? – spytała Elizabeth.

– Znałam Oksankę, nawet mieszkała u mnie jakiś czas ze swoim synkiem. Ale ona go za surowo chowała. Kiedyś do niej przyszłam, jak już miała mieszkanie... wieczór, ciemno... Otwiera mi ta dziecina, ledwo to od ziemi odrosło, jestem sam, mówi, mamy nie ma...

– Było jej ciężko, nie miała nikogo, kto by jej pomógł – stanęła w obronie Oksany Elizabeth.

– Ja jej nie oskarżam, tylko dziecka mi żal.

Długo się nie odzywały.

– Myślisz, że mój mąż jest gdzieś tutaj? Że go odnajdę?

Julia nie odpowiedziała od razu.

– Jutro masz spotkanie z dowódcą, on ci wszystko wyjaśni.


Kiedy się obudziła, Julii nie było we wnętrzu jaskini. Nie chciało jej się wychodzić spod ciepłego przykrycia, leżała więc z otwartymi oczyma. Przypomniał jej się rysunkowy serial o jaskiniowcach, który pokazywano w telewizji. Ci jaskiniowcy posiadali wszystkie wady i zalety jej rodaków, a odziani byli w skóry i uzbrojeni w maczugi. Szczególnie jedna z postaci była bardzo śmieszna, żona głównego bohatera, chyba miała na imię Wilma.

Teraz Elizabeth grała jakąś rolę... rolę żony poszukującej męża, kobiety, od której nagle zaczęto wymagać za dużo, żądano podejmowania zbyt trudnych decyzji... A do tego tęsknota za Andrew, nieoczekiwanie silna, powodująca niepewność, wręcz lęk... Elizabeth znalazła się na obcym gruncie, na którym nie umiała się poruszać, już dawno nie doznała tak wielkiej potrzeby przytulenia się do kogoś, usłyszenia jego głosu... Czuła się z Andrew związana fizycznie, przylegała do niego całym swoim ciałem, jak wtedy, kiedy byli blisko, kiedy ją obejmował. Zapach jego skóry oszałamiał ją, jego dotyk powodował wewnętrzne drżenie... Była zupełnie bezbronna i wydana na jego łaskę. Teraz na nowo odkrywała swoją kobiecość, w której znalazło się także miejsce na uczucia macierzyńskie... ciągle myślała o Aleku...

Julia przyniosła jej śniadanie, w termosie była gorąca kawa. Elizabeth marzyła o kawie, ale wydawało się to w tych warunkach nieosiągalne. Od dawna nic jej tak nie smakowało jak ta poranna kawa tutaj, lekko korzenny aromat rozchodził się po całym wnętrzu.

– To ty ją parzyłaś? – spytała Elizabeth.

– Nie, jest tu specjalista od parzenia kawy, nie myśl sobie – roześmiała się Julia. – Ale nie masz zbyt dużo czasu na delektowanie się naszą kawą, bo czeka na ciebie dowódca.

Był to wysoki, chudy mężczyzna o długiej czarnej brodzie i gorejących oczach. Bardzo uważnie patrzył na Elizabeth. Julia pełniła rolę tłumaczki.

Elizabeth dowiedziała się z tej rozmowy, że jej męża nie ma i nie było w Czeczenii. Ani jego, ani Georgija Gongadze. Jest to informacja wiarygodna. Tak jej powiedziano. Nie wyjawiono tego wcześniej, bo jej wystąpienie w Moskwie, które podchwyciły media na świecie, w obronie praw człowieka i wolności Ukrainy, dotyczy także Czeczenii i walki o niepodległość. Może Elizabeth zechciałaby ich wesprzeć, skoro jej głos dociera do tylu ludzi...

Nagle poczuła się oszukana. Z pewnością nie po to tutaj przyjechała, przyjechała tu w nadziei, że odnajdzie męża.

Dlaczego prezydent Ukrainy mówił w tym potajemnym nagraniu o przerzuceniu Gongadzego i „tego drugiego" do Czeczenii? Przecież nie wziął tego z rękawa. Musiały istnieć przedtem takie praktyki, mówił też coś o okupie. Może działają tu, poza partyzantami, jakieś inne grupy, tak często bywa w czasach wojny, ci ludzie nastawieni są na to, aby grabić, zdobywać pieniądze.

– W Czeczenii nie ma takich grup – odrzekł zdecydowanie brodaty dowódca – i nie czuję się odpowiedzialny za to, co naplótł prezydent Ukrainy.

Nie było już powodu, aby dłużej tu pozostawać. Julia nawiązała łączność z rosyjskim sztabem w Groznym. Długo wykłócała się z ich radiotelegrafistą, w końcu chyba coś ustalili.

– Czego on od ciebie chciał?

Julia skrzywiła się.

– Czepiają się mnie bez przerwy, nazywają Czerwonym Kapturkiem, którego pożre kaukaski wilk, a jak nie pożre, to oni zrobią ze mną porządek. Obiecują mi, że niedługo znajdę się pod ich plutonem, i nie spoczną, dopóki „nie zajebią" mnie na śmierć.

To „zajebią" powiedziała po rosyjsku, pewnie nie znała angielskiego odpowiednika, ale Elizabeth zdążyła już poznać to słowo.

– Nie boisz się? – spytała. – Gdybyś się dostała w ich ręce, te pogróżki mogą się spełnić.

– Nie dostaną mnie żywej.

Powrót Elizabeth został ustalony na dzień następny, w godzinach porannych. Partyzanci mieli ją sprowadzić do tej samej przełęczy.

– Ale upewnicie się, że oni mnie odebrali? – spytała z niepokojem Elizabeth.

– Mamy lornetki – uspokoiła ją Julia. – Zresztą te dwie Rosjanki też już schodzą.

Elizabeth dowiedziała się od niej, że w tej wojnie istnieją trzy strony, ta trzecia to rodziny zabitych żołnierzy. W czasie odwilży całe pielgrzymki udają się do zbiorowych mogił, rozkopują je i szukają swoich bliskich. Julia słyszała o kobiecie, która odnalazła ciało syna od połowy w dół, a na drugą połowę musiała czekać do wiosny, bo grobu nie dało się rozkopać.

– Rozpoznała same nogi? – spytała zdumiona.

– Matki mają inne oczy niż reszta ludzi – odrzekła na to Julia.

Synowie tych dwóch Rosjanek zdezerterowali, przeszli na czeczeńską stronę. Jeden z nich żyje i jest tutaj, a drugiego byli koledzy ujęli żywcem, na rozkaz dowódcy odcięli mu głowę i wbili ją na pal.

– Czy matka już o tym wie?

– Powiedzieliśmy jej, że zginął w walce.

Jeszcze jedną noc spędziła Elizabeth w jaskini, prawie do rana rozmawiając z Julią. Spytała, jak długo Julia ma zamiar siedzieć w górach, w prymitywnych warunkach, sama wśród tych mężczyzn. Odpowiedziała, że tutaj przynajmniej czuje się naprawdę wolna. Ale wierzy, że Ukraina się odrodzi, ludzie w końcu zrozumieją, że spadkobiercy komunistów nie mają im nic do zaproponowania. Dlatego tu jest i zdziera gardło do mikrofonu.

Elizabeth powiedziała jej, że zamierza zabrać synka Oksany do Nowego Jorku.

Ukrainka kręciła głową.

– Nie wypuszczą go, nie dostanie paszportu.

– Jego ojciec jest Amerykaninem.

– No tak, Oksanka przywiozła Aleka z Ameryki. Ale ojciec jakoś się synem nie interesował.

– Może nic o nim nie wiedział – odpowiedziała ostrożnie.

– To by było do Oksany podobne, tyle razy jej mówiłam, żeby napisała do tego przystojniaczka. Niechby jej przysłał chociaż parę dolarów, ale ona była zachłanna na to dziecko. Uważała, że należy wyłącznie do niej.

Elizabeth uczuła przykrość po jej słowach, tak jakby wchodziła w rolę kogoś, kto także rości sobie prawo do chłopca.

– To ona chciała, żebym go wywiozła, prosiła mnie.

– Przeczuwała dziewczyna, że już po niej. U nas jest taka ludowa piosenka o trumnie, która stoi oparta w kącie i skarży się: albo mnie porąbcie, albo w piecu spalcie, albo ciało dajcie... I doczekała się na Oksanę... Ale nie wiem, czy wypuszczą dziecko, powiedzą, że matka była Ukrainką, więc i on Ukrainiec. Nosi jej nazwisko.

– Będę o to walczyła.

– Niech ojciec Aleka lepiej się ujawni, on więcej może niż ty, obca osoba.

Elizabeth nic na to nie odpowiedziała.

Zasypiała już, kiedy Julia spytała:

– Jesteś niezadowolona, że twój przyjazd był na marne?

Elizabeth zastanawiała się nad odpowiedzią.

– Droga w te góry to był koniec moich złudzeń. Widocznie musiałam tu dotrzeć, by to zrozumieć...

Julia przyjmowała ważne meldunki, Elizabeth sprowadzało więc na dół dwóch młodych Czeczenów, jak wtedy z pasami pełnymi naboi, przewieszonymi ukośnie przez piersi. Tym razem było chyba jeszcze trudniej, jakaś potężna siła przyciągała ją do ziemi, nie potrafiła normalnie schodzić, a jedynie zbiegać, potykając się prawie co krok i lądując na siedzeniu. W końcu dała za wygraną, usiadła na skale i ukryła głowę w ramionach. Jeden z bojowników podniósł ją bez słowa i przywiązał do siebie sznurem, ruszyli dalej w dół. Elizabeth spowalniała teraz marsz niczym hamulec, jemu nogi się nie plątały, szedł dużymi krokami, dość szybko.

W pewnej chwili na ich drodze pojawiła się grupka ludzi, wśród której rozpoznała obie Rosjanki. Ci, co je przyprowadzili, odeszli z powrotem w góry. Przewodnicy, ona i kobiety poszli dalej. Droga była teraz o wiele łatwiejsza i Elizabeth mogła już schodzić samodzielnie, uwolniona od twardego, wrzynającego się w ciało sznura i zapachu jej towarzysza, trudnego do zdefiniowania, przywodzącego na myśl smród starego tłuszczu i zwierzęcego włosia.

Elizabeth starała się rozpoznać, która z kobiet była w żałobie, a która cieszyła się z odwiedzin u syna, ale nie potrafiła. Obie wyglądały dokładnie tak samo, kiedy je zobaczyła po raz pierwszy, wyraz ich twarzy nie zmienił się.

Dotarli wreszcie do ,,ich" przełęczy, Elizabeth poznała to miejsce po olbrzymim kamieniu na skraju drogi, który kojarzył jej się z rzeźbą Rodina *Myśliciel*, podobne pochylenie głowy, rysunek lekko zgarbionych pleców. Przewodnicy coś tam burknęli pod nosem, oddalili się szybko. Znowu zostały tylko we trzy. Elizabeth uśmiechnęła się do kobiet, a one uśmiechnęły się do niej. Żadna z nich nic nie mówiła.

– *Wy odkuda?* – spytała w końcu, nie wiedząc, czy ją zrozumieją.

– *Iz Moskwy* – odpowiedziały prawie jednocześnie.

Po mniej więcej godzinie pojawił się na drodze gazik, zahamował ostro nieopodal, grudki zmarzniętego śniegu boleśnie uderzyły Elizabeth w twarz. Ruszyła do samochodu, zdziwiło ją, że kobiety nadal stoją z boku. Obejrzała się na nie i uczyniła zapraszający ruch ręką, ale się nie poruszyły.

– One z nami! – powiedziała do oficera, był to ten sam mężczyzna, który ją tutaj przywiózł.

Pokręcił przecząco głową.

– One z nami – powtórzyła groźnie.

Oficer zastanawiał się chwilę, Elizabeth patrzyła na niego, zmarszczywszy brwi. Stała ciągle obok samochodu, który był na tyle obszerny, że kobiety z łatwością by się zmieściły. W końcu mężczyzna wykonał ruch przywołujący Rosjanki.

Zbliżyły się pośpiesznie i zajęły miejsca obok Elizabeth.

– *Wy w Moskwu i ja w Moskwu* – powiedziała, jak w dziecinnej wyliczance, wskazując palcem na nie, a potem na siebie. – *My wmiestie...*

Kobiety wyglądały na lekko przestraszone.

– *Ja pryjatel...* – mówiła, usiłując przypomnieć sobie rosyjskie słowa, które obiły jej się o uszy.

Oficer chciał najpierw wysadzić kobiety na przedmieściach Machaczkały, a potem w Groznym, ale

Elizabeth ostro się sprzeciwiła. Nie potrafiąc znaleźć odpowiednich zwrotów, powiedziała tylko:

– Generał Sieriebriakow!

To podziałało, bo dojechali na miejsce w pełnym składzie. Elizabeth udała się od razu do szefa sztabu i tym samym kulawym językiem oświadczyła:

– *Żenszcziny... together...* – tu wskazała na siebie – w *Moskwu.*

On patrzył osłupiały, a potem zawołał kogoś, jakiegoś swojego adiutanta, który znał słabo angielski.

– Te kobiety są waszymi rodaczkami i mieszkają w Moskwie – powiedziała. – Dlaczego nie mają polecieć razem ze mną?

– To samolot transportowy – tłumaczył adiutant; miał nienaturalnie zaczerwienione policzki, a nawet czoło, wyglądało to na ślady po odmrożeniach.

– Co z tego, że transportowy? Tym lepiej, będzie więcej miejsca.

Nie wiadomo, czym by się ta dyskusja zakończyła, ale w tym momencie zadzwonił Sieriebriakow, aby się upewnić, że Elizabeth bezpiecznie dotarła z powrotem do sztabu. Przejęła słuchawkę i powtórzyła mu prośbę o zabranie kobiet.

– Jedna z nich właśnie się dowiedziała, że straciła w tej wojnie syna – zakończyła, pomijając okoliczności, w jakich się to stało. Może właśnie tym dowódcą, który nakazał ścięcie głowy chłopcu, był obecny tu szef sztabu.

Generał odpowiedział, że nie widzi przeszkód, aby zabrać kobiety.

Szef sztabu jednak długo o czymś ze swoim podwładnym rozmawiał, nie była więc pewna, czy się ostatecznie zgodzi.

Zgodził się, zapytał tylko, czy Elizabeth zamierza zostać rzeczniczką Czeczenów, a jeżeli tak, to niech nie zapomni powiedzieć światu, że wykorzystali oni jeńców rosyjskich do budowy całego labiryntu tuneli w górach, co było morderczą pracą, a potem obcięli im głowy. Podobno nie mogli zostawiać świadków, a pewnej Amerykance bez obaw pokazali swój obóz i puścili ją wolno... Skąd oni wiedzą, dokąd mnie zabrali Czeczeni – pomyślała.

W samolocie, który miał przestronne wnętrze, kobiety usiadły z dala od Elizabeth. W czasie lotu zauważyła, że jedna z nich, ta młodsza, ociera oczy chusteczką. Więc może to ona straciła syna.

A potem było lądowanie na lotnisku w Moskwie. Elizabeth już jako osoba ,,całkiem prywatna" wzięła taksówkę do hotelu. Zanim rozpakowała rzeczy, zadzwoniła do Andrew. Nie rozmawiali ze sobą przez kilka dni, bo w górach komórka Elizabeth nie działała.

– Jestem z powrotem w Moskwie – powiedziała. – Jeffa nie odnalazłam... i zrozumiałam, że już go nie odnajdę.

– Tego jeszcze nie możemy być pewni.

– Ja jestem pewna, Andrew. Nie mogę ciągle się łudzić, bo zwariuję... Jeff odszedł. Teraz muszę się zająć jego synem.

W słuchawce zapanowała cisza.

– Halo? Słyszałeś, co powiedziałam?

– Tak, Elizabeth, ale... zaszły nowe okoliczności. Alek nie dostanie paszportu, mogła o to wystąpić jego babka, rozmawiałem z nią o tym. Niestety, naszą rozmowę powtórzyła mężowi, a on zaprotestował przeciw wywiezieniu wnuka z Ukrainy. Zamierza go adoptować.

– Co? – wykrzyknęła. – Ta kanalia! Nie obchodził go do tej pory ani los własnej córki, ani wnuka.

– Nic nie możemy zrobić.

– Możemy i zrobimy! Występuję o wizę ukraińską, jeszcze dzisiaj!

– Elizabeth! – Andrew też podniósł głos. – Po oświadczeniu, jakie złożyłaś w Moskwie, aresztują cię na granicy.

– Niech mi tylko dadzą wizę!

– Wizy też nie dostaniesz.

– To przekroczę granicę nielegalnie.

– Elizabeth! To już nie są żarty, boję się o twoje życie. Błagam, wróć do Nowego Jorku, a ja... przyjadę do ciebie.

Nabrała powietrza w płuca i powiedziała:

– Nie mam zamiaru wracać bez Aleka. Nie licz na to. Tak czy inaczej, oczekuj mnie we Lwowie.

Zaraz po telefonie do Andrew pojechała do ambasady ukraińskiej i złożyła wniosek o wizę. Odpowiedź miała otrzymać za dwa dni.

Przez te dwa dni nie wychodziła z hotelu. Andrew namawiał ją, aby zwiedziła Moskwę, a przede wszystkim Kreml, gdzie była bardzo ciekawa komnata zwana skarbcem, Galerię Trietiakowską, a w niej malarstwo rosyjskie, o którym tak mało wiedziała. Było też podobno ciekawe Muzeum im. Puszkina, mieszczące kolekcję obrazów francuskich impresjonistów, z Renoirem na czele. Nawet się do tego przymierzała, ale opadło ją zmęczenie. Nie miała siły choćby wstać z łóżka. Leżała, godzinami patrząc w sufit.

Jej życie w ciągu ostatniego pół roku tak nagle pognało do przodu, jakby chcąc nadrobić te wszystkie lata, kiedy płynęło utartym torem, bez niespodzianek. To było dobre życie, bezpieczne i wygodne, nie chciałaby już jednak do niego wrócić... nawet by już nie umiała... Ale żeby naprawdę mogła zacząć wszystko od nowa, musiałby się odnaleźć Jeff. To, że nie wiedziała, co się z nim stało, nie pozwalało jej normalnie istnieć. Było paraliżujące. Wolałaby najgorszą prawdę od niepewności, a wszystko wskazywało na to, że będzie na nią skazana.

Tylko ten list... ktoś go musiał wysłać... więc może Jeff jest gdzieś tutaj, w Rosji. Nie, nie, nie wolno jej do tego wracać... Jeżeli nie odrzuci takiego myślenia, spędzi resztę życia na poszukiwaniach, a po latach uświadomi sobie nagle, że jest starą, samotną kobietą...

Ambasada ukraińska odmówiła jej wizy wjazdowej. Więc co dalej? Andrew chciał ją za wszelką cenę powstrzymać przed nielegalnym przekroczeniem granicy. Wyliczał wszystkie zagrożenia z tym związane, ale to jej nie przekonało.

– Elizabeth, przylecę do Moskwy, omówimy wszystko na spokojnie! – zaproponował.

– Nie, Andrew – odpowiedziała. – To tylko strata czasu. Już postanowiłam. Wyjadę dzisiaj wieczornym pociągiem z Dworca Kijowskiego, we Lwowie będę jutro około południa. Oczekuj mnie na peronie.

– Aresztują cię na granicy!

– Wierzę, że mi się uda. A jak mnie nie będzie wśród wysiadających, szukaj mnie w więzieniu – odpowiedziała.

Andrew był tak zdenerwowany, że niemal nie mógł z nią rozmawiać. Elizabeth, przeciwnie, ogarnął ją dziwny spokój. Decyzje zostały podjęte, należało je po kolei realizować. Spakowała walizkę, zamówiła taksówkę, o wyznaczonej godzinie podjechała pod dworzec. Wewnątrz hali dworcowej było tłoczno, w powietrzu unosił się zapach przepoconych ubrań, mocnego tytoniu i starego moczu. Elizabeth nie musiała nawet pytać, gdzie jest toaleta, bo odór wskazał jej kierunek. Nie weszła do środka, gdyż ku jej zaskoczeniu, w kabinach nie było pełnych drzwi, korzystający z tego przybytku osłoniętą mieli tylko pewną część ciała, reszta widoczna była jak na dłoni: ich twarze, część tułowia i u dołu nogi. Wycofała się w popłochu. Jakiś oberwany wyrostek chciał jej sprzedać torebkę z pestkami słonecznika, kupiła je, aby się odczepił, i zaraz wyrzuciła do kosza.

Poszła na peron. Po kilkunastu minutach podstawiono pociąg, który był ekspresowy i nosił nazwę „Taras Szewczenko", a więc po raz kolejny na drodze Elizabeth pojawiał się słynny poeta. Może to dobry znak? Odnalazła wagon sypialny, w którym miała wykupione miejsce. Konduktorka, pękata baba – przypominała „matrioszkę", drewnianą, ręcznie malowaną lalkę, zwykle było ich kilka i wkładało się je jedna w drugą, Jeff przywiózł Elizabeth taki prezent z podróży do Rosji – zaprowadziła ją do przedziału. Były tam cztery posłania, w tym dwa pod sufitem, jej przypadło to na górze. Na małej przestrzeni poczuła się jak w zamknięciu. Miała ochotę natychmiast stamtąd zejść, ale przecież nie mogła. Zanim pociąg ruszył, pojawiły się w przedziale jeszcze dwie pasażerki. Jedno miejsce na dole pozostało wolne i Elizabeth z ulgą się tam przeniosła.

Pociąg ruszył ze zgrzytem kół, które za chwilę pochwyciły miarowy rytm. Elizabeth zasłuchała się w ich melodię, zupełnie jakby koła pociągu powtarzały: uda się, uda się, uda się... Musi się udać – pomyślała.

Kobiety rozmawiały szeptem po rosyjsku, potrafiła już odróżnić rosyjski od ukraińskiego, głównie po charakterystycznej w tym drugim języku literze ,,h". Zapamiętała niektóre słowa, na przykład ,,bohato" albo ,,harko". Najbardziej jej się podobało, że Ukrainki mówiły o swoich mężach ,,czełowiek". Człowiek. Chciałoby się, żeby mąż był człowiekiem...

Po mniej więcej godzinie konduktorka nieproszona przyniosła ,,czaj gariaczyj" w szklance z metalową osłonką z uchem i włożoną do środka łyżeczką. Herbata była zbyt mocna, niemal sama esencja, i stanowczo za słodka, mimo to Elizabeth wypiła kilka łyków. Kobieta z sąsiedniego posłania przyglądała się jej przez chwilę, a potem odezwała się po rosyjsku:

– Ja was znam, wy Amerykanka. Szukacie swojego męża. Ale nie było go w Czeczenii?

– Nie było – odrzekła.

Tamta coś jeszcze powiedziała, ale Elizabeth nie mogła tego zrozumieć. Potem kobiety długo rozmawiały między sobą. Usiłowała się wsłuchiwać, szum pociągu jednak zniekształcał słowa, w dodatku z gruntu Elizabeth obce. Zastanawiała się, czy to dobrze, że została rozpoznana. One nie wiedziały, że Elizabeth nie ma wizy i chce przejechać granicę nielegalnie, a niechybnie dowiedziałyby się w sytuacji, gdyby została zatrzymana przez służby graniczne. Wtedy byłoby już wszystko jedno. A gdyby poprosić je o pomoc? Na przykład w czasie kontroli dokumentów schowałaby się w ubikacji, a one by powiedziały, że zajmują przedział tylko we dwie. I dobrze się złożyło, że to Rosjanki, bo Ukrainki może nie chciałyby oszukiwać swoich władz. Powinna jakoś się z nimi porozumieć teraz, dopóki nie śpią. Do granicy dotrą nad ranem.

– *Kak wasza rodina?* – spytała tej na dole.

– *Familija? Irina Iwanowna Czałygina.*

– Elizabeth Connery... ja... – umilkła, nie wiedząc, jak ma wyjawić swoją prośbę. Czuła się bezradna, nie znając ich języka.

Wyjęła rozmówki angielsko-ukraińskie, bo takie tylko miała przy sobie, i zaczęła mozolnie wyszukiwać odpowiednie zwroty. W końcu kobiety, częściowo porozumiewając się na migi, pojęły, o co chodzi. Pomysł z zamykaniem się w ubikacji odrzuciły, bo straż graniczna sprawdzała w pierwszym rzędzie, czy tam się ktoś nie ukrył. Pocieszyły ją, że kontrole nie są zbyt skrupulatne, czasami, gdy dzieje się to nocą, nie wszystkim sprawdzają dokumenty. Ale była jeszcze konduktorka, ona wiedziała o Elizabeth i istniała groźba, że od razu powie pogranicznikom. Po to tu jest, żeby donosić. W dodatku to Ukrainka. Pociąg już się nie zatrzyma na żadnej stacji przed granicą, dopiero w Charkowie, gdzie jedna z nich wysiadała. Uradziły, że Irina upije tę babę. Wiozła koniak dla teścia, to go poświęci. Tak też zrobiła, nie było jej dosyć długo, ale wróciła zadowolona. Konduktorka prawie sama wypiła trzy czwarte litra koniaku, Irina tylko markowała, i jest nieprzytomna. Do granicy nie wytrzeźwieje na pewno. Dalsza część planu polegała na tym, że

Elizabeth wejdzie na górę, położy się od ściany obok Larysy, drugiej Rosjanki, a one ją przykryją kocami i dodatkowo jakąś torbą.

– A jak się wyda? – martwiła się Elizabeth.

– To się wyda. Trudno. Nam nic nie zrobią, paszporty mamy w porządku.

Nie była wcale pewna, czy nic im nie zrobią w razie wpadki, ale przystała na to. Nie miała innego wyjścia.

Stało się dokładnie tak, jak zaplanowały. Irina podała dwa paszporty, „pogranicznik", jak go nazywały Rosjanki, zerknął do środka, potem oddał dokumenty bez słowa. To samo towarzyszący mu celnik. Spytał tylko, czy nie mają czegoś do oclenia, kobiety zaprzeczyły.

Kiedy pociąg ruszył, w przedziale wybuchła radość. Elizabeth wygrzebała się z koców i zeszła na dół. Objęły się z Iriną i Larysą.

– Dziękuję wam – powiedziała Elizabeth.

– Nie ma za co – odparła pierwsza. – Kobieta kobiecie zawsze pomoże.

Pozostawał problem konduktorki, która z pewnością wytrzeźwieje, zanim pociąg dojedzie do Lwowa. Ale ona przecież nie wiedziała, że Elizabeth nie ma wizy. Pomyśli, że sprawdzono jej paszport na granicy. Należało w to wierzyć.

Irina wysiadła w Charkowie, Larysa jechała do Kijowa, potem w przedziale została sama Elizabeth.

Jak to jest – myślała – ja pomogłam dwóm Rosjankom, a dwie inne pomogły mnie. Przypomniała jej się książka z dzieciństwa, napisana przez skandynawską pisarkę. To była opowieść o leśnych potworkach, które porwały ludzkie dziecko, a matce podrzuciły swoje. I kiedy kobieta, wbrew woli męża, dobrze traktowała potworka, trolle, tak się chyba te potwory nazywały, otaczały troskliwą opieką dziecko. Choć wszyscy się od biednej matki odwrócili, ona wytrwała, chodziła po polach, zbierając żaby i jaszczurki dla swojego podopiecznego. Była to historia z happy endem, ofiarność kobiety sprawiła, że dziecko wróciło do niej.

A jak zakończy się historia Elizabeth? Też dobrze, szczęśliwie wywiezie dziecko z Ukrainy. Była o tym przekonana.

Pociąg wjechał na dworzec główny we Lwowie i zatrzymał się z przeraźliwym zgrzytem hamulców. Elizabeth ujęła swoją torbę i ruszyła ku wyjściu. Drzwi były otwarte, konduktorka stała przy schodkach na peronie. Miała mętny wyraz oczu, Elizabeth odniosła wrażenie, że tamta w ogóle jej nie widzi.

Z daleka dostrzegł ją Andrew. Szedł w jej stronę, obijając się o toboły wysiadających ludzi. Przypadli do siebie, obejmował ją mocno, jakby nie wierząc, że to naprawdę ona.

– Chyba śmierdzę pociągiem...

– Elizabeth, to najpiękniejszy zapach świata – wyszeptał jej we włosy.

* * *

Andrew ulokował Elizabeth w starej willi za miastem, w której zjedli pierwszą wspólną kolację. Uważał, że zarówno dom matki, jak i jego mieszkanie mogą być pod obserwacją.

– Przecież nie wiedzą, że tu jestem – powiedziała Elizabeth.

– Mogą się szybko dowiedzieć – odrzekł.

Andrew oczywiście wolałby, aby Elizabeth w ogóle stamtąd nie wychodziła. Ale ona miała coś ważnego do załatwienia. Po to podjęła tę ryzykowną podróż. Wierzyła, że zdoła przekonać dziadka Aleka, aby pozwolił mu wyjechać. Był, tak jak ona, człowiekiem, a każdy człowiek ma serce, czasami tylko bardzo ukryte. Przedtem postanowiła spotkać się sam na sam z chłopcem i zapytać go, czy nadal chce z nią wyjechać. Powiedział jej przy poprzednim spotkaniu, że nie chciałby mieszkać w domu dziecka. Teraz nie mieszka w domu dziecka, ale u swoich dziadków. Więc może coś się zmieniło.

Właścicielka willi i restauratorka w jednej osobie zaprowadziła Elizabeth na samą górę do pokoiku na poddaszu. Miał trójkątne okno i był jak wymyślony, z panieńskim łóżkiem z żelaznymi gałkami, szafą pokrytą malowidłami, zupełnie jakby zakradł się tu sam Chagall. Fruwały na niej śliczne panienki z warkoczami, koniki na biegunach, ptaszki w gniazdkach... był jeszcze mały wiklinowy stolik, a przy nim fotel.

Wieczorem przyszedł Andrew, zjedli kolację piętro niżej, w tym sekretnym pokoju z dużym oknem, a potem wrócili do niej na górę. Na wąskim łóżeczku trudno im się było pomieścić, rozłożyli więc pościel na podłodze. Andrew wyszedł dopiero rano. Elizabeth przeniosła się na łóżko i spała aż do jedenastej. Potem umyła się w misce z wodą, niestety nie było tu kanalizacji, więc warunki pod tym względem przypominały czeczeńską jaskinię. Miska i zimna woda, którą się przynosiło w dzbanku. Poprzedniego wieczoru Andrew przyniósł jej z kuchni gorącą, aby się mogła umyć po podróży. Teraz musiała zadowolić się zimną. Powinna się pośpieszyć, minęło już południe i Alek wkrótce skończy lekcje.

Zwolniła taksówkę i czekała w pewnej odległości od szkoły, nie wiedząc, czy ktoś po chłopca nie przyjdzie, choćby ten okropny dziadek. Spacerując po chodniku tam i z powrotem, nieoczekiwanie zatęskniła za swoim miastem, tak innym od tego, w którym przyszło jej spędzić ostatnie pół roku... Lwów był piękny i nostalgiczny, Andrew dodałby jeszcze, że nieszczęśliwy... a czy Nowy Jork był miastem szczęśliwym? Z pewnością tak, miał swój niepowtarzalny rytm i zapach, o każdej porze roku inny... nawet przypadkowi przybysze poddawali się jego nastrojowi, chociaż na chwilę stając się nowojorczykami. To było właśnie wspaniałe, łatwość, z jaką można się tutaj wtopić w tłum, być jego częścią. Tego Elizabeth nie doświadczyła nigdzie na świecie. Wędrówki po Soho, włóczenie się po galeriach, zaglądanie do butików, przymierzanie ciuchów... albo spotkania z przyjaciółmi w Greenwich Village... Jak dawno to było, zupełnie jakby w innym życiu... czy potrafi do tego wrócić? Czy kiedykolwiek jeszcze poczuje się w pełni sobą? Kobiety, którą była, nie potrafiła już przywołać ani zrozumieć, tylko tęsknota za Nowym Jorkiem pozostała ta sama...

Alek szedł sam w kierunku przystanku autobusowego. Miał na sobie kurtkę od Elizabeth i buty, które razem kupowali, czyli że mu ich tym razem nie ukradli.

Pośpiesznie podążyła za nim i przytrzymała za ramię.

– Poznajesz mnie? – spytała z uśmiechem.

Rzucił się jej na szyję i długo nie mogła uwolnić się z jego uścisku. Bała się, że ktoś ich może zobaczyć. Odciągnęła go wreszcie za stare drzewo, które ich osłoniło od ludzkich oczu.

– Znalazłaś mojego tatę? – spytał.

– Nie znalazłam – odpowiedziała.

Pokiwał smutno głową.

– Ale... muszę cię jeszcze raz zapytać, czy chcesz pojechać ze mną do Nowego Jorku?

– Chcę – odpowiedział poważnie.

Elizabeth przykucnęła i patrzyła mu prosto w oczy.

– To bardzo poważna decyzja. Kiedy tam pojedziesz, staniesz się kimś innym, będziesz miał inną ojczyznę.

– A ty będziesz tam ze mną?

– Tak, będziemy mieszkali razem.

– I będziesz teraz moją mamą?

Zastanowiła się chwilę.

– Ty już miałeś mamę, ja będę próbowała ją zastąpić. Mam nadzieję, że potrafię.

– Potrafisz, ja ci pomogę – zapewnił ją.

Łzy zakręciły jej się w oczach.

– Na pewno nie chcesz zostać ze swoimi dziadkami?

Na twarzy chłopca pojawił się niemal lęk.

– Nie zostawiaj mnie z nimi, oni mnie nie lubią... a dziadka nienawidzę, mówi straszne rzeczy o mojej mamie.

– Postanowione – odpowiedziała. – Odtąd będziemy tylko we dwoje.

Ruszyli powoli w stronę przystanku.

– Będę musiała porozmawiać z twoim dziadkiem, trzeba wyrobić ci paszport.

Skinął ze zrozumieniem głową.

– Ale jak chcesz z nim porozmawiać, musisz przyjść z samego rana, bo później on już jest pijany – powiedział.

Następnego dnia rano Elizabeth podjechała taksówką pod dom, w którym mieszkali dziadkowie Aleka. Kiedy szła po schodach, serce mocno jej waliło. Przygotowała całe przemówienie do tego człowieka, które pomogła przetłumaczyć na ukraiński jej obecna gospodyni. Siedziały ze słownikiem pół wieczoru, w tajemnicy przed Andrew. On by się nigdy nie zgodził, aby Elizabeth sama tam pojechała. A jego obecność wszystko by popsuła, była o tym przekonana.

Drzwi otworzyła matka Oksany, na widok Elizabeth na jej twarzy pojawił się przestrach, uczyniła ruch, jakby chciała zamknąć je z powrotem, ale Elizabeth temu zapobiegła, wchodząc zdecydowanie do przedpokoju. W tym momencie z łazienki wyszedł potężny mężczyzna w podkoszulku i spodniach, przytrzymywanych przez szelki. Widać skończył poranne golenie, bo na policzkach i pod nosem pozostały ślady mydła.

– Pan Krywenko – zaczęła Elizabeth – ja przyjść po Alek, jego ojciec Amerykanin, Ameryka to jego kraj...

Mężczyzna poczerwieniał na twarzy. Przez chwilę nie mógł wydobyć z siebie słowa, a potem ryknął:

– Jego kraj jest tutaj! Tutaj! I won mi stąd, *amerikanskaja blad'*!

Zanim Elizabeth zdążyła zareagować, chwycił ją za ramiona i wypchnął na korytarz, zamykając jej drzwi przed nosem.

Źle zaczęłam – pomyślała – trzeba było dać mu od razu pieniądze.

Spróbowała jeszcze raz zadzwonić do drzwi, ale nikt nie otwierał. Dzwoniła teraz uporczywie, waliła w drzwi pięścią, a potem, w poczuciu skrajnej desperacji, poczęła je kopać. Z sąsiedniego mieszkania wyjrzała kobieta z głową w papilotach, ale na jej widok zaraz się wycofała. Elizabeth zrozumiała w końcu, że nikt jej drzwi nie otworzy, i powoli zaczęła schodzić po schodach. Zwolniła taksówkę, szła więc piechotą w stronę przystanku autobusowego. Przechodziła właśnie na drugą stronę ulicy, kiedy zza rogu wyjechało szare auto, z piskiem opon hamując przy krawężniku. Wyskoczyli z niego dwaj mężczyźni i wciągnęli ją do środka.


To musiała być ta sama cela, w której przetrzymywano Oksanę, była wąska jak spiżarnia, miała umieszczone wysoko małe okienko, osłonięte blendą. I prycza wydawała się ta sama... Usiadła ostrożnie na jej brzegu z uczuciem, że popełnia świętokradztwo. Tutaj Oksana umierała, tutaj uciekła jej ostatnia myśl... Tak była tym przejęta, że zapomniała o swojej sytuacji. Być może ona też stąd nie wyjdzie. Jeden z mężczyzn, którzy ją aresztowali, czymś podobnym jej groził. Był młody, bezczelny i dobrze znał angielski, więc według teorii Andrew wyszedł niechybnie ze szkoły KGB. Zdążył się widać podszkolić, zanim Ukraina oderwała się od Rosji.

Patrząc Elizabeth prosto w oczy, cedził słowa:

– Już po tobie, amerykańska zdziro. Myślałaś, że wszystko ci wolno, bo masz parę dolarów więcej od nas? Nikt o tobie już nie usłyszy, oficjalnie cię tutaj nie ma.

– Co zrobiliście z moim mężem? – spytała hardo, chociaż była śmiertelnie przerażona.

– To samo, co zrobimy teraz z tobą – odparł, śmiejąc się jej w twarz.

Odebrano jej wszystkie rzeczy, które miała przy sobie, łącznie z telefonem, więc nie mogła się skontaktować z Andrew, zawiadomić go, gdzie jest. Ale on się domyśli, zacznie działać. Kiedy zażądała widzenia ze swoim pełnomocnikiem i konsulem amerykańskim, przyjęto to ze śmiechem. Rozmówca Elizabeth powtórzył jej żądanie swoim kolegom i oni też zaczęli rechotać. Zupełnie jakby powiedziała jakąś bzdurę.

Więc sytuacja była naprawdę groźna. Wydawało jej się, że Andrew przesadza, miała bowiem pewność, że jest na Ukrainie nietykalna. Tyle przecież było szumu wokół poszukiwań Gongadzego i jej męża, więc gdyby teraz i ona zniknęła, stałoby się to co najmniej podejrzane. Ale prezydent Ukrainy najwyraźniej nic sobie nie robił z licznych głosów sprzeciwu i oburzenia, jego administracja wszystkiemu zaprzeczała, a on nadal był uznawany przez świat za głowę państwa. W związku z tym oddawano mu wszelkie należne honory. A to, co powiedział konsul w Moskwie! Że wystąpienie Elizabeth potępiające zbrodnie na Ukrainie było niepolityczne, bo na rękę Rosjanom... Widocznie z tego powodu jej rząd nie wystąpił ostro przeciw ukraińskim władzom. Ambasada wystosowała notę z prośbą o wyjaśnienie. Wyjaśniono, że taki to a taki obywatel Stanów Zjednoczonych w takim to a takim dniu opuścił Ukrainę. Przyjęto to do wiadomości, chociaż było kłamstwem i wszyscy o tym wiedzieli. Tak samo może być. teraz z nią... Andrew nie pozwoli, aby jej los utonął w niepamięci. Jakie to szczęście, że spotkała go na swojej drodze, dzięki temu jej życie nabrało wartości także dla niej samej. Trudno jej będzie się z nim rozstawać... Nie wiedziała, co ją czeka w ogóle i w najbliższych godzinach, czy oni nie zechcą zastosować wobec niej tortur, z zemsty za jej wypowiedzi w Moskwie... Ten młody tajniak miał takie zimne oczy... A co się stanie z Alekiem... obiecała mu, że będą razem bez względu na wszystko. I nie dotrzyma słowa. Syn Jeffa zostanie z tym okropnym człowiekiem, swoim dziadkiem. Dziwne, że takie indywiduum, gruboskórny cham, to ojciec Oksany, delikatnej i wrażliwej, ale też mądrej i silnej kobiety, wspaniałej matki. Tak naprawdę nigdy nie myślała o Oksanie i Aleku jako o przeciwnikach, osobach zagrażających jej małżeństwu z Jeffem... Może to okoliczności, w jakich ich spotkała, areszt i dom dziecka, może w innej sytuacji inaczej by reagowała... Przeżyła duży szok, dowiedziawszy się o ojcostwie Jeffa, ale pogodziła się z tym dość szybko... Zawsze będzie myślała o Oksanie jako o kimś niezwykle bliskim... zupełnie jakby obie urodziły jedno dziecko... Alek był ich wspólnym synem. Kiedy ją spytał, czy będzie teraz jego mamą, odpowiedziała, że już miał mamę, a ona ją teraz może tylko zastąpić, ale prawda była inna... Czyż nie postąpiła jak prawdziwa matka, która wraca po dziecko z narażeniem życia? Być może ją tu zakatują, ale to cena, jaką musiała zapłacić. Nie mogła wrócić do Nowego Jorku bez Aleka, nie potrafiłaby już tam normalnie istnieć. Wygląda na to, że nie dotrze tam żadne z nich...

Największą obawą Elizabeth było to, że nie wiedziała, jak zareaguje na ból... Nigdy do tej pory nie przeżyła silnego bólu, nawet zęby wyrywała pod narkozą. Nie przeszła egzaminu z bólu, jakim jest urodzenie dziecka. Zdawała sobie jednak sprawę, że istnieją rodzaje bólu nie do wytrzymania, ludzie wtedy przyznają się do rzeczy, których nie popełnili, żebrzą o litość, pełzają u nóg swoich oprawców... gdyby ją to teraz miało spotkać... szkoda, że nie ma przy sobie jakiejś pastylki, która by ją uwolniła od podobnego upodlenia...

Nie położyła się, mimo że była już noc, a ona czuła się zmęczona. Nie mogła tego zrobić ze względu na Oksanę, ona tak bardzo cierpiała na tym więziennym łóżku. Usiadła na podłodze w nogach pryczy, oparła się o nią plecami i zasnęła... Obudziło ją przejmujące zimno, stwierdziła, że leży na betonowej podłodze z kolanami pod brodą. Szczękając zębami, owinęła się zdjętym z pryczy kocem, tak dotrwała do rana.

Strażnik przyniósł jej kubek zbożowej kawy i grube pajdy chleba posmarowane smalcem na blaszanym talerzu. Wypiła tylko kawę.

Po nocnej przeraźliwej ciszy zaczęły docierać do niej różne dźwięki, otwieranie i zamykanie drzwi, strzępy rozmów ludzi idących po korytarzu, czyjś śmiech. Więc tutaj można się nawet śmiać – pomyślała. Ale to z pewnością nie był śmiech żadnego z aresz-

towanych. Słyszała też odgłosy zza okna, szum jadą-
cych samochodów, pośpieszny stukot obcasów...

Elizabeth nie miała zegarka, odebrano go jej, straciła więc rachubę czasu. Na pewno był jeszcze dzień,
bo spoza okienka wpadało do celi dzienne światło.
Mimo to u sufitu paliła się naga żarówka.

Usłyszała kroki na korytarzu, zatrzymały się pod
jej celą. A potem rozległ się zgrzyt klucza w zamku.
Elizabeth przeżegnała się, czego nie robiła nigdy dotąd
w swoim dorosłym życiu.

Strażnik dał jej znak, aby szła za nim. Dokąd?
Nie wiedziała... Zaprowadził ją do pomieszczenia,
które było jej znane. Ten sam stolik, dwa krzesła, wentylator leniwie obracający się u sufitu. Miała poczucie,
że to się wszystko powtarza, zupełnie jakby wchodziła
w los Oksany, najpierw jako przyszła matka jej synka,
a teraz więźniarka...

Tylko chwilę była sama w tym pomieszczeniu,
otworzyły się drzwi i wszedł wicekonsul Smith. Elizabeth prawie nie mogła uwierzyć, że go widzi.

– Pani Connery – zaczął oficjalnie – wynegocjo-
waliśmy z władzami ukraińskimi warunki pani depor-
tacji. Jestem osobiście odpowiedzialny za odstawienie
pani prosto stąd na lotnisko.

– Kto pana powiadomił, że tu jestem? – spytała,
nie mogąc ochłonąć.

– Pani pełnomocnik, mecenas Andrew Sanicki. On
dużo zrobił w tej sprawie, mogli tu panią trzymać parę
miesięcy, jakby chcieli. Takie procedury trwają... To
było bardzo nierozsądne, ten nielegalny wjazd na
Ukrainę.

– Muszę stąd zabrać ze sobą dziecko – powiedziała.

Smith zamrugał powiekami.

– Czyje dziecko?

– Dziecko mojego męża, a teraz już i moje.

– Ja nic nie wiem o żadnym dziecku – odparł takim głosem, jakby za chwilę miał się rozpłakać.

– Proszę pana... jak pan ma na imię?

– Robert.

– Robercie, wróciłam tutaj już nie ze względu na męża, ale na to dziecko. To syn Oksany Krywenko, nosi jej nazwisko, lecz urodził się w Stanach Zjednoczonych, więc jest obywatelem naszego kraju.

– Mąż pani go nie uznał?

– Nie wiedział o jego istnieniu, ale w moich rzeczach jest jego list, w którym uznaje syna.

Smith wyjął chusteczkę i zaczął ocierać czoło i policzki.

– Skoro tak jest, chłopiec dostanie paszport i może wyjechać oficjalnie – powiedział już nieco spokojniej.

– Nie wyjedzie, bo jego ukraiński dziadek go adoptował i nie zgadza się na jego wyjazd.

– W takim razie nic nie można zrobić!

– Można – odpowiedziała spokojnie. – Zamiast na lotnisko zawiezie mnie pan na przejście graniczne z Polską, chłopca przemycimy w bagażniku. Jest pan dyplomatą, nikt pana nie będzie kontrolował.

Wicekonsul milczał, wyraz jego twarzy mówił jednak wszystko. Uważał, że Elizabeth zwariowała.

– Reżim Kuczmy morduje ludzi, zamordował dziennikarza Georgija Gongadze, prawie na pewno mojego męża, a także matkę jego dziecka – mówiła surowo. – Życzeniem Oksany Krywenko było, aby chłopiec wychowywał się w kraju ojca. I to życzenie, ten jej testament, mamy obowiązek wypełnić, pan i ja.

– Ja... ja... nie mogę... jak pani to sobie wyobraża? – Jabłko Adama podskakiwało na szyi Smitha w górę i w dół, a to oznaczało nadzwyczajne zdenerwowanie.

– Już panu powiedziałam jak – odrzekła. – Tylko pod tym warunkiem stąd wyjdę. Musi mi pan najpierw przyrzec, że nam pan pomoże.

– Jestem urzędnikiem państwowym... reprezentuję swój kraj, nie mogę się narażać, to by miało nieobliczalne skutki.

– Ale jest pan też uczciwym człowiekiem, tak myślę – odpowiedziała – a każdy uczciwy człowiek w ekstremalnych sytuacjach powinien zachować się zgodnie ze swoim sumieniem. Co panu mówi sumienie, panie Smith?

Mężczyzna milczał.

– Proszę się skontaktować z moim pełnomocnikiem, on panu przedstawi amerykańską metrykę chłopca i listy, od jego ojca i matki. Żeby już nie było żadnych wątpliwości.

– Ile lat ma chłopiec? – spytał cicho.

– Sześć.

Smith długo milczał, widać było, że prowadzi wewnętrzną walkę. Elizabeth mu w tym nie przeszkadzała.

– Nie potrafię teraz nic pani odpowiedzieć, to działanie nielegalne, nie mogę tego zrobić, chyba że uzyskam zgodę swojego szefa – odezwał się wreszcie.

– Pamięta pani tę historię z kubańskim chłopcem?

Wybuchł skandal, a w końcu i tak dziecko wróciło na Kubę do swojego ojca.

– Ale ojcem tego chłopca jest Amerykanin i macie obowiązek mu pomóc.

Wicekonsul milczał, nerwowo oblizując wargi. Elizabeth zrobiło się żal tego długiego i chudego mężczyzny, wystawiła go na ciężką próbę.

Po raz setny zadawała sobie pytanie, czy w walce o dziecko nie popełniła jakiegoś błędu. Może istniała jednak legalna droga wywiezienia stąd Aleka... ale ona jej nie znała, nie znali jej też Andrew ani ten nieszczęsny wicekonsul. Nie miała wielkiej nadziei, że zgodzi się na jej plan. Musiała przyznać, że plan był szaleńczy i przeraziłby każdego normalnego człowieka, co więc mówić o takim służbiście jak Smith. Może jego szef okaże więcej odwagi... raczej nie liczyła na to. Musiałby się zdarzyć chyba cud. Ale cuda się przecież zdarzają, wczoraj sądziła, że jest o krok od śmierci, a dzisiaj, gdyby tylko zechciała, mogłaby wyjść na wolność. Los okazał się dla niej łaskawszy niż dla Oksany. Nie odczuwała z tego powodu zbytniej radości, zapanował w niej spokój. Wiedziała, jaki cel ma osiągnąć, na co się godzić, a na co nie. Być może spędzi tu sporo czasu, jeżeli Smith jej odmówi. Ale co dalej? Jej dalszy pobyt w więzieniu niczego nie zmieni w sprawie Aleka. Przejście przez zieloną granicę nie wchodziło w grę. Jeśli ją deportują, nie będzie już próbowała wracać, bo to byłoby szaleństwo. A gdyby wynająć kogoś, kto przeprowadziłby chłopca nielegalnie? To by było dla niego zbyt niebezpieczne. Nie mogła podjąć takiego ryzyka. Pani Sanicka je podjęła, ale dla dobra własnego dziecka. I czasy były inne. Siedziała w więzieniu, a jej dziecko bardziej się narażało, pozostając w swoim kraju, niż go opuszczając. Alek może normalnie żyć w swojej rodzinie, tyle że to straszna rodzina. Gdyby miał się upodobnić do swojego dziadka... Więc pozostawało jej tylko jedno, trwać w uporze i czekać. Może poruszy w ten sposób opinię publiczną, która wpłynie na władze, i pozwolą chłopcu wyjechać. Tylko... sama w to nie wierzyła.

Rozległ się znajomy zgrzyt klucza w zamku i znowu zaprowadzono Elizabeth do rozmównicy. Czekał tam na nią Andrew. Przypadli do siebie.

– Już myślałam, że się nie zobaczymy – powiedziała, czując, jak duszą ją łzy.

Andrew miał zmienioną twarz, zapadnięte policzki, pod oczami głębokie cienie.

– Po co poszłaś do tego człowieka? On powiadomił milicję.

– Myślałam, że się z nim dogadam.

– Łatwiej byś się dogadała z kamiennymi lwami, co stoją na rogatkach miasta – odrzekł z goryczą. – A teraz jeszcze nie chcesz stąd wyjść, stawiasz warunki.

– Muszę.

– Elizabeth, nie musisz. Wyjedź stąd jak najprędzej.

– Nie, Andrew, nie wyjadę stąd bez chłopca – powtórzyła z uporem.

– Smith się nigdy nie zgodzi na twoją propozycję, to tchórz.

– Zobaczymy, dałeś mu listy i metrykę?

– Tak, wziął wszystko ze sobą, mamy się spotkać za dwie godziny, ale na nic nie licz, Elizabeth.

Było jej przykro, że rani tego człowieka, jednak nie mogła inaczej.

– Andrew... – zaczęła – zrozumiałam, że nie odnajdę Jeffa, muszę więc coś zrobić dla jego syna, inaczej nie będę potrafiła normalnie żyć. A to jest ważne także dla naszej przyszłości... twojej i mojej.

– Niewiele o niej myślisz.

– Nie krzywdź mnie, chociaż ty – odrzekła, starając się zapanować nad swoim głosem.

Andrew przytulił ją.


Elizabeth patrzyła na pustą pryczę i wciąż widziała na niej Oksanę, jej biedną, bladą twarz tamtego dnia, gdy do niej przyszła w przebraniu pielęgniarki. To naprawdę zdumiewające, że znalazła się tutaj znowu, podczas gdy Oksany już nie ma. Dotknęła szorstkiego prześcieradła z niezwykłym uczuciem bliskości z tamtą dziewczyną. Przecież człowiek nie odchodzi ze wszystkim, coś po nim pozostaje w miejscach, w których przebywał... Tej nocy postanowiła spać normalnie na pryczy, już się z nią oswoiła, uważała nawet, że nabyła prawo do położenia się na niej. Tak jakby Oksana jej na to zezwalała...

Rozpoznała strażnika, który przyniósł jej obiad. To był ten sam młody chłopak o dziewczęcych policzkach i sypiącym się wąsiku pod nosem, który przyprowadził ją na pierwsze spotkanie z Oksaną. On też ją rozpoznał i uśmiechnął się do niej. Odpowiedziała uśmiechem. Tak w milczeniu zawarli pakt pokoju. Nie jego to przecież wina, że się tutaj znalazła.

Jedzenie było okropne, kartoflana breja i kawałek twardej jak skała wołowiny. Pochłonęła jednak to wszystko, bo była bardzo głodna.

Wkrótce po obiedzie wezwano ją znowu do rozmównicy. Był tam Andrew.

– Smith się zgadza – powiedział na wstępie. – Omówiliśmy między sobą, jak to ma wyglądać. Oni dają wam trzy godziny na dojazd z aresztu do granicy. Konsul przyjedzie po ciebie jutro o ósmej rano. Będzie miał już twoje rzeczy.

Elizabeth patrzyła na Andrew. Starała się wyśledzić, czy jej nie oszukuje dla jej dobra. I czy, jak stąd jutro wyjdzie, nie okaże się, iż Smith o niczym nie wie.

– Dlaczego on sam nie przyszedł mi tego powiedzieć? – spytała.

– Bo ja przyszedłem, Elizabeth – odrzekł Andrew takim głosem, że zawstydziła się swoich podejrzeń.

Zrozumiała w jednej chwili, że on by jej nie oszukał.


Zwrócono Elizabeth jej rzeczy i mogła sprawdzić na swoim zegarku, że dochodzi ósma rano. Strażnik doprowadził ją do samochodu wicekonsula, zatrzasnął drzwiczki, ruszyli.

– Gdzie jest dziecko? – spytała od razu.

– Z panem mecenasem Sanickim, spotkamy się po drodze – odpowiedział skwapliwie, jakby się jej bał.

Więc udało się – pomyślała zdziwiona – naprawdę się udało? Brzmiało najbardziej nieprawdopodobnie, jednak było faktem. A może za wcześnie na uczucie tryumfu, bo do granicy był kawałek drogi, a potem jeszcze przejście graniczne, mogły zajść nieprzewidziane okoliczności, na przykład Andrew zepsuje się samochód, koło mu nawali i nie zdąży na czas. Albo Alek zrobi coś nieprzewidzianego, to przecież dziecko, i wszystko się wyda.

– Trzy godziny nam wystarczy? – spytała Smitha.

– To tylko sto kilometrów, nawet po tych dziurach dojedziemy w półtorej godziny. Strona ukraińska okazała się wspaniałomyślna.

– A Alek wie o wszystkim?

– Tak, oczywiście, mecenas Sanicki odbył z nim długą rozmowę, to podobno bardzo mądry chłopczyk.

Rozmawiali niby spokojnie, ale gdzieś nad nimi wisiało ogromne napięcie. Stawka była bardzo wysoka.

Dużą część drogi odbyli w milczeniu, każde zatopione w swoich myślach. Elizabeth miała za zadanie rozpoznać drogowskaz, przy którym powinni zjechać z głównej drogi, potem na trzecim kilometrze skręcić w prawo i tam na małym leśnym parkingu, używanym tylko latem, będzie czekał Andrew z chłopcem.

No i miała wypatrywać, czy nikt ich przypadkiem nie śledzi, nie jedzie za nimi. Parę razy jej się wydawało, że widzi podążający ich śladem samochód, ale okazywało się to fałszywym alarmem.

– Nie sądzę, aby za nami jechali – powiedział konsul. – Chcą się pani jak najszybciej pozbyć i wierzą, że tego dopilnuję.

– Panu też przecież na tym zależy – uśmiechnęła się Elizabeth.

– Ja... ja panią podziwiam i szanuję – rzekł, jąkając się. – Niewielu ludzi posiada taką cywilną odwagę.

– Panu z pewnością jej nie brakuje – odrzekła z przekonaniem.

Z daleka zobaczyła drogowskaz i serce skoczyło jej do gardła. A jeżeli Andrew nie będzie na nich czekał? Jeżeli chłopca zatrzymał ten straszny człowiek, znowu wezwał policję i teraz Andrew ma kłopoty? Nie, nie wolno jej tak myśleć. Wszystko się uda, musi się udać. Andrew już tam czeka, a Alek jest z nim.

Jechali teraz wyboistą, oblodzoną drogą, samochód wpadał w poślizgi, chwilami koła obracały się w miejscu.

– Tędy nikt przed nami nie jechał – powiedziała zgnębionym głosem Elizabeth. – Ich tam nie ma.

– Poczekamy na nich – odpowiedział jak zwykle flegmatycznie Smith.

Nie można było wjechać do lasu, bo na leśnej drodze leżał śnieg. Tam też nie wypatrzyli śladów ani samochodu, ani ludzkich stóp.

– Pan Sanicki nie przewidział opadów śniegu, ale jesteśmy na tyle daleko od głównej drogi, że możemy tutaj się spotkać.

– Co się mogło stać? Dlaczego ich nie ma? – denerwowała się Elizabeth. – Ile nam zostało czasu?

Smith spojrzał na zegarek.

– Do granicy jest jakieś pół godziny drogi, więc mamy dobrą godzinę zapasu.

Zaczął padać śnieg, nie było wiatru i płatki tańczyły w powietrzu, wolno opadając na ziemię.

– Jak tu pięknie, to naprawdę piękny kraj – powiedziała – te lasy...

– Zimą, w lecie jest gorzej, bo wszędzie leżą śmieci. Tubylcy wywożą je do lasu i po prostu wyrzucają, często nawet wprost przy drodze.

– Mają inne wyobrażenie o kulturze – odrzekła na to.

– Różne kraje, różne obyczaje.

Chciała coś odpowiedzieć, ale w tej samej chwili zobaczyła nadjeżdżający samochód Andrew. Pobiegła w tę stronę, ślizgając się i potykając o nierówności na drodze. Przestraszyła się, że jest sam, ale po chwili na tylnym siedzeniu wyłoniła się głowa Aleka.

– Co się stało? Skąd to spóźnienie? – spytała.

– Wydawało mi się, że nas śledzą, więc jechałem okrężną drogą – odpowiedział Andrew.

Alek przypadł do Elizabeth i zapytał:

– Naprawdę jedziemy?

– Naprawdę – odpowiedziała.

– Ale najpierw muszę ci zadać parę pytań – wtrącił nieoczekiwanie Smith. – Jestem wicekonsulem Stanów Zjednoczonych i muszę wiedzieć, czy nazywasz się Ołeksandr Krywenko?

– To ja – odrzekł lekko przestraszony chłopiec.

– Urodziłeś się w Ameryce i masz prawo przebywać w tym kraju, ale czy tego chcesz?

– Chcę być tam, gdzie Ela.

– Czy na pewno nie wolałbyś zostać ze swoim dziadkiem?

Alek obejrzał się na Elizabeth, nie bardzo rozumiejąc, o co chodzi, zauważyła, że jest bliski płaczu.

– Odpowiedz panu konsulowi – powiedziała łagodnie.

– Dziadek mnie bije.

Andrew, mając widać dosyć tego przesłuchania, odezwał się:

– Dziadek chce go wychować na dobrego komunistę, ale chyba mu w tym nie pomożemy.

– Więc na pewno chcesz stąd wyjechać? – nie dawał za wygraną Smith.

– Tak – odrzekł chłopiec ze łzami w oczach.

Elizabeth pochyliła się nad nim.

– Wiesz, że teraz będziesz jechał w bagażniku i że może to być dla ciebie trudne?

Skinął twierdząco głową.

– Nie wolno ci reagować, gdyby nie wiem co się wydarzyło. Jakby ktoś stukał czy o coś pytał. Jeżeli to będziemy my, po prostu otworzymy bagażnik.

– A jak nie będę mógł oddychać? – spytał zaniepokojony.

– Ten samochód ma taką klapkę na narty, która łączy bagażnik z wnętrzem, będzie otwarta cały czas, zamkniemy ją dopiero na samej granicy.

– Dobrze – zgodził się.

Andrew ujął Elizabeth za ramię.

– Powinienem jak najszybciej znaleźć się znowu we Lwowie, muszę mieć alibi. Chłopca zaczną szukać około pierwszej, drugiej... Tyle czasu zajmie mu powrót ze szkoły do domu.

– A szkoła nie powiadomiła o jego nieobecności?

Andrew zaprzeczył ruchem głowy.

– Nie było go w szkole, to nic niezwykłego. Mogą myśleć, że jest chory. Teraz dużo dzieci choruje przy tej pogodzie.

Objął Elizabeth.

– Zadzwoń z Polski.

– Zadzwonię natychmiast, jak będziemy bezpieczni – obiecała. – Kiedy się zobaczymy?

256

– Zobaczymy się na pewno. Na razie powinniście pobyć tylko we dwoje. Ty i Alek.

Skinęła głową na znak, że się z nim zgadza.

Patrzyła za odjeżdżającym samochodem Andrew z uczuciem bólu, trudno jej się było z nim rozstawać, ale wiedziała, że nie można inaczej.

Po raz kolejny Elizabeth zbliżała się do przejścia granicznego, które zapchane było wielkimi ciężarówkami z niemal wszystkich krajów Europy, widziała oznakowania niemieckie, belgijskie, holenderskie, francuskie. Obok swoich aut przypominających olbrzymich rozmiarów żuki przechadzali się zrezygnowani kierowcy, im najdłużej przychodziło koczować na granicy; były też długie kolejki samochodów osobowych i autobusów. Ludzie siedzieli w przydrożnych rowach, mieli zmęczone twarze. Jakaś kobieta karmiła piersią dziecko, patrząc z zazdrością na ich samochód, który podjeżdżał do odprawy bez kolejki.

Nie masz mi czego zazdrościć – pomyślała Elizabeth – ty ze swoim dzieckiem przekroczysz granicę na pewno.

Smith wysiadł z samochodu z paszportem Elizabeth, musiał załatwić formalności związane z jej deportacją. Urzędnik w mundurze, niesympatyczny mężczyzna o zaczerwienionej twarzy i małych oczkach, przyjrzał się Elizabeth, a potem o coś wypytywał wicekonsula. Wywiązała się dłuższa rozmowa, prawie na migi, bo były duże trudności z komunikacją. Tymczasem drugi z urzędników zaczął obchodzić samochód i oglądać go ze wszystkich stron. Elizabeth starała się udawać spokój, wyjęła lusterko i chciała poprawić makijaż, ale okazało się to niemożliwe, bardzo drżały jej ręce. Denerwowała się z powodu Aleka, który był teraz szczelnie zamknięty w ciemnym pudle. Niemal się modliła, aby wytrzymał to psychicznie.

W pewnej chwili funkcjonariusz ze służby granicznej popukał palcem w bagażnik. To był moment, kiedy Elizabeth poczuła znajome dławienie w gardle. Jeżeli teraz straci przytomność i oni zaczną wzywać lekarza, wszystko może się zawalić. Otworzyła drzwiczki samochodu, ale „pogranicznik" kazał jej je zamknąć, odwróciło to jednak jego uwagę od bagażnika. W końcu Smith wsiadł i włączył silnik. Ruszyli. Odprawa po polskiej stronie odbyła się bez przeszkód. Elizabeth natychmiast otworzyła klapę.

– Alek? Jak tam?

Cisza.

– Alek! – powtórzyła z niepokojem. – Słyszysz mnie?

– Słyszę – odpowiedział jej cienki głosik.


Zatrzymali się w przydrożnym McDonaldzie na życzenie chłopca. Elizabeth ciągle jeszcze nie mogła uwierzyć, że naprawdę im się udało i siedzą oto obok siebie, ona i dziecko, które było teraz tylko jej dzieckiem. Miała tego pełną świadomość. Czuła wielką radość i zarazem obawę, czy temu wszystkiemu sprosta, ale to już nie był czas na takie pytania.

Jedna myśl nie dawała jej spokoju: dlaczego Smith im pomógł. Musiała go o to spytać.

Po raz pierwszy zobaczyła uśmiech na jego twarzy.

– Jak rozmawialiśmy w areszcie, mówiła pani coś o sumieniu...

Kilka dni po przyjeździe do Nowego Jorku Elizabeth wjechała z Alekiem na dach World Trade Center, aby pokazać mu panoramę miasta. Pół roku później to miejsce przestało istnieć...

Redakcja: Anna Brzezińska
Korekta: Jadwiga Przeczek
Redakcja techniczna: Urszula Ziętek

Projekt graficzny: koniec_kropka
Fotografia autorki: Jacek Baranowski
Fotografia na I stronie okładki:
Getty Images © Flash Press Media

Wydawnictwo W.A.B.
02-502 Warszawa, Łowicka 31
tel./fax (22) 646 01 74, 646 01 75, 646 05 10, 646 05 11
wab@wab.com.pl
www.wab.com.pl

Skład i łamanie: Komputerowe Usługi Poligraficzne
Piaseczno, Żółkiewskiego 7
Druk i oprawa: Drukarnia Wydawnicza
im. W.L. Anczyca S.A., Kraków

ISBN 83-7414-102-6